Les Routes de poussière

Rosetta Loy

Les Routes de poussière

Traduit de l'italien
par Françoise Brun

Rivages

Ce livre a déjà paru sous le même titre
aux éditions Alinéa en 1989

Titre original : *Le strade di polvere*

106, bd Saint-Germain - 75006 Paris

ISBN : 2-86930-961-9
ISSN : 1160-0977

I

PIDRÈN*

(*) Voir tableau généalogique page 209.

La maison, c'est le Grand Masten qui l'avait fait construire à la fin du dix-huitième siècle quand il était devenu un *propriétaire*, quelqu'un qui avait de la terre à lui, des bœufs, des vaches, des poules et des lapins et suffisamment d'arpents pour avoir besoin d'autres bras. Il était pressé et il ne se soucia pas outre mesure des fondations mais la maison avec sa façade jaune pâle resta au fil du temps ancrée à la terre, sa longue séquence de pièces l'une derrière l'autre. Une construction à deux étages plus le grenier aux fenêtres basses rasant la toiture. Un sentier de briques la reliait à une allée qui descendait en tournant vers la grille tandis que la grange et les étables s'étendaient sur le côté jusqu'à la route où s'ouvrait le grand portail de planches. Comment s'appelait cette route à l'époque, il est difficile de le savoir ; la maison était la dernière du pays et quand par la suite une autre maison fut construite elle dut avoir un mur aveugle pour la partie qui donnait sur le jardin.

Personne n'a jamais su le vrai nom du Grand Masten car les registres paroissiaux furent brûlés pendant la première campagne napoléonienne. C'était certainement quelqu'un qui s'était enrichi avec les allées et venues des soldats, le fourrage pour les chevaux et le blé caché puis revendu trois fois plus cher. Avec le vin pour enivrer Français et Autrichiens, Russes,

Bavarois, Alsaciens, durant ces guerres interminables qui avaient changé comme dans un jeu de vases communicants les couleurs de la carte de l'Europe centrale. De lui on sait seulement qu'en travaillant de l'aube au crépuscule, sans jamais de pause, il doubla en quelques années ses arpents de terre et qu'il avait des jambes si longues qu'il pouvait franchir les fossés sans sauter. Il prit femme tard, et de tous ses enfants venus au monde, deux seulement lui restèrent et devinrent grands : Pietro et Giuseppe. A Pietro, dit Pidrèn, on donna plus tard le surnom de Sacarlott ; Giuseppe, lui, était si blond que tout petit déjà on l'appelait le Giaï, ce qui veut dire le Jaune.

Ce fut la femme qui rejoignit la première tous ces enfants morts au son de la Trébondine, ensevelis à la hâte avec juste une pierre pour marquer l'endroit. Lui, le Grand Masten, il finit sous les roues d'une charrette un été où il avait plu à verse au point de faire déborder le Tanaro et où les champs furent inondés alors que le maïs n'avait pas encore été récolté. On n'eut même pas le temps de sonner l'Agonie ; et pendant les funérailles il continua de pleuvoir, les parents furent contraints de s'abriter dans l'église. La grêle fit éclater un vitrail. Pidrèn et le Giaï décidèrent de prendre femme : ils avaient respectivement vingt-deux et vingt et un ans.

Un cousin, Mandrognin, leur parla de deux jeunes sœurs qui se seraient bien tenu compagnie dans la maison. Deux jeunes filles de Moncalvo orphelines de mère qui brodaient les ornements pour l'église et parfois, assises devant le coussinet hérissé d'aiguilles, s'exerçaient au carreau sous la conduite d'une tante de Vénétie, Luison. L'une, Maria, était brune, l'autre au contraire de ce châtain sans éclat qu'on tente en vain de faire passer pour blond. Une couleur si répandue dans certaines parties du Monferrat qu'elle suggère une adaptation de l'espèce : semblable à la terre, à la boue, aux brouillards interminables.

La brune, Maria, était belle ; Matelda par contre, aux yeux toujours cachés sous les paupières, parlait avec les plantes et les semences ; et les ornements qu'elle brodait étaient les plus précieux de tout Moncalvo. Quand dans les grandes occasions le prévôt élevait le calice, de la soie brodée sur son dos montaient des lueurs de pourpre et d'or. Quelques-uns disaient même que Matelda parlait avec les fourmis et certains soirs avec l'ange gardien.

Pidrèn et le Giaï tombèrent tous les deux amoureux de Maria. Ils firent venir un peintre pour qu'il décore le plafond de la grande salle de quatre paysages différents et se contentèrent dans les autres pièces de quelques volutes qui pourraient plaire à la jeune fille de Moncalvo. Ils plantèrent un noyer, deux poiriers et des pommes reinettes. En grandissant, le noyer finit par faire trop d'ombre à la maison et par la suite il fut décapité ; il s'élargit alors comme un gigantesque parapluie, devenant le centre du jardin.

La jeune fille brune de Moncalvo choisit le plus jeune des frères, le Giaï. Et Pidrèn, auquel aurait dû revenir Matelda, partit à la suite d'un jeune général français qui faisait alors en Italie une fulgurante carrière. « Un vrai saturnien ce Pidrèn, disaient les gens, un' têt' folle, qu'a pas voulu prendre cett' merveille de la Matelda qui brode aux pieds de la Madone, qu'a préféré partir avec ce sauvage de Bonaparte... » Mais Matelda qui brodait alors une nappe d'autel pleine de fleurs et d'oiseaux, de papillons aux ailes violettes, attendait. Peut-être quelque voix un peu insolite lui avait-elle conseillé la patience.

Peu de chose se passe dans la vie de Giuseppe dit le Giaï. Il joue du violon et c'est là sans doute une activité insolite pour qui doit s'occuper de tant d'arpents de terre, cultivés pour partie en vignes et pour partie en fourrage et en blé. Il joue, avec son beau profil incliné vers l'épaule, il joue le soir près du feu, l'été à l'ombre du noyer. Les soirées sont longues, humides, lumineuses, sa femme s'ennuie à rester là à entendre ces notes qui semblent répondre au cri des rossignols, elle n'aime aucune musique à l'exception des forlanes et de la courante parce qu'elles se dansent. Elle, personne ne l'emmène jamais danser et si le Giaï s'est trompé de femme, elle s'est certainement trompée de mari : l'archet pénètre le soir, le déchire doucement, le Giaï est un solitaire et si quelqu'un arrive, il dit à sa jeune femme de lui offrir à boire et il continue de jouer. Le jour il s'en va par les champs avec le bâton qui était celui du Grand Masten mais au lieu d'ordonner de couvrir les gerbes quand vient l'orage ou de nettoyer le canal de ses herbes, il reste là à contempler les collines. Les rectangles de terre, bruns, bruns mais plus clairs, verts, blonds, blancs presque comme le lait là où au printemps fleurissent les pruniers et les cerisiers.

Un soir il s'est assis dans l'ouverture du puits et il s'est mis à jouer du violon en regardant les étoiles se refléter en bas dans le rond miroir d'eau. Sa femme a pris peur et elle a couru dans la maison en pleurant, lui il est resté à jouer, les pieds dans le vide, et quand Mandrognin est arrivé à l'entrée du jardin, en voyant ce buste sortir du puits il a pensé que le Grand Masten, jamais las de surveiller la terre et la maison, était revenu.

Que peut-on raconter d'autre sur ce Giaï mort à trente ans avec son violon près de lui, ses cheveux frisés qui avaient tant plu aux deux sœurs de Moncalvo, ses pieds si délicats qu'à marcher dans les mottes de terre ils se blessaient ? Il va de plus en plus rarement dans les champs, chaque année les récoltes sont moins bonnes et son blé, son raisin et même son millet sont toujours plus maigres que ceux des autres. Si bien que les vaches sont souvent malades et que les veaux ont du mal à grossir. Et sa femme, toujours à essayer d'économiser, à compter et à recompter, à repriser les vêtements qu'il déchire quand pris d'une frénésie soudaine il traverse les fossés, les haies de ronces. Pour suivre un son, une lumière, le scintillement de l'eau dans les cannaies. Sa femme le regarde : lui il est heureux, il rit, il est beau avec cette tête pleine de boucles ; et l'amour alors revient lui trembler dans la gorge comme cette première fois où ils étaient restés seuls, assis sur le banc de pierre sous les noisetiers.

Sa famille là-haut à Moncalvo lui fait des reproches ; c'est sa faute, lui dit-elle, si tout va mal, pourquoi est-ce qu'elle ne fait pas au moins un enfant ? Mais les enfants n'arrivent pas et elle, elle pense que c'est la faute de ce violon, des cordes qui vibrent dans le soir sous les doigts minces du Giaï. Et quand il entre dans le lit et l'embrasse sur la bouche, elle dort, elle a sommeil, la tristesse et la solitude ont consumé jusqu'à son âme. Quand elle va en visite à Moncalvo sa sœur la suit du regard tandis qu'elle erre à travers les chambres de sa jeunesse comme un moineau qui a perdu le sens des saisons, qui cherche en hiver les nourritures de l'été. Aucune des deux ne sait que la vie fait parfois d'étranges détours et parcourt d'infinis labyrinthes pour arriver là où il lui était si facile d'aller.

Pendant ce temps Pidrèn est en Lombardie, en Vénétie, à Mantoue. Il va jusqu'en Egypte et voit là-bas les pyramides et les Mamelouks. Il est à Marengo. Du haut de la tour pour faire les signaux aux troupes il regarde les cimes des Alpes encore blanches de neige et les champs et les vignes dévastés par la bataille. La maison où il est né n'est pas loin, pas même deux heures à cheval, et la colline de Moncalvo où habitait autrefois la jeune fille brune qu'il avait tant désiré épouser n'est guère plus éloignée. Elle voit peut-être elle aussi l'éclat des miroirs qui transmettent les signaux du haut de la tour et elle se demande ce que va devenir la récolte avec toutes ces semelles qui piétinent le blé, les vignes arrachées, les incendies qui soulèvent des colonnes grises de fumée. Elle doit déjà avoir un enfant, pense-t-il, peut-être deux, une petite fille pour laquelle elle coud des tabliers colorés. Il lui semble voir son frère plus heureux qui rentre à la maison et elle qui court à sa rencontre, elle a peut-être grossi, elle n'a plus cette taille qui semblait pouvoir tenir dans une seule main, sous le soleil resplendissant de juin elle a peut-être lavé ses cheveux et maintenant, assise dans le pré, elle les fait sécher et ses cheveux sont si longs qu'ils touchent presque terre. Pendant ce temps les boulets de canon secouent les mûriers, les uniformes s'éclaboussent de sang ; les chariots passent le Scrivia à gué, les moyeux se brisent contre les pierres, les chevaux se cabrent et le courant les emporte. *Ramener l'aile droite**, transmettent les miroirs du haut de la tour.

Ce 14 juin, le Giaï était allé regarder la bataille en haut de la colline du côté de Lu. Les routes étaient désertes et la journée limpide, il était assis à l'abri d'une rangée d'aunes. Il n'avait pas peur des soldats isolés ni même des feux qui crépitaient au loin en soulevant des étincelles qui allumaient d'autres feux. Des langues rouges et rapides qui dévoraient en un instant cabanes, arbres, insectes. Le prévôt voudrait qu'il soit à l'église à prier avec les autres, avec Maria, Mandrognin, Scarvé et tous ceux qui tremblent pour la récolte. Lui il préfère rester là-haut et regarder, penser à son frère, Dieu sait où il est. Peut-être au milieu de ces feux, peut-être au milieu des nuages blancs soulevés par les mortiers. Mais soudain quelque chose d'indéchiffrable, comme une épingle glissée dans l'engrenage d'une horloge, bouleverse l'ordre silencieux de son corps. La respiration lui manque, la chaleur, la chaleur, pense-t-il, tandis que

(*) En français dans le texte.

sa vue vacille, ces incendies comme des étoiles dans un firmament de fumée. Ses mains cherchent un appui, glissent sur le tronc de l'aune, sa tête heurte durement la terre.

Matelda là-haut à Moncalvo a un sursaut, l'aiguille lui échappe des doigts et la pique, Luison prend peur à la voir si pâle. Elle tremble tout entière, Matelda, la tête renversée sur le dossier et les yeux éteints sous le front incolore et bombé, à peine marqué par les os du crâne. Comme si elle voyait à travers le corps du Giaï renversé sous les aunes, elle perçoit le battement affolé de son cœur. Elle voit le labyrinthe des veines, le spasme des viscères ; et une plainte sort de ses lèvres.

Le Giaï n'entend plus rien, là où sa tête a heurté une petite tache de sang s'est formée. Là-haut à Moncalvo Luison court chercher du vinaigre pour délivrer Matelda de ce tremblement, elle appelle mais en cette journée de bataille tous ont bien autre chose à penser qu'aux cris de Luison cherchant le vinaigre. Le chapeau du Giaï a roulé au pied de l'aune, sa tête de chérubin est maintenant cotonneuse, desséchée, sa bouche est grise où la salive se soulève en mille petites bulles. Encore un peu et il serait mort ce jour-là, le 14 du mois de juin.

Mais ce n'était en fait que la première alerte et quand le Giaï rouvrit les yeux il pensa à un malaise dû à la chaleur, à l'émotion de la bataille. Les feux étaient en train de s'éteindre et il y avait maintenant tout autour un grand silence, le vent était tombé et l'air était frais. Il ramassa son chapeau et rentra à la maison boire un verre de vin, à Maria il dit seulement qu'il était tombé et elle lava sa blessure, le sang était encore frais et il goutta sur sa robe. Et quelques jours plus tard tout le monde fut étonné que Matelda envoie prendre des nouvelles du Giaï par l'intermédiaire de Tambiss qui parcourait le pays en vendant des culottes.

Maria touche le lin, fin, lisse, ça ne doit même pas se sentir sur la peau : « Nous allons bien, tous bien », dit-elle. « Tous ? » « Tous, tous... » Elle tourne et retourne les culottes entre ses doigts, Tambiss sourit en clignant de l'œil : « Ça t'plaît ? » Elle devient rouge et rejette les culottes dans le panier. Des niaiseries, des affaires pour des générales et des marquises. Tambiss raconte maintenant que les Autrichiens du maréchal Melas ont abandonné bivouacs et fourrage. Des morts, des morts de tous les côtés, et ces *Français du diable* raflent le vin dans les caves, hissent le drapeau à trois couleurs sur les clochers des églises. Plantent l'Arbre de la Liberté.

Pidrèn est déjà loin avec son cheval à la couverture à damier et à la selle usée. Son général est mort à la bataille et il a attendu dehors sur un banc pendant qu'on étendait le glorieux Desaix sur un lit, et on ne pouvait plus rien pour lui, les soldats allaient et venaient. Il a pleuré, la tête entre ses mains. Après il n'a même pas eu le temps de passer à la maison et d'embrasser son frère qu'il n'a pas vu depuis des années. Pas le temps et peut-être pas non plus l'envie.

Tambiss l'a reconnu qui passait par Serravalle en tirant son cheval par la bride. Il avait un bras bandé et qui sait, ils le feraient peut-être colonel, peut-être même bien général : « Avec les Français, on sait pas ce qui peut arriver », dit-il à Maria et il raconte que Pidrèn était si beau, on aurait dit Napoléon en personne avec son sabre qui lui tintait au côté. Debout dans la cuisine la belle femme du Giaï boit ses paroles et Tambiss doit répéter son récit deux fois, trois fois, elle lui verse encore du vin et Tambiss tire la chaise et s'assied, et quand le récit lui semble maigre, il invente. Maria veut savoir comment étaient l'uniforme, la tunique, les éperons : « Et le chapeau ? » « Il avait pas de chapeau, il avait les cheveux comme une fille. »

Gonda est entrée avec une brassée de linge ramassé sur le pré, Maria l'a regardée les yeux brillants. Pidrèn était à Marengo, elle lui a dit ; et tandis que de surprise Gonda laisse tomber le linge elle sort, elle va jusqu'à la route et elle regarde là-bas, vers Serravalle, la plaine d'Alessandria, Marengo. Jamais cette campagne ne lui a paru aussi belle avec les ombres violettes qui descendent des collines, la route blanche de poussière où elle court maintenant à perdre haleine jusqu'à tremper ses vêtements de sueur tandis que l'air pénètre dans ses manches et les gonfle.

Mais le Giaï s'est évanoui encore. Deux fois, trois fois. Jusqu'au soir où on l'a porté à bout de bras sur une charrette et les bœufs se sont mis en route en titubant parmi les mottes de terre. Des moustiques l'ont piqué sans qu'il puisse se défendre, un clou de la charrette lui a blessé l'épaule. Il s'est mis au lit et il ne s'est plus levé : par la fenêtre il voit les branches du noyer, les feuilles qui frôlent les vitres deviennent jaunes, se racornissent, le vent les arrache une à une, le ciel apparaît entre les rares feuilles qui restent, d'un gris d'automne. Au matin le brouillard coule en gouttes lentes le long des branches entre lesquelles on aperçoit la maison qui ferme le jardin avec son mur aveugle.

La chambre est grande, profond le lit aux draps tout blancs, Matelda est descendue de Moncalvo pour aider sa sœur et elle s'assied sur un tabouret au pied du lit. Elle a cessé de broder et son pas est léger, elle a des mains fraîches, potelées, rapides. De son lit aux draps tirés, sans un pli, le Giaï la suit du regard, la tête de plus en plus semblable à celle du saint Sébastien transpercé à côté de l'autel. Le violon, il n'en joue plus, il le garde près de son lit enfermé dans sa boîte et déjà les mites mangent le tissu rouge.

Elle ne s'est pas mariée, Matelda, et elle ne se

mariera plus, tout le monde à présent l'appelle *Fantina* et ce surnom lui plaît, il lui semble que cela fait un son plus doux. Avec les années son visage a perdu le peu de couleur qu'il avait et ses yeux ressemblent de plus en plus aux yeux de certains portraits dont le point de repère échappe, qui voient mais ne regardent jamais. S'il vient une visite, elle sort en silence de la chambre en laissant derrière elle un parfum de lavande et de menthe et elle descend repasser le linge du Giaï bien plié dans un panier. Sur la table où elle appuie sur le fer avec force Maria pose ses coudes, elle veut savoir ce qu'ils se disent, elle et le Giaï, toujours ensemble dans cette chambre. Jamais on n'entend un bruit, un rire ou une plainte derrière cette porte en haut des escaliers. Matelda hausse les épaules, va du fourneau à la table, échange rapidement un fer contre un autre, mouille son doigt de salive pour vérifier la chaleur, sur sa peau opaque les questions se perdent, deviennent impalpables comme ses pensées, les paroles qui sortent de sa bouche ne disent rien.

Maria sait qu'elle devrait s'emparer de ce fer, le lui arracher des mains et repasser elle-même les chemises du Giaï, les lui porter elle-même dans sa chambre et les faire glisser sur ce corps qui devient chaque jour plus maigre. Et pourtant elle n'ose pas, c'est comme si elle n'en avait pas la force et que ce fer était lourd à lui briser le bras. La nuit, quand son mari s'endort près d'elle, si elle tente de le caresser, de lui effleurer la main, le Giaï s'écarte lentement. Elle reste longtemps les yeux ouverts à regarder les tressaillements de la chandelle. Les ombres.

Elle a beaucoup à faire maintenant pour s'occuper de la terre, tout le monde veut la voler, les traits de son visage se sont faits plus précis, ses yeux plus grands, sa peau est tirée aux pommettes. Quand elle sort pour aller dans les champs elle s'emmaillote le visage pour que le soleil ne l'abîme pas, mais quelque chose qui n'a pas mûri, pas éclaté, vient rouiller la splendeur de ses vingt-trois ans. Nul ne sait si elle est jalouse de sa sœur, toujours là auprès de son mari, avec ces mains qui à chaque attouchement ont un léger sursaut. Sa voix parfois se fait âpre, d'autres fois elle redevient légère comme quand elle était jeune fille à Moncalvo.

Le Giaï mourra, il aurait même déjà dû mourir, seul le maintient encore en vie un fil relié aux doigts de Matelda appelée désormais Fantina, qui lui passe sur le visage un linge imbibé d'eau tiède, elle lui fait la barbe, l'index recueille le savon qui glisse le long des joues, le visage si proche du sien que le Giaï peut sentir son souffle et pénétrer tout au fond de ses iris, constellés de petites feuilles d'automne semblables à certaines plantes nées dans l'obscurité et pour cette raison sans couleur. Elle peigne ses boucles blondes devenues fines et clairsemées, elle essuie une dernière éclaboussure d'eau oubliée dans le cou. Des doigts qui sentent la lavande, qui pleurent et sourient, qui disent ce que la voix n'arrive pas à exprimer. Le Giaï ne la quitte pas du regard, il ne perd pas un geste d'elle, pas un soupir ; et quand elle s'arrête près de la fenêtre, absorbée dans ses pensées, il contemple sa silhouette qui se découpe sur les branches du noyer, la nuque, les cheveux relevés. Le dos qui s'arrondit vers la taille. Qui sait comment est ce dos sous le tissu gris de la robe, les petits nœuds des vertèbres. La nuit Fantina dort dans la chambre au fond du couloir et le lit est si étroit qu'elle ne peut même pas se tourner.

Trois années cela a duré, trois hivers avec le poêle allumé et Fantina assise sur le tabouret à ne rien faire. Un jour, en été, la nouvelle arriva que Pidrèn allait revenir. C'était une lettre écrite à moitié en français où il était question de Prusse et de Saxe et d'un étrange pays nommé Einsiedel. Les deux sœurs se sont mises à le chercher sur une carte géographique prêtée par le prévôt, en suivant avec le doigt des fleuves et des plaines, des montagnes colorées en marron ; mais cet Einsiedel, elles n'ont pas réussi à le trouver. Dehors dans la chaleur d'août les feuilles épuisées se replient et sous la treille les guêpes s'acharnent sur le premier raisin mûr, de sa chambre à l'étage au-dessus le Giaï tire la ficelle de la petite cloche de l'escalier pour appeler Fantina, maintenant il ne supporte plus même une demi-heure sans elle. Fantina laisse glisser le doigt qui suit sur la carte le parcours de l'Enseigne à Cheval, pour la première fois la douleur semble déchirer l'opacité de sa peau de papier et dans ses yeux qui se fixent sur Maria se concentrent les regrets, les heures qui n'ont jamais été et jamais ne seront. Jamais ensemble dans les champs, jamais s'embrasser ni sentir le corps sur le corps. Jamais, jamais. S'asseoir au bord des fossés et rire, rire de joie : « Pourquoi tu n'as pas pris Pidrèn à cette époque-là, Dieu, pourquoi ? »

La belle Maria a un frisson de peur devant ce regard : « Moi, Pidrèn ? » demande-t-elle avec un filet de voix. Mais déjà Fantina lui a tourné le dos, elle monte l'escalier en courant, elle ouvre la porte, le Giaï dans son lit soulève la tête ; ce jour-là, quand il s'en vint là-haut à Moncalvo avec son frère pour prendre femme, il était comme l'alouette affolée par le jeu des miroirs. Pardon, Matelda, pardon.

Quand Giuseppe dit le Giaï mourut, on fit chercher Pidrèn. Même le *maire** de Casale s'en mêla, avec le sous-préfet *Monsieur La Ville**, et Maria fit plusieurs fois le trajet jusque là-bas accompagnée par sa sœur. C'était l'hiver et la neige se posait sur leurs manteaux noirs, la calèche était si branlante à présent qu'il n'y avait pas moyen de s'abriter. Maria avait

(*) En français dans le texte.

une vilaine toux mais elle plut tout de même beaucoup à M. La Ville qui promit de s'occuper immédiatement de faire revenir Pidrèn. Mais quand le sous-préfet les reçut pour la troisième fois il n'avait encore aucune nouvelle et Pidrèn semblait s'être dissous sur cette carte géographique que M. La Ville gardait dépliée sur sa table et où il aurait certainement, lui, trouvé tout de suite Einsiedel. Mais ce nom, Einsiedel, les deux sœurs l'avaient oublié. M. La Ville fit à Maria beaucoup de compliments et l'invita à revenir ; avant qu'elle ne parte il lui offrit une tabatière en argent qui commémorait le couronnement de Napoléon. Mais la calèche n'était désormais plus en état de faire même un seul voyage et elle resta sous le hangar en attendant qu'un charretier de bonne volonté fût disposé à l'emporter en échange de bois de chauffe.

La chambre du Giaï fut fermée et Fantina emporta dans la sienne le violon dans sa boîte doublée de rouge. Quant à la terre, on décida de la confier à Mandrognin tandis que Maria continuerait à s'occuper des étables ; et Fantina recommença à broder. Tous les mercredis Maria allait au cimetière en compagnie de Gonda, qui avait beaucoup aimé le Giaï et l'avait tenu dans ses bras enfant. Elles marchaient, l'une devant et l'autre derrière, Maria portait les fleurs et si elle n'avait pas trouvé de fleurs elle se contentait de quelque branche avec des baies rouges. Parfois Mme Bocca qui avait un jardin somptueux face à l'église lui permettait de cueillir des feuilles aux deux grands magnolias près de la grille. Brillantes et dures, dans le brouillard qui semblait à chaque instant avaler Gonda derrière elle, ces feuilles semblaient à Maria encore plus sombres. Gonda allait tirer l'eau au puits et le gardien, assis sur une des pierres qui marquaient l'emplacement des tombes, parlait toujours de l'enterrement du Giaï, comme il avait été beau avec le soleil et les pigeons tandis que celui du Grand Masten, lui, avait été maudit. Dieu, disait-il, sait choisir le jour où les personnes doivent mourir.

Fantina n'allait jamais au cimetière, pendant ces trois années qu'elle avait passées dans la chambre du Giaï elle en avait bu tout le souffle et avec son souffle, son âme. Ce qui était dans la terre maintenant, disait-elle, ce n'était plus rien, moins encore que ces larves vides qu'on écrase au printemps dans l'herbe quand les insectes se sont envolés. A entendre certains de ces propos Maria et Gonda avaient le sang qui se glaçait ; dans le silence qui suivait il leur semblait à toutes deux entendre le violon du Giaï lorsqu'il en jouait dans les soirs d'été. Ce fut après l'une de ces remarques que Maria eut l'idée de demander à Luison de venir vivre avec elles.

Luison ne se le fit pas dire deux fois. Fantina et Maria, elle les avait élevées et elle avait toujours vécu avec elles depuis qu'elle avait quitté son village posé comme un mouchoir entre Udine et Cividale pour s'en aller, étrangère, vivre à Moncalvo.

Elle se rappelait encore ce voyage de plus d'une semaine avec le maïs haut dans les champs et les vignes vertes qui dégringolaient entre les sillons. Les premières cigales accompagnaient le bruit des sabots du cheval et le cousin qui avait conduit la charrette n'avait fait que critiquer le paysage, les collines, les maisons, encourageant les bêtes qui rechignaient à avancer sur le terrain accidenté. Luison avait vingt-cinq ans et des tresses épaisses et brillantes comme personne n'en avait encore jamais vu à Moncalvo. Perchée au milieu de ses meubles, elle était couverte de poussière de la tête aux pieds et les gens s'étaient retournés pour la regarder, se demandant qui pouvait être cette grande fille qui arrivait telle sainte Cunégonde emmenée au martyre. Plus la charrette s'avançait dans le village et plus les larmes de Luison coulaient à la pensée de sa terre couverte de bois et de fougères, où l'eau limpide bondissait entre les rochers ; et elle se demandait comment sa pauvre sœur avait fait pour être heureuse dans un tel endroit, au milieu de gens si différents. Ses larmes s'étaient ensuite transformées en sanglots quand une fois la porte de la maison franchie elle avait trouvé les deux petites filles couchées l'une à côté de l'autre sur un canapé, la tête couverte de croûtes, et une puanteur à couper le souffle. L'une, Matelda, qui marchait à peine et l'autre, Maria, serrée dans ses langes jusqu'au menton.

Luison avait été une mère anxieuse, parfois irritée et parfois joyeuse, elle avait chanté aux deux petites filles les chansons allemandes qu'elle avait apprises des soldats qui cantonnaient dans les bois autour de son village et elle avait cousu des poupées de chiffon avec tous les restes de tissu qu'elle trouvait dans la maison. Des bouts de vieux tabliers, de draps usés. Elle faisait des yeux aux poupées et une bouche rouge, un grand menton coloré semblable aux pommes de son pays. Son beau-frère voulait l'épouser pour mettre fin aux commérages qui avaient commencé à se répandre dans le village. Elle était encore jeune, et il lui semblait juste d'offrir à Luison une reconnaissance, une position. Mais elle n'avait pas voulu. Elle disait qu'elle n'était pas faite pour certaines choses, qu'elle ne ressentait pas la « nature ». Les hommes ne la dégoûtaient pas mais ils ne lui disaient rien non plus, elle n'en voulait pas et c'est tout. Elle voulait seulement sa maie peinte de fleurs et d'oiseaux, son carreau, Maria et Matelda. Elles, elle les laissait se serrer contre elle et l'embrasser, elles, elle leur permettait de se glisser avec elle sous les couvertures pour se réchauffer à la chaleur de son grand corps. Et quand on la regardait bien, on comprenait que malgré ses formes pleines, son dos puissant, il lui manquait quelque chose. Quand elle se lavait les cheveux et que la cascade des tresses dénouées pendait contre le banc de pierre, elle faisait penser à certaines héroïnes comme Geneviève de Brabant qui avaient passé une partie de leur existence au milieu des bêtes sauvages, plus à l'aise avec les animaux qu'avec les hommes. Comme s'il avait manqué à son clavier ces sons qui font une musique complète. Et si les deux petites filles pouvaient jouir avec la plus grande liberté de la tendresse de ses étreintes, quand quelqu'un la heurtait du coude ou qu'une jambe l'effleurait sous la table, elle soufflait du nez comme les chats. Ainsi, bien que l'image de Luison avec les petites filles sur les genoux pût émouvoir par la douceur timide et expansive des gestes, dès qu'elle se redressait ou que les petites se laissaient glisser à terre, son corps révélait d'un seul coup la pesanteur des jointures, l'absence de liquide.

Luison est maintenant de nouveau avec elles, une fois encore sa maie, ses meubles de plus en plus vieux, ont été chargés et déchargés, transportés dans les escaliers. De nouveau sa voix légèrement grondante brise les longs silences des soirées. Ses mains actives clouent du bois là où manquent les vitres et l'argent pour en acheter, elles tournent la polenta dans le faitout pour la faire devenir fine comme une crème, elle est debout sur un petit banc pour tourner plus fort et quelquefois elle chante. Dans cette maison aux grands vides ses chansons, de vieilles chansons de soldats austro-hongrois incompréhensibles même peut-être pour elle, passent comme un volettement d'oiseaux.

Fantina brode, la chasuble commandée par Mme Bocca pour l'église de San Michele doit être la plus belle qui se soit jamais vu et elle passe toutes les heures de lumière assise à son métier près de la fenêtre de la grande salle. Elle a dessiné au milieu une tête bouclée, et les cheveux elle les brode de fil d'or, les yeux de fil de soie bleu. Cette tête, dit-elle, c'est celle de l'Enfant Jésus, tandis que les anges qui apparaissent à ses côtés sont l'archange Michel et son compagnon, l'archange Gabriel.

Eux, on ne voit pas leur visage parce que Fantina les veut de dos, prêts à monter au ciel en se tenant par la main. L'archange Michel a une longue tunique rouge et les cheveux dénoués sur les épaules, des ailes aux plumes serrées semblables à celles des aigles, et il tient bien haut son épée d'argent tandis que le lys de l'archange Gabriel, traversé de reflets d'un lilas pâle, semble vaciller tellement il est fin. Et ses talons dépassent de sa tunique, fluets et maigres, avec quelques minuscules gouttes de sang.

Pourquoi l'archange Gabriel a-t-il du sang sur les talons, personne ne sait l'expliquer, pas même le prévôt à qui il vient des sueurs froides à regarder la chasuble qu'il devra porter un jour. Le sang est là, dit Fantina, parce que je l'ai vu. Où, quand, elle ne se souvient pas mais elle l'a vu. C'est peut-être, dit-elle aussi, à cause des épines et des ronces que l'archange Gabriel a trouvé sur la terre quand il est venu porter la nouvelle à la Vierge Marie. Et ses yeux fuient ceux du prévôt ; pâles, ils plongent sous les paupières.

Cela se passa un après-midi de septembre. Fantina brodait penchée près de la fenêtre et les feuilles du poirier dessinaient des ombres sur son métier, les mouches se posaient sur la voûte décorée par les deux frères de quatre paysages différents. Fantina avait les pieds posés sur le barreau de la chaise et elle parlait de la cueillette des pommes : cette année, disait-elle, devrait être meilleure que l'année passée, à moins qu'il ne grêle. Pensant qu'elle parlait avec Maria, Luison était entrée tranquillement, et elle était restée pétrifiée sur le seuil : le Giaï était là, debout, une main appuyée au rebord de la fenêtre, et bien qu'il fît encore chaud il avait son costume de futaine et autour du cou son écharpe.

C'était si naturel, avait dit ensuite Luison, que je me serais presque mise à parler avec eux... Mais à y repenser maintenant ; le Giaï avait bien quelque chose de bizarre : sa main. Elle était tout égratignée. Maria s'était mise à pleurer, ses larmes avaient roulé sur les courbes amaigries de ses joues, elle savait, elle, ce que c'était que ces égratignures et à présent que Luison racontait combien le Giaï était beau avec sa tête penchée et cette longue echarpe qui lui retombait jusqu'au genou, elle souffrait de se souvenir mais elle en avait en même temps un grand désir.

«Il n'est pas bon d'avoir commerce avec les morts », avait dit le prévôt. La pensée que cette chasuble que Fantina n'en finissait plus de broder (elle y mettrait dix années) allait être pour lui, le rendait malade. Il lui semblait qu'elle lui brûlerait le dos à la longue par son seul contact. Et pourtant on n'a jamais vu pareille chasuble, où les rouges sont comme des rubis et l'or presque aveuglant. Le lys de l'archange Gabriel a des pétales qui semblent se défaire au toucher tant ils sont légers et l'épée de l'archange Michel envoie des lueurs de soleil. Le prévôt est assis à côté de Fantina, les morts qui vont au purgatoire, lui explique-t-il, y vont parce qu'ils doivent expier quelque faute, nous avons tous nos péchés, mais si on vient les déranger alors ils doivent rester au purgatoire des centaines et des centaines d'années de plus.

Il est encore jeune, le prévôt, avec une barbe noire qu'il n'a pas le temps de raser, il est attiré par cette maison pleine de femmes comme un moustique par l'eau, il tourne et il reste là, il lève les yeux au ciel quand Gonda s'approche de lui et qu'elle l'interrompt avec son souffle de dents gâtées. Fantina imperturbable le regarde, elle qui n'a jamais été belle, elle a maintenant un air florissant, la peau lisse et pleine, le cou rond, elle se penche vers le prévôt, elle s'humidifie les lèvres.

Mon Dieu, le démon, ces tours qu'il invente ! Le prévôt se lève d'un bond, il se cogne dans la chaise, cette chasuble sur le métier exhale une odeur de soufre. C'est l'or, peut-être, ou peut-être la soie. Dans la cuisine Maria tourne le confit de raisin sur le feu, elle a les manches relevées et la vapeur mouille ses cheveux, colle à son corps le coton noir de sa robe. « Et Pidrèn, aucune nouvelle ? » demande le prévôt avec la voix qui lui manque. Même Luison qui a cinquante ans passés laisse entrevoir pendant qu'elle aide Maria des interstices de peau très blanche, intacte.

Pidrèn est à Einsiedel. Il a appris un peu d'allemand et il va peut-être épouser la fille d'un riche marchand de suif. Il a eu beaucoup de fiancées, une à Amiens et même une à Séville, mais aucune fois jamais n'a été la bonne. Et même maintenant qu'il pense passer le reste de sa vie dans ce pays gris battu par les vents et traversé par un fleuve de pèlerins, il lui semble qu'Einsiedel est destiné à n'être qu'un lieu de passage, un relais de poste. Autant s'arracher aussi du cœur cette Margaretha de lait et de miel, avec sa maison qui donne sur la place où se croisent des voitures de toutes sortes, et des ducs et des princesses en descendent avec de grandes capes sombres et vont se prosterner, étendus de tout leur long, sur les dalles de l'antique cathédrale. Autant reprendre le cheval avec la couverture à damier et espérer la grande occasion qui le fera général. Le tsar Alexandre est brouillé avec Napoléon et l'empereur est en train de rassembler des troupes dans toute l'Europe, le tsar est fabuleusement riche et l'on parle d'églises aux flèches incrustées de lamelles d'or, de chambres tapissées de lapis-lazuli. Le premier qui forcera les portes des couvents trouvera tant de richesses qu'il n'aura pas assez de chevaux pour les transporter.

Il lui arrive encore parfois de penser au Giaï et il imagine qu'il a des enfants déjà grands, et les tranches de pain, on n'a même pas le temps de les couper, le lait même pas le temps de le traire et Gonda de plus en plus vieille leur chante à eux aussi la chanson du *Cochon qui boite*. A elle, à Maria, il ne pense plus. Il l'a oubliée et il ne comprend pas comment il a pu souffrir autant quand elle lui a préféré son frère. Il ne sait pas que le Giaï est mort, enterré près du Grand Masten un jour de soleil et de pigeons blancs, et que dans la maison beaucoup de pièces ont été fermées et à la place des carreaux brisés on a mis des planches ; et le silence est parfois si profond qu'on entend le crissement des vers. Parfois. Parce qu'à d'autres en revanche on a recommencé à entendre, léger, un peu strident, le violon du Giaï. L'hiver est venu et à certaines heures Fantina devient agitée, elle laisse tomber les fils d'or de sa broderie. Ce son, Maria feint, elle, de ne pas l'entendre, la nuit tombe et les valets et leurs familles se sont enfermés avec les bêtes, elle est assise à la table et elle joue au *reversis** ou à la *brisque** avec Mandrognin assis en face. Luison est sourde et ce son pour elle c'est le vent, bien qu'un brouillard aussi dense ne puisse rien laisser passer du vent, pas même un filet.

Mandrognin est amoureux de Maria mais elle ne se soucie en rien ni de Mandrognin ni des autres et elle donnerait à présent dix années de sa vie pour revenir ne serait-ce qu'un seul jour au temps où le Giaï prenait son visage entre ses mains et embrassait sa bouche, ou la tenait sur son corps comme si leur lit était un grand fleuve blanc. De Pidrèn on n'a plus eu de nouvelles, il est peut-être mort lui aussi, embroché par quelque baïonnette, M. La Ville est rentré à Paris et sa tabatière a été mise de côté pour quelque vague génération future. Peut-être un fils de Pidrèn s'il en existe un quelque part.

Mandrognin s'est encore trompé et Maria le répri-

(*) En français dans le texte.

mande, il penche la tête, résigné ; et tandis qu'il regarde les mains de Maria abîmées par le froid il se dit que si elle n'élevait pas si souvent le ton il pourrait tenter de lui en effleurer une. De s'offrir, lui, pour ces travaux qu'elle s'obstine à faire, entêtée et incapable. Il lui a apporté une demi-forme de fromage et Maria l'a remercié distraitement comme si tout lui était dû. Pour sa vie malheureuse, pour sa jeunesse qui passe et s'en va, si amère. Mais Mandrognin est content comme ça, il lui suffit de la regarder, de savoir qu'elle va pouvoir manger, avec cette faim qu'elle a toujours de reste. Il voit ses joues décharnées, son cou mince, ses épaules qui trahissent sa fièvre au son de ce violon, un son qui fait mal même à lui et il rassemble en hâte les cartes, il les bat longuement. Pour que Maria ne s'en aille pas, qu'elle ne le laisse pas seul là avec Luison qui somnole sur la chaise, le feu qui s'éteint peu à peu. Les recoins sombres, froids.

Ce qui est arrivé à Pidrèn pendant la campagne de Russie, personne ne l'a jamais su. Personne n'a jamais compris comment il s'en était sorti ni s'il n'avait pas dû vendre son âme au diable en échange de son salut. Le portrait qui le montre adossé au velours d'un fauteuil, avec la chaîne d'or qui traverse son gilet, ne porte aucune trace de son passé napoléonien. Mais ce portrait fut peint alors qu'il était déjà avancé en âge et que les récits de ses exploits parmi les Mamelouks et en Westphalie avaient déjà fait plusieurs fois le tour du Montferrat.

Il conservait de ces lieux et des batailles qu'il avait faites des souvenirs qui ne cessaient avec le temps de s'enrichir de détails, et personne jamais n'osait le contredire. Au premier de ses fils il donna le nom de Gavriel à cause du compagnon d'armes qui lui avait sauvé la vie à Wagram et le second, il voulut qu'il fût baptisé Louis-Charles parce qu'ainsi s'appelait le général Desaix dont il avait pleuré la mort assis sur un banc. Le dernier fils enfin fut appelé Gioacchino par amour pour Murat qui n'avait pas hésité à regarder en face le peloton d'exécution. On savait même de sa fiancée Margaretha qu'elle chantait bien et coloriait de merveilleux œufs de Pâques en mélangeant à sa salive des pétales de fleurs. Et s'il ne donna pas son nom à sa cadette ce fut seulement par égard pour sa femme. Il continua pendant de nombreuses années à recevoir des lettres de gens qui avaient fait comme lui les campagnes d'Egypte, d'Italie, qui avaient combattu en Espagne. Des lettres qui évoquaient des batailles, des villes en liesse, des bagarres et des chevaux.

Mais la Russie, c'était comme s'il n'y était jamais allé ; si quelqu'un parfois la nommait ses yeux se perdaient dans une autre direction ; lui, il ne savait rien et Borodino, Moscou, le Don étaient des lieux qui appartenaient à une autre sphère terrestre. Koutouzov ? Le son d'une langue jamais entendue. Son corps était couvert de cicatrices et chacune avait un nom, elles rappelaient sur sa peau des forêts et des fleuves, des camps et des bivouacs. Aucune ne rappelait la Russie, la Russie il semblait qu'il l'eût traversée indemne, comme un démon passe à travers le feu.

Presque tout de suite on lui donna le nom de Sacarlott (le *Sacredioux* des Français) parce qu'il s'irritait facilement, ou plus probablement parce que tous étaient intimidés par lui et étaient saisis d'un haut-le-corps quand ils se le retrouvaient derrière eux. C'est Luison qui l'appela ainsi la première quand un matin Pidrèn entra dans la cuisine alors qu'elle endormait un poulet en lui mettant la tête sous l'aile, un jeu qui amusait beaucoup le petit Gavriel dans sa chaise haute. Se retournant, elle le vit derrière elle, elle eut peur, le poulet lui tomba des mains et alla se briser l'os du cou. « *Sacredioux !* » cria Pidrèn.

Il était revenu un soir de la fin du mois de mars, il y aurait eu bientôt sept ans que le Giaï était mort et les deux sœurs ainsi que Luison avaient fini de dîner depuis longtemps. Elles mangeaient tôt, à cinq heures et parfois même à quatre, et plus le temps de la récolte était loin plus elles faisaient vite car il y avait alors bien peu de chose sur la table. C'est Mandrognin, venu jouer aux cartes avec Maria, qui lui ouvrit et aussitôt il referma la porte. Pidrèn se mit à frapper avec furie et plus il frappait plus les autres à l'intérieur étaient effrayés, jusqu'à ce que Maria allât regarder à la fenêtre ; et bien qu'il ne fût pas facile de voir qui était ce vagabond maigre comme un sac d'os, les pieds bandés de chiffons et une peau de mouton en guise de chemise, elle le reconnut tout de suite. Et elle s'évanouit.

Pendant ces sept années en effet elles avaient mangé sans trop de remords toute sa part, aussi bien ce que le Giaï avait mis de côté tant qu'il avait été vivant que ce qu'elle aurait dû, elle, mettre de côté pour le cas où Pidrèn reviendrait. Elles avaient vendu sa terre, les semences, ses bêtes. Luison seule ne se départit pas de son calme et il y eut entre Pidrèn et elle un dialogue fait de nouvelles rapides et succintes, de oui et de non. Ensuite Pidrèn, qui s'était jeté la tête sur la table pour pleurer la mort de son frère, s'endormit d'un seul coup. Si profondément qu'elles n'étaient parvenues que vers l'aube à le faire monter au lit, où il dormit trois jours d'affilée, une miche de pain serrée contre sa poitrine.

Il épousa Maria presque tout de suite. Elle ne savait pas si elle le voulait ou non mais elle n'osa rien dire à cause de ces terres, de ces semences et de ces bêtes dont elle ne pouvait plus rendre compte. Il l'épousa à cinq heures du matin dans une église déserte, sombre, juste deux chandelles de chaque côté de l'autel et le prévôt avec sa barbe mal rasée. L'alliance, Maria l'avait déjà au doigt ; pour en acheter une à Pidrèn on vendit la peau de mouton qui était de bonne qualité. Luison prépara la polenta et Mandrognin servit de témoin, avec la fièvre qui lui brûlait le front. C'était une belle journée et quand ils sortirent de l'église Maria vit des pigeons blancs et il lui sembla que c'étaient les mêmes que le jour de l'enterrement du Giaï. Le soleil faisait scintiller les feuilles de magnolia près de la grille de Mme Bocca et la dame, qui se levait toujours à l'aube, se promenait majestueusement, suivie de son petit chien. Mais elle sembla ne pas les voir.

Ils s'installèrent dans la chambre du premier étage où le noyer frappait les vitres avec ses feuilles ; Pidrèn cependant ne voulut pas du lit qui avait été celui du Giaï et ils posèrent deux paillasses de feuilles de maïs sur des planches. C'est là qu'après tant de temps Maria fit de nouveau l'amour. Mais l'homme qui l'étreignait lui semblait un étranger venu comme les autres pour la voler et le premier mois elle ne fit que pleurer, avec Pidrèn qui voulait faire l'amour matin et soir. Au bout d'un mois Pidrèn enfila la chemise de coton neuve que lui avait cousue Luison et il envoya chercher Mandrognin pour examiner le registre des terres, Maria se lava les cheveux et les laissa longs et dénoués pour les sécher au soleil. Et tandis que les cheveux s'égouttaient sur l'herbe Luison dit quelque chose à propos de Mandrognin qui avait été saisi d'un tremblement au seul son de la voix de Pidrèn ; et Maria éclata de rire. Ce fut un rire cruel, léger, qui vibra longtemps dans sa gorge. Le premier.

Un an plus tard Pidrèn avait acheté non seulement un lit mais toute une chambre à coucher en noyer massif comme on n'en avait encore jamais vu dans le pays, si l'on faisait exception de la maison de Mme Bocca. Le lit, à une seule colonne, était semblable à celui de Napoléon à Fontainebleau. Fantina cessa de broder la chasuble pour coudre les brassières du premier enfant de Maria.

Gavriel naquit à six heures du soir, il était brun et Pidrèn ne dit pas s'il était content que ce soit un garçon ni qu'il était superbe comme tous l'affirmaient, il dit seulement : « Il s'appellera Gavriel », et il retourna dehors surveiller la traite des vaches. Quand ils le virent arriver les bouviers inclinèrent aussitôt la tête mais personne ne parla de l'enfant, les bouviers parce qu'ils ne savaient que dire, Pidrèn parce qu'il ne parlait jamais. Ce jour-là aussi il alla vérifier les terrassements pour les vignes ; et là, quand le travail n'était pas parfait, il se contentait de le défaire avec le bâton qui avait été celui du Grand Masten et ensuite, pendant peu de temps, celui du Giaï.

Le jour suivant était un dimanche et l'après-midi Luison et Fantina allèrent à vêpres, Gonda emporta pour les rincer les linges ensanglantés par l'accouchement. Maria resta seule avec le petit Gavriel qui dormait près d'elle dans le berceau, les rideaux de tulle ondulant dans le soleil. Elle regardait au plafond les volutes peintes des années auparavant et il lui semblait qu'elles dessinaient dans l'angle le visage d'un vieillard avec la barbe en pointe. Après tant d'années, elle avait une grande nostalgie de sa maison à Moncalvo et ce lit à une seule colonne lui semblait mal fait, *bizarre*, comme disait Gonda. Et même si maintenant elle aimait bien faire l'amour avec Pidrèn, il lui semblait toujours un étranger, et lorsque dans son sommeil il lui arrivait de le toucher ou de le heurter avec son dos, elle s'effrayait comme d'une chose inconvenante. Les cloches sonnaient le début de l'office qu'elle était encore là à regarder cette tête de vieillard au plafond : l'œil formé de deux volutes marron la fixait et lui ordonnait quelque chose. Mais quoi exactement, elle ne le savait pas.

Quand Luison et Fantina revinrent de vêpres Maria dormait et bien qu'elle eût à présent presque trente ans elle ressemblait à une petite fille avec ses longs cheveux étalés sur l'oreiller. Fantina la réveilla en la touchant avec de l'eau bénite et Maria ouvrit les yeux : des yeux très beaux, sombres et heureux : « Le Giaï est venu, dit-elle, il est venu voir l'enfant... »

Fantina éclata en sanglots, c'était la première fois depuis la mort du Giaï et ses larmes au lieu de venir de ses yeux semblaient jaillir de tout son visage, elles couraient sur son cou et sur ses mains. « Quand ? » demanda-t-elle avec un filet de voix.

Maria raconta que les cloches avaient à peine fini de sonner qu'elle avait entendu des pas monter les escaliers et elle avait pensé que c'était Pidrèn, revenu chercher quelque chose ; mais avant même que ces pas ne s'arrêtent devant la chambre elle les avait reconnus. Elle avait fermé les yeux et son corps s'était dissous entre les draps comme si le lait et le sang s'écoulaient d'elle et qu'elle était plongée dans leur liquide chaud. Et quand elle les avait rouverts le Giaï était penché sur le berceau et hochait la tête en signe d'assentiment. Peut-être souriait-il. Elle aurait voulu l'appeler, crier son nom : Giaï, Giaï ! Il y avait un tel silence qu'elle pouvait entendre le frôlement des rideaux pendant qu'elle regardait sa tête pleine de boucles comme autrefois. Ses mains, elle n'était pas arrivée à les voir, parce qu'il les gardait croisées derrière son dos, qui sait si elles étaient égratignées comme quand Luison les avait vues. De sa chemise dépassait une fleur d'épine blanche. Mais ça avait duré un instant, elle n'avait eu le temps de rien, même pas de voir ce sourire, si vraiment il y en avait un. Le silence à ce moment-là avait été si grand qu'elle avait bougé les doigts sur le drap pour faire du bruit.

Tout le temps que Maria avait parlé, Fantina était restée près de la fenêtre à regarder dehors, ses pleurs s'étaient calmés et ses yeux avaient recommencé à s'emplir d'eau comme des mollusques sous les paupières. A peine sa sœur eut-elle fini qu'elle sortit de la chambre en courant.

Cette nuit-là Maria entendit le violon jouer et elle se leva pour regarder par la fenêtre. Fantina était assise sur le rebord du puits et sa chemise blanche glissait de ses épaules tandis qu'elle suivait la musique en bougeant à peine la tête, avec sa tresse dans le dos, ses pieds très blancs qui frôlaient le sol. Maria aurait voulu lui dire de se couvrir mais il lui semblait que le son du violon était si fort que sa sœur n'entendrait pas ; alors elle était restée là longtemps à la regarder. Les épaules de Fantina étaient brillantes de rosée et sa chemise glissait de plus en plus comme eût fait un drap sur le rebord du puits, tandis que le son du violon se rapprochait et tournait autour d'elle et qu'elle devenait le centre autour duquel s'enroule l'espace tout entier. Fantina se pencha en avant et la chemise glissa à terre en découvrant ses flancs arrondis, plus blancs encore dans la nuit. Maria voulut crier mais la jalousie étouffée pendant toutes ces années était devenue un cheval fou qui la roulait entre ses sabots. Aucun son ne pouvait plus l'exprimer.

Elle resta muette trois jours durant et pendant ces trois jours elle ne fit que penser à ce qu'elle avait vu. Il n'y avait plus ni l'enfant ni Pidrèn ni Luison ni Gonda, il y avait seulement Fantina sur le rebord du puits. Couchée dans son lit, immobile, elle assistait pour la première fois au spectacle qui s'était déroulé pendant des années sous ses yeux sans qu'elle le vît. Le rideau s'était levé et mille bruits rompaient le silence qui avait enveloppé comme de la ouate la chambre du Giaï ; et de l'autre côté de cette porte qu'elle n'avait jamais osé ouvrir Fantina et le Giaï interprétaient leur histoire d'amour faite de brefs, de brûlants contacts. De gestes lents, pleins, absolus. La lumière tombait sur ces chemises que sa sœur repassait comme si elle était en train de caresser les épaules du Giaï, éclairait le peigne qu'elle faisait passer dans ses boucles de chérubin malade. Ainsi en avait-il été : Fantina le lui avait enlevé jour après jour.

Cela avait commencé tout de suite, bien avant que le Giaï ne tombe malade, dès le début quand elle venait en visite et qu'elle s'asseyait pour l'attendre sous le noyer. Et tandis qu'elle se perdait dans l'enchevêtrement des désirs, l'esprit de Fantina restait éveillé, lucide, rusé. Son cœur en alerte, prêt à bondir. Elle revoit maintenant l'arbre et le tabouret sur lequel sa sœur est assise (celui-là même qu'elle emporterait dans la chambre du Giaï pour l'y installer comme un petit trône), elle revoit le Giaï, la bouche un peu tordue vers le bas, entrouverte, le visage serré contre le violon, les doigts qui vibrent sur les cordes ; et la musique semble naître de la mélancolie de son regard pour venir se poser avec douceur sur Fantina assise sur le tabouret. Elle se souvient maintenant que même le jour de son mariage Fantina avait trouvé le moyen de s'asseoir auprès de lui et alors que tous trinquaient, se levaient, revenaient s'asseoir, elle n'avait pas quitté sa place à son côté. Insoupçonnable, opaque, avec sa main qui rassemblait les miettes et les dispersait.

La première chose que dit Maria dès qu'elle recommença à parler fut qu'elle ne voulait pas d'autre enfant. Gavriel serait le premier et le dernier. La peur et les larmes, l'odeur de mousse de son sang et ce sentiment d'être de la chair qui reproduit une autre chair lui semblaient, dans l'ombre que le noyer projetait à l'intérieur de la chambre, des bêtes sauvages prêtes à la dévorer. Rien ne lui donnait de joie, ni la chemise toujours mouillée de lait ni les doigts de l'enfant qui s'agrippaient à son sein comme de petites pattes de rat. Elle aurait voulu être une bulle d'air et s'en aller là-haut, se poser sans poids sur les volutes du plafond où ce vieillard continuait à la fixer.

Pidrèn ne posa guère de questions, de même qu'il

s'était contenté de l'explication de la sage-femme sur le fait que sa femme avait perdu la parole, il accueillit sans plus de commentaires une déclaration aussi radicale. Sa seule mesure fut de faire décapiter le noyer et quand la cime de l'arbre s'écroula à terre dans le fracas des feuilles, la chambre fut d'un seul coup pleine de lumière. Une lumière qui mettrait en fuite les mauvaises pensées comme les fantômes. Il sourit, lui qui souriait si rarement, et il embrassa sa femme sur la bouche. Durant ces années où il avait été au loin il avait connu tellement de sortes de femmes qu'il avait fini par penser qu'elles étaient toutes pareilles et qu'on pouvait faire avec l'une ce qu'on avait fait avec une autre. Maria lui plaisait et les enfants étaient importants à ses yeux, pour la terre et pour la maison ; et quand il la vit debout, pâle et florissante, les yeux alanguis de soupirs intérieurs, il décida de ne tenir aucun compte de ce qu'elle avait dit.

Pendant quelque temps Maria fut entre ses bras comme une poupée, elle se laissait déshabiller et tourner dans le lit sans émettre un souffle. C'était l'été et la lune désormais libérée des branches du noyer frappait le carrelage, Maria tendait l'oreille au cas où le violon du Giaï jouerait. Mais elle n'avait pas mesuré la force de Pidrèn, la force de quelqu'un qui s'est convaincu et a convaincu les autres que ce qui était bon pour lui était bon pour tous. Et que parfois le bien peut être aussi le moindre mal. Ainsi peu à peu contrainte, dominée par sa volonté, elle vit ses pensées revenir se couler le long du sentier de la vie familiale comme des lettres entre les lignes d'un cahier. Les journées reprirent leur respiration et la nuit son corps redevint un liquide qui reprenait forme entre les bras de Pidrèn.

Mais pendant toute cette année-là, jusqu'à la naissance de Louis-Charles appelé plus tard Luis, sa jalousie envers Fantina ne la quitta pas ; et lorsqu'il lui semblait l'avoir vaincue, elle revenait à l'improviste la blesser. Il lui suffisait de voir un de ces mystérieux sourires qui illuminaient le visage de sa sœur vers la tombée de la nuit ou de la trouver assise, extatique, les mains abandonnées sur ses genoux parmi les fils de couleur. Et quand elle l'entendait s'approcher du berceau de Gavriel elle bondissait pour l'empêcher de toucher l'enfant.

Un jour où elle était restée seule à la maison, il lui sembla entendre à nouveau le pas du Giaï et elle se mit à l'écoute, étouffant le feu dans le poêle. Elle resta longtemps immobile auprès du berceau, tenant haut la lumière afin que s'il entrait le Giaï pût admirer l'enfant qui dormait serré dans ses langes C'était l'automne et derrière les fenêtres il faisait déjà sombre, on entendait les charrettes qui rentraient des champs et elle frissonnait de froid. Elle aurait voulu dire au Giaï tant de choses, lui prendre les mains et y plonger son visage, pleurer entre ses doigts.

Mais le Giaï ne revint pas, ni cet après-midi-là ni ensuite ; et un jour, alors que la grossesse de son second enfant était déjà avancée, elle entra dans la chambre de Fantina, ouvrit la boîte et prit le violon dans ses mains. Elle effleura des doigts les cordes : par la fenêtre qui donnait sur la cour, elle voyait le ciel blanc de pluie. Ce ciel était sans un souffle, plat comme le fond d'une écuelle. Le violon lui glissa des mains ; rien dans cette pièce ne lui appartenait et l'odeur qui montait du châle abandonné sur une chaise, des petits objets éparpillés sur la commode, était celle qu'il y avait eu dans la chambre du Giaï. Et elle sortit en courant comme si elle était entrée pour voler.

Ce soir-là au dîner, quand Fantina se leva avant les autres sous le prétexte qu'elle ne se sentait pas bien, la jalousie lui serra la gorge et elle vomit sa bouchée dans son assiette. Et pendant que Luison essayait de l'aider en lui frappant des coups dans le dos, elle vit

Fantina passer la porte des escaliers, avec ses cheveux qui déjà se dénouaient des épingles et qu'elle ne se souciait pas de remettre en place. Sa haine fut telle que la sueur commença à couler sur ses tempes et s'il n'y avait pas eu Pidrèn pour la retenir par la tresse, elle aurait glissé de tout son long sur le carrelage.

Pour Pidrèn l'année où naquit son second enfant fut une année heureuse. Il avait connu en France de nouvelles techniques d'ensemencement et pour la première fois les avait expérimentées sur ses terres : la récolte avait été d'un tiers supérieure à celle de l'année précédente et l'avoine avait poussé si vigoureuse que Mme Bocca l'avait toute voulue pour les chevaux de sa fille, mariée a un marquis de Casale. Et comme au temps du Grand Masten c'était de nouveau un va-et-vient ininterrompu de charrettes et les valets devaient rester debout jusque tard dans la nuit pour entasser le foin sous les arcades.

Mais quelquefois vient le ronger comme un ver la pensée de son frère qu'il a quitté heureux auprès de son épouse sur le parvis de l'église et qui est mort ensuite sans plus jamais le revoir. Une pensée qui lui fait mal parce que le Giaï a laissé derrière lui des traces tellement fugaces, des fragments auxquels il est difficile de redonner un ordre, et les recomposer demanderait une patience infinie. Comme si le Giaï avait été un vent léger, un courant d'air dans la grande bourrasque de la vie. Les brouillards montent de la terre, Pidrèn marche à travers les champs sombres et déserts, par de telles journées tous se serrent dans les étables auprès du souffle des bêtes. Mais lui, il ne sent pas le froid, il ne perçoit pas la pluie, ses bottes s'enfoncent sans bruit dans la terre pourrie de l'hiver, les moineaux s'élèvent en vols rapides et brefs, ils disparaissent eux aussi dans l'air qui glace la bouche. Il n'aime pas suivre à rebours les labyrinthes, s'arrêter dans la contemplation d'un lieu, il n'en a pas le temps non plus s'il veut rétablir la terre partie à vau-l'eau, redevenir un *propriétaire* avec le gilet de velours et la montre accrochée à la chaîne en or. Un *propriétaire* avec son banc à l'église, juste derrière celui de Mme Bocca. Ses fils doivent étudier, ses filles avoir une dot et tous les désirer pour femme. Il en a tellement vu quand il allait sur son cheval à la selle usée, des souffrances impossibles à raconter, des trous noirs qui ont aspiré sa mémoire, qui l'ont anéantie comme un boyau infect. Autrefois, jeune homme, il bavardait et riait facilement, certains soirs d'été même il chantait et sa voix tirait le Grand Masten de sa mélancolie. Depuis peu un autre fils lui est né, et cet hiver, quand il aura fini de vendre toute la récolte, il aura assez d'argent pour refaire le toit des étables, acheter d'autres bœufs. Dans le pays on l'appelle déjà Sacarlott, les paysans le craignent et sa femme parfois le regarde en se demandant si lui aussi, il souffre, pour autre chose que pour la grêle qui a abîmé la récolte ou la foudre qui a incendié une gerbe. Mais il a appris, lui, que la vie, il faut l'enfermer dans un cercle, comme ces arènes qu'il a vues en Espagne. S'abandonner à la souffrance ne sert à rien et ce qui sert encore moins, c'est de la laisser voir aux autres, les plaies doivent être tenues cachées sinon des nuées de mouches arrivent pour en sucer le sang. Quand Maria avait choisi son frère, la douleur avait continué de le brûler longtemps. Il savait qu'il était l'homme qu'il lui fallait, il savait que leurs corps se seraient rencontrés avec élan et que se désirer et s'unir leur aurait été la chose la plus naturelle au monde. Aurait apporté la force, la vie. Mais elle n'avait pas compris et rien n'avait été ni ne pourrait jamais être comme cela aurait dû.

Il a des oreilles grandes et poilues, Pidrèn, des jambes courtes pour son corps, une bouche qui plaisait beaucoup à la Margaretha d'Einsiedel. Une bouche qui rit à présent rarement et où les dents ne sont plus aussi blanches et serrées que quand il s'asseyait dans la maison du marchand de suif et qu'il entendait les voitures sur les pavés de la place. Maria lui est sincèrement attachée, bien des raisons la poussent à lui être reconnaissante et la moindre n'est pas cette part des biens dont il n'a jamais soufflé mot. La nourriture et les vêtements, le bois qui ne manque plus pour personne. Mais la capacité d'aimer s'est atrophiée en elle, cette part fanée avant le temps n'a pas pu reprendre vigueur. Et la maternité ne lui a pas redonné la lumière qu'elle avait autrefois. Elle est jeune encore mais sa chair devient de plus en plus sèche, son pas mesuré, sans élan. Le second enfant est né facilement, on l'a appelé Louis-Charles comme le général tant aimé. Elle a recommencé à chanter pendant qu'elle balance le berceau et elle a cessé aussi d'attendre le Giaï parce qu'elle sait qu'il ne reviendra plus.

Elle va rarement au cimetière et ce n'est plus Gonda qui vient avec elle maintenant mais ce Gavriel plein de force qui lui échappe des mains, au risque de finir sous les roues d'une charrette. Dans le nouveau cimetière qui se construit en dehors du village, Pidrèn veut pour sa famille une chapelle où il mettra son frère mort depuis plus de dix ans. Mais que peut-il rester à présent du Giaï, le cercueil était pauvre, l'air et l'eau passaient au travers. Il veut une chapelle avec une voûte peinte en bleu ciel et les étoiles et la lune dessinées dessus. Elle arrache l'herbe qui a poussé autour de la pierre sur la tombe du Giaï, elle met dans un vase des dahlias, un violet, un jaune, un troisième tacheté de blanc. Gavriel tombe et s'écorche un genou, il la regarde sans pleurer, un étrange sourire timide et sournois passe sur son visage, il veut montrer qu'il a du courage. Le courage que veut Sacarlott. Les cheveux de Gavriel, noirs à sa naissance, sont devenus d'un beau châtain cuivré et il s'amuse à tourner entre les tombes et à s'asseoir ensuite sur les petits monticules de terre en laissant courir son doigt sur les noms gravés dans la pierre. Sa mère l'appelle : « Gavriel, allons ! » Il court dans le sentier. « Allons, allons !... » crie-t-il en agitant les bras comme si c'étaient des ailes, elle le gronde, ce n'est pas un endroit où on peut faire du bruit, dit-elle. Les lézards se faufilent dans la haie de myrtes, les campanules bleues retombent en festons le long du mur.

Après Gavriel et Luis viendra Bastianina, puis Manin qui vécut si peu et enfin Gioacchino, mort durant ce terrible été de 1835. Mais cela elle ne le sait pas encore et elle marche lentement sur la route poussiéreuse en tenant l'enfant par la main. Ses pensées vont aux œufs à ramasser dans le poulailler, à la laine à faire carder. A la première robe de Luis. Dans cette vie que Sacarlott veut clore comme une arène elle a trouvé un coin d'ombre, elle a délimité un cercle plus petit encore et de là parfois, sans souffrance maintenant, elle regarde sa sœur devenir feuilles, devenir vent, ne connaître aucun cercle, grand ou petit, seulement les vastes espaces des oiseaux.

Fantina a remis à Mme Bocca les ornements pour l'église, tous les domestiques de la maison ont été réunis pour les admirer, il y a tout, avec l'étole et la tunique. Aux grandes fêtes le prévôt les enfile avec circonspection, les gens viennent des villages voisins pour les voir et s'assoient sur les bancs en joignant les mains d'émerveillement, le prévôt entonne le *Gloria*, effrayé et abasourdi par les splendeurs qui s'élèvent de son dos. Et comme s'il sentait sur sa nuque la pression des doigts de Fantina sa voix tremble, devient rauque. Sacarlott, debout au fond avec les hommes, le chapeau à la main, regarde devant lui impassible ; encore un peu de temps et il aura son banc derrière celui où est agenouillée Mme Bocca. Personne ne comprend quel est son rapport avec

Dieu, s'il éprouve de la peur ou seulement du respect. Ou peut-être rien.

Fantina chante dans le chœur et le voile blanc des vierges recouvre ses cheveux dont pas un n'est devenu gris. Le prévôt élève le calice, les paysannes vêtues de jupes usées et décolorées baissent la tête, leurs yeux abîmés par la conjonctivite ne voient presque rien, juste une unique, une immense lueur. Fantina chante sur une seule note et la musique est dans sa chair, blanche comme la pâte à pain, tandis que la tête bouclée de l'Enfant Jésus semble se détacher du dos du prévôt et monter vers le ciel entre les archanges Gabriel et Michel qui se donnent la main, jamais personne ne verra leurs visages. Maria penche la tête, elle est de nouveau enceinte et ce qu'elle porte en son sein lui semble un lapin, un rat en comparaison de cet Enfant Jésus aux yeux de soie. A côté d'elle Gavriel ébahi fixe la tête au centre de la chasuble, ces boucles comme des serpents d'or. Il est pris, perdu, est-ce que ça a jamais existé, un être aussi beau ?

«Non, jamais, lui dit Fantina, mais ça aurait pu, oui, ça aurait pu. »

Luison s'indigne : « Comment, il a jamais existé l'Enfant Jésus, mais qu'est-ce que c'est que ce blasphème ? » « Et le Giaï, il était pas beau le Giaï ? », dit Gonda, elle se le rappelle, enfant, c'était le plus beau de tous et quand il allait à la messe le vieux prévôt le faisait asseoir sur les marches de l'autel, ses cheveux étaient si longs qu'ils frôlaient la pierre. Le Grand Masten, dit encore Gonda, voulait qu'on les lui coupe, il disait qu'il était grand et qu'il devait mettre des pantalons et couper ses cheveux mais sa mère ne voulait pas, elle avait peur d'abîmer une telle beauté. Des larmes emplissent les yeux de Gonda au souvenir de tous ces morts, son dos est si courbé qu'elle doit manger en posant son écuelle sur une chaise, elle n'a plus de souffle pour chanter aux enfants la chanson du *Cochon qui boite*. Le Giaï, elle l'aimait bien, il était gentil et quand il la rencontrait avec le panier à bûches il le lui enlevait toujours du bras.

Seule Maria semble ne pas entendre leurs propos, sur la chasuble brodée par Fantina elle a regardé longtemps les gouttes de sang aux talons de l'archange Gabriel, rouges et liquides comme si elles venaient de couler. Elle revoit alors le sentier de briques de sa maison d'autrefois à Moncalvo et Pidrèn et le Giaï qui marchent l'un derrière l'autre tandis qu'elle et sa sœur les épient à travers la fente des rideaux. L'un est plus petit, robuste, il a le regard décidé et le pas assuré de quelqu'un qui est à l'aise dans la vie. Mais elles, c'était tout de suite l'autre qui leur avait plu, celui à la tête un peu dodelinante et au sourire à peine perceptible. Il était vêtu de futaine, le Giaï, et une écharpe faisait le tour de son cou, comme oubliée là par l'hiver.

Plus tard, quand elle était allée cueillir des branches d'épines prêtes à fleurir, le Giaï l'avait suivie et quand elle n'y arrivait pas il essayait de les casser pour elle, l'écharpe s'était prise dans les ronces et pour la retirer il s'était griffé jusqu'au sang. Ils avaient bu du muscat ce jour-là, ce muscat était fort, il montait à la tête, assise sur le banc de pierre sous les noisetiers elle avait lavé ses mains blessées et quelques gouttes de sang étaient tombées sur elle. Leurs fronts si proches, à se frôler. C'est ainsi qu'elle l'avait choisi ; même si sa famille aurait préféré l'autre. Celui qui en pénétrant dans la maison avait obscurci l'entrée de son ombre et le jour de son mariage l'avait embrassée sur le seuil de l'église ; un frisson avait agité ses épaules, elle s'était sentie trembler.

Les doigts de Sebastiana dite Bastianina furent dès sa naissance des doigts particuliers. Déjà quand, toute petite, elle tenait son crayon, ses doigts semblaient des jets d'eau tellement ils étaient rapides et se déplaçaient avec légèreté sur le papier. Elle dessinait partout, sur les murs, sur les briques du sentier, dans la terre avec l'index. Elle restait assise des heures à regarder Fantina broder et de temps en temps elle disait : ici je ferais comme ça, ici plutôt comme ça, traçant du doigt sur l'étoffe des dessins pleins d'imagination.

Fantina l'aimait et l'emmenait souvent dans sa chambre où se trouvait encore, enfermé dans une malle, son trousseau de jeune fille. Bastianina enfonçait son visage dans ces chemises et ces draps qui n'avaient jamais servi et elle en aspirait l'odeur, fermant à demi les yeux de plaisir. Toute la pièce lui donnait un léger vertige, elle touchait les fleurs de cire, elle s'asseyait sur le lit serré contre la paroi et ses doigts effleuraient avec crainte le bois luisant du violon. Parfois, dans un moment de grand amour, Fantina lui permettait de faire courir ses doigts le long des cordes tandis qu'elles se regardaient sans rien dire.

Mais Maria l'emmène, elle ne veut pas que la petite aille dans cette chambre. Luison qui dort tout près dit qu'elle entend le violon jouer la nuit mais pas comme en jouait le Giaï, c'est un son fou, strident, et elle, dans son lit, elle a les cheveux qui se dressent sur la tête : « Viens, sors d'ici », dit Maria à Bastianina. Mais quand elles arrivent à l'escalier la petite fille se débat, lui échappe, court dans le corridor, sa robe fouette les murs et l'on dirait que d'un moment à l'autre elle va tomber : « Qu'est-ce que tu fais ? » crie Maria. Au fond du couloir la petite fille rit avant de disparaître à nouveau dans la chambre de Fantina.

La sœur du prévôt fut chargée de lui donner des leçons de dessin. Pour Sacarlott, faire la dépense d'une chose aussi inutile était un sacrifice mais ça en valait peut-être la peine si ses filles, tous devaient un jour les désirer pour femme. Il fut décidé qu'au début Bastianina s'exercerait sur du papier ordinaire et qu'ensuite seulement elle aurait à sa disposition une grande feuille blanche, fixée par de petits clous sur une table de la cuisine du presbytère.

La première chose que Bastianina dessina sur une vraie feuille fut un puits, le puits de la maison, et sur le rebord elle peignit au noir de Corinthe un corbeau sur une seule patte. Elle fit une grande colère parce que la sœur du prévôt voulait une tourterelle ou une colombe, mais elle s'obstina et la maîtresse fut contrainte de céder ; et comme Bastianina serrait les dents en la regardant avec des yeux semblables à des épingles, la sœur du prévôt eut l'impression d'avoir de nouveau devant elle, après tant d'années, le Grand Masten en format réduit.

C'était une belle soirée de juin et Bastianina emporta à la maison la feuille roulée et attachée par une ficelle, les chauves-souris se croisaient le long de l'allée et l'une, plus basse que les autres, lui frôla la tête, de frayeur elle lâcha la ficelle et le dessin se déroula en ondoyant, presque plus grand qu'elle, qui était petite et têtue. Puis elle entra dans la maison où toute la famille s'apprêtait à manger.

Pour la première fois Sacarlott se sentit mal à l'aise devant sa fille, Bastianina avait accroché le dessin à un clou et comme on lui demandait pourquoi elle avait peint un corbeau, elle répondit que c'était le Giaï, devenu oiseau après sa mort. Tandis que Maria effrayée se couvrait le visage de ses mains Fantina admirait le dessin et en faisait l'éloge à voix haute. Gonda commença à pleurer ; mais elle pleurait maintenant pour n'importe quoi et même en juin s'asseyait avec une chaufferette sous ses jupes.

Sacarlott était fatigué, ses yeux lui brûlaient à cause du soleil de la journée et ce dessin fait avec tant d'habileté lui faisait mal aux entrailles. Sans penser à l'argent qu'il lui avait coûté il le déchira en quatre morceaux et le jeta dans la cheminée de la cuisine. Bastianina n'osa rien dire et se contenta de fixer le corbeau, qui se tordait dans les flammes avant de disparaître dans le néant. Mais à table elle ne voulut pas manger et elle s'endormit sur sa chaise, semblable à un petit sac de chiffons.

Cette nuit-là ce fut comme si le démon était entré dans la maison, Gavriel vomit jusqu'à l'aube et la petite Manin fut prise de convulsions. On trouva Luis qui dormait roulé en boule dans la suie de la cheminée ; et il ne savait pas lui-même comment il était arrivé là. Maria passa la nuit près du berceau de Manin et dans les moments où l'enfant se calmait, il lui semblait avoir le Giaï à côté d'elle, quand la nuit il l'embrassait sur la bouche et qu'elle n'avait plus envie de rien.

Manin mourut trois jours plus tard. Elle n'avait que dix-huit mois et le médecin ne vint même pas la visiter car sa jument avait la patte brisée. Il fit dire par Luison, venue jusque chez lui, de plonger l'enfant trois fois de suite dans l'eau chaude et ensuite dans l'eau froide mais Sacarlott s'y opposa parce qu'à Einsiedel il avait vu de cette manière mourir un soldat. Manin avait été une belle enfant qui ressemblait beaucoup à Gavriel et tous s'émerveillaient que même morte elle fût encore rose, avec ses yeux clairs entrouverts qui semblaient regarder quiconque se penchait pour l'embrasser. La chapelle à la voûte peinte de bleu ciel n'était pas encore prête et elle fut ensevelie dans la terre au milieu des autres enfants, autant de pierres grises toutes identiques et serrées. Le cercueil, c'est Scarvé qui l'avait fabriqué, mais comme elle était petite il l'avait fait vite et il y avait bien un doigt entre les planches, le soleil entrait par les fentes et les mouches bourdonnaient autour. La seule à pleurer c'était Gonda, qui tenait Bastianina par la main ; Bastianina faisait la grimace et Luis avait envie de rire en suivant le cortège, avec à sa tête le bénéficier qui s'épongeait la sueur.

Sacarlott dut partir avant que l'enterrement ne soit terminé parce que quelqu'un l'attendait qui voulait lui acheter une paire de veaux. Il sortit en hâte du cimetière et quand il fut sur la route il s'aperçut qu'il éprouvait une grande douleur, plus grande qu'il ne l'avait cru possible et peut-être plus grande encore que si ç'avait été Bastianina ou Luis à la place de Manin. Il voulait trouver une raison, justifier sa souffrance qui augmentait à chaque pas tandis que le cimetière avec son mur de briques rouges s'éloignait dans son dos.

C'était peut-être, se disait-il, les yeux de Manin, si limpides qu'ils ressemblaient à des étoiles liquides, *Etoile des eaux*, comme disait Gonda.

Ou bien c'était à cause de ce sourire qui découvrait ses dents de lait, ces lèvres humides et fraîches quand elles se posaient sur sa joue. Sa tête qu'elle appuyait contre son épaule avec tant d'abandon. Mais tandis qu'il marchait, et la vente de ses veaux n'avait plus aucune importance, il savait qu'aucune de ces raisons n'était la bonne et il aurait voulu se donner des coups de poing sur la tête pour en chasser la douleur. Une douleur qui, telle une chaîne, faisait remonter avec elle, un anneau après l'autre, toutes les autres douleurs oubliées. Le Giaï, ce Gavriel mort à Wagram, le général Desaix.

II

LES COSAQUES

En 1831 Sacarlott avait son banc à l'église juste derrière celui de Mme Bocca, avec son nom gravé sur une petite plaque de cuivre, et chaque mercredi M. Capra venait de San Salvatore pour faire son portrait. Et chaque fois que M. Capra pensait l'avoir terminé, Sacarlott lui disait de revenir pour quelque modification ou quelque adjonction, comme la breloque à la chaîne de sa montre ou l'épingle de cravate qui lui avait été offerte par le conseil municipal en reconnaissance de ses mérites d'agriculteur.

Gavriel avait dix-sept ans et aucune envie de continuer à étudier mais aucune non plus de se lever avec les premiers oiseaux et de suivre son père dans les champs humides de rosée. Les chiens s'ébrouaient encore de sommeil et son ventre vide flottait. Car Sacarlott tient au pas vif et à l'esprit clair que l'on n'a qu'à jeun, et il marche devant, rapide, orgueilleux d'entendre derrière lui le pas de son fils comme si son fils et la terre n'étaient qu'une seule chose, un carré découpé dans le temps. Une progression géométrique où l'un et l'autre se transformeraient sans se perdre.

Gavriel lui ressemble, il a son corps court et robuste, sa tête ronde, les mêmes mains grandes et chaudes qui faisaient tant tressaillir la fiancée de Séville. Et il ne s'aperçoit même pas, Sacarlott, que son fils qui marche derrière titube et n'entrevoit de lui qu'une grande silhouette obscure, tellement le sommeil lui alourdit les paupières. Gavriel voudrait retrouver son lit chaud et le lait que Gonda lui verse sur les tranches tièdes de polenta ; et quand Sacarlott se retourne, fier de toute cette avoine, cet orge, ce maïs et ces rangs de vignes, lui, il se racornit, il se recroqueville jusqu'à disparaître dans le néant et devant son père il ne reste plus rien, les mots traversent de l'air.

Dès qu'il le peut il va s'étendre dans un champ de trèfle, le dos dans l'humidité de la terre et le visage et le cou qui se chauffent au soleil tandis que ses yeux suivent dans le ciel le balancement des ormes, le vol rond d'un émouchet. C'est ainsi, dans ce champ de trèfle, qu'il l'a vue pour la première fois, comme si elle était elle aussi une libellule ou une mésange, et les bouts du ruban qui lui serre la taille, ses ailes. Elle parlait avec sa bonne sans même se retourner et à cause de la chaleur elle avait délacé son corset, et sous le corset sa chemise. La bonne était habillée de noir et la suivait en portant un panier de fruits, ne se souciant guère de ce qu'elle était en train de dire, attentive seulement à recouvrir les vides là où elle avait mangé une figue. Elle, elle faisait de grands pas, légers, et en même temps elle secouait la masse de ses cheveux, si épais qu'on aurait dit une pièce de décoration en sucre, et elle parlait, et elle parlait, la bonne répondait par monosyllabes, les joues pleines, mais elle, elle ne s'apercevait de rien et l'ourlet de sa robe était tout crotté comme si elle était passée au milieu de la boue ou d'une fosse à fumier.

*Peau d'ange**, avait dit Fantina la veille à propos des fleurs de pommier. *Peau d'ange*, pensait Gavriel de ce fin visage qui émergeait de la ruche des cheveux. Elle s'appelait Elisabetta et elle avait dix-sept ans elle aussi. Pour le malheur de Gavriel elle était la

(*) En français dans le texte.

petite-fille de Mme Bocca, la fille de ce marquis qui avait carrosse et chevaux à Casale.

La maison de Mme Bocca était face à l'église et pour se distinguer de toutes les autres elle avait un jardin carré qui en faisait le tour, et les plantes qui y poussaient produisaient pour la plupart des feuilles et des fleurs, comme les deux immenses magnolias de chaque côté de la grille. Dans cette maison n'entraient que Fantina avec ses broderies et Sacarlott quand il venait vendre l'avoine, et Mme Bocca les recevait dans un salon si sombre qu'ils avaient du mal à voir où ils devaient s'asseoir. Ce mois de juin-là, Gavriel voulut venir lui aussi vendre l'avoine, il se lava longuement dans la baignoire de zinc mise à chauffer au soleil et pria Luison de lui repasser la seule chemise qu'il possédait.

Pendant tout le temps que son père parla de chevaux et d'avoine il resta à regarder la porte-fenêtre qui donnait sur le jardin. Mme Bocca était vieille et grasse mais elle ne le quittait pas des yeux car les beaux garçons lui plaisaient encore et l'on parlait beaucoup de ses histoires avec de jeunes paysans ou des vendeurs ambulants. Elle puait l'huile de baleine, qu'elle faisait venir de France pour garder la peau lisse et qu'elle ne s'était pas souciée d'enlever pour Sacarlott. A présent elle le regrettait et elle continuait à s'éventer bien qu'entre les rideaux verts dans le salon fermé il fît aussi froid qu'en hiver.

Quand la visite fut terminée et que Sacarlott se leva, Gavriel en avait la bouche amère de déception et il aurait voulu tomber à terre évanoui. Mais Mme Bocca vint à son secours, qui poussa un grand soupir et dit qu'elle voulait montrer à Sacarlott son cerisier qui venait d'Orient, c'était le bienheureux Nicodème, jésuite en Chine pendant plus de trente ans, qui le lui avait rapporté. Au jardin, dans le seul coin de soleil au milieu de toute cette ombre, Elisabetta lisait un livre, avec sa ceinture bleue qui pendait le long du banc et ses cheveux qui grimpaient, redescendaient, s'entortillaient dans une grande confusion autour de son visage. Quand ils furent presque en face d'elle Mme Bocca posa la main sur le bras de Sacarlott : « Mais pourquoi ne venez-vous pas dîner avec votre fils ?... » demanda-t-elle. La jeune fille leva les yeux de son livre et son col blanc et rond sembla prêt à prendre son envol. « Je ne peux pas », répondit aussitôt Sacarlott, atterré par la difficulté d'un tel repas. « Moi si ! » Gavriel avait crié si fort que la jeune fille n'avait pu retenir un sourire.

Parmi toutes les choses que personne n'avait enseignées à Gavriel, il y avait l'usage de manger avec des couverts différents et de boire dans des verres quand on en a plus d'un devant soi. Et pour exprimer son bonheur à quelqu'un, il ne cessait de sourire à la bonne qui lui tournait autour avec les plats.

Mais Elisabetta ne dit pas un mot de tout le repas et la voix de Mme Bocca psalmodia en fausset jusqu'à la fin de la crème renversée. Elle mêlait des phrases en dialecte à des phrases en français et ses mains se mouvaient comme si elles étaient de beurre, si grasses que le manche du couteau disparaissait dedans. Tout le temps du repas elle parla d'églises et de prêtres, de neuvaines, du sanctuaire de la Madone-des-Neiges où l'on n'arrivait qu'à pied et les broussailles déchiraient les jupes. Cette année encore elle n'avait pas pu y aller à cause de la pluie, dit-elle, mais elle avait l'intention de le visiter avec Elisabetta. Chaque fois que son nom était prononcé, la jeune fille continuait à manger avec lenteur et précision comme si Elisabetta n'était pas elle mais la bonne ou une sœur lointaine. Sa langue en pointe passait, rapide et rose, sur ses lèvres et ses iris bleu pâle entourés d'un cercle plus sombre restaient fixés sur le mur devant elle cependant qu'une pensée immobile les rendait transparents comme de l'eau. Belle à briser le cœur.

La visite à la Madone-des-Neiges fut décidée pour le dernier dimanche de juin et elle se passa si bien que moins de quinze jours plus tard ils étaient au sanctuaire de Conzano et tout de suite après également à celui de Castelgrana, abandonné depuis des décennies. Mme Bocca faisait monter Gavriel près d'elle dans la voiture aux rideaux jaunes et elle se serrait contre lui pendant tout le trajet. Elle était chaude, pleine de parfums et de poudre de riz, et Gavriel avait la tête qui tournait, elle lui prenait une main pour lui faire sentir le grain de beauté qu'elle avait sur la nuque, caché par les cheveux, et cette main elle la gardait ensuite longtemps et se la passait un peu partout tandis qu'Elisabetta assise en face les yeux fermés dodelinait de la tête en suivant le mouvement de la voiture, le corset et la chemise délacés à cause de la chaleur.

Dans le village tout le monde parlait de cet étrange trio qui de temps en temps devenait un couple car Elisabetta se fatiguait aisément et elle s'installait pour dormir à l'ombre de quelque arbuste en abandonnant sa tête entre ses bras, sa jupe étalée à terre sur laquelle se promenaient les fourmis ; et Gavriel et Mme Bocca poursuivaient seuls en continuant à parler de saints et de miracles. Des saints qui pouvaient faire repousser un sein en une nuit ou recoller une jambe tranchée net par la faux. Mme Bocca portait des culottes brodées par les sœurs et elle gardait toujours à portée de main un flacon de vin très doux, couleur de topaze et béni par Notre Dame de la Guadeloupe.

Gavriel, au collège, n'avait rien appris sur les femmes et une fois sorti, il avait encore moins appris auprès de sa mère et de Fantina car les gens qui savaient gardaient leur connaissance pour eux, et sa curiosité était grande. Le vin que Mme Bocca lui faisait boire, chaud de son corps et de tout ce voyage en voiture, lui faisait battre les tempes, cependant que l'image d'Elisabetta dormant à l'ombre lui donnait de longs frissons. Il fermait les yeux et ses mains fiévreuses cherchaient, aveugles et abusées. Dans l'obscurité de ces églises vides il serrait furieusement contre lui Mme Bocca comme s'il avait eu entre les bras la jeune fille restée dormir au milieu des taches de soleil, la tête renversée sur la terre. Il dénouait ce ruban bleu, il ébouriffait, dévastait ces cheveux de miel.

Maria avait perdu le sommeil. Que Gavriel, son beau Gavriel, soit même seulement frôlé par cette vieille aux cheveux teints qui mastiquait de la menthe pour estomper son haleine chargée la rendait folle. Elle entrait la nuit dans la chambre de son fils pour vérifier s'il était dans son lit, elle le réveillait s'il dormait, pour lui poser des questions insensées. Parce qu'elle n'osait pas, n'avait jamais rien osé nommer. Comme une furie, elle arrachait ses couvertures et l'envoyait dehors chercher du bois à quatre heures du matin, elle l'obligeait à boire une camomille parce qu'elle jurait l'avoir entendu gémir dans son sommeil. Elle cachait sa chemise pour qu'il ne sorte pas. Mais c'était inutile ; le jour suivant Mme Bocca envoyait sa bonne avec dix chemises de soie, cinq pour Gavriel et cinq pour Sacarlott qui les tournait entre ses doigts, étonné. Plus une corbeille de coings à Maria, pour parfumer les draps.

Sacarlott ne disait rien ; devant le bouleversement de sa femme il restait absorbé dans ses pensées, plissant un peu les yeux comme pour mieux distinguer les ombres. S'il disait quelque chose peut-être Maria trouverait-elle le courage de nommer ce qui est resté depuis toujours clos entre ses lèvres. Mais Sacarlott se contente de se sucer les joues, une habitude qu'il a prise depuis qu'il a commencé à perdre ses dents. Ce sont de bonnes années pour lui, il a racheté toutes les terres qui étaient autrefois au Grand Masten plus d'autres encore, il a appris à sa femme l'ordre et l'épargne et si quelqu'un d'important arrive dans le village, il est parmi les premiers conviés à lui rendre hommage. Gavriel doit faire son chemin, dit-il, et si Mme Bocca l'a pris en sympathie ça ne fait de mal à personne, c'est même aussi bien comme ça, parce que ce nigaud a perdu la tête pour sa petite-fille et celle-là, c'est sûr, il ne pourra jamais l'avoir. Il regarde sa femme se débattre, les joues en feu, les yeux sombres et profonds, elle est encore belle, Maria, avec quelque chose de douloureux dans le visage, les rêves qui ont disparu ont laissé à nu un dessin d'une grande pureté. Précis, intense. Leur dernier fils, Gioacchino, vient d'avoir sept ans, et des enfants, il ne peut plus y en avoir d'autres maintenant, on ne sentira plus dans la maison l'odeur du lait rance, des linges imprégnés de pipi, ces odeurs qu'on ne sent que lorsque les enfants sont petits et qui sont les odeurs de la jeunesse. « *Laissez-le*, lui dit-il dans un élan soudain, *laissez-le* ». Et le français lui remonte aux lèvres comme au temps où il l'imaginait heureuse avec son frère et qu'au loin il se tourmentait de jalousie.

Mais lui non plus n'a pas idée de ce qui se passe réellement. Les saints et les miracles qui peuplent de leurs images les livres de dévotion de Luison lui sont peu familiers et il a pour eux le respect et l'indifférence des hommes profondément attachés à la vie. Certains mélanges ne lui effleurent même pas l'esprit. Ils ne sont que quelques-uns dans le village à savoir l'exacte vérité et ces quelques-uns se taisent parce qu'ils ont peur du diable comme de Dieu. Même le prévôt, quand tous les jeudis soirs il dîne chez Mme Bocca et qu'elle n'en finit pas avec ses questions sur la liturgie ou les livres de dévotion, mange tranquillement sa pintade bouillie à la sauce au raifort. Et lorsque Elisabetta semble s'intéresser à la conversation il s'en réjouit, espérant en son for intérieur qu'elle sera appelée à la vie religieuse. Il boit avec plaisir le vin que Mme Bocca fait venir des Langhe* ; et chaque question scandée par les lèvres admirables de la jeune Elisabetta rend ce vin encore plus sublime. Une jeune fille qui est pure contemplation, de fait elle ne brode pas (et comment le pourrait-elle avec ces doigts graciles et blancs comme des brindilles de bouleau ?), elle ne tient pas un herbier, elle ne dessine pas et n'écrit pas de poésies ou de *couplets*** dans le cahier relié qu'elle emporte partout avec elle. De temps en temps seulement elle lit quelque page édifiante conseillée par sa grand-mère mais rien ne semble rester dans sa mémoire. En effet, si on l'interroge, elle répond d'une manière vague, en souriant, prompte à acquiescer dans une profonde cascade de boucles.

Elle parle si peu que Gavriel se rappelle par cœur chacune de ses phrases, *Aujourd'hui c'est une belle journée. J'ai perdu mon mouchoir*, Grand-maman** *n'aime pas les pêches alors qu'elles sont si bonnes.* Des phrases que Gavriel se répète à l'infini pendant qu'il aide sa mère à cueillir les fruits. Il les murmure doucement à bouche mi-close et Maria croit qu'il prie pour faire pénitence des péchés commis avec Mme Bocca, tandis que Gioacchino regarde les lèvres de son frère aîné, ravi de cette chanson sans notes.

Mais Gavriel ne voit ni sa mère ni les fruits ni Gioacchino tant est forte dans son esprit l'image d'Elisabetta et il revit en pensée chacun de ses pas, le balancement du ruban bleu qui lui serre la taille, le léger duvet fin et doré qui se soulève sur ses bras quand un frisson la parcourt. S'il ferme les yeux il revoit chaque brin d'herbe écrasé par ses chaussures, chaque caillou au fond du ruisseau quand il lui donne la main pour le traverser sur le tronc jeté entre les

(*) Région vinicole du Piémont (N.d.T.).
(**) En francais dans le texte.

deux rives. Une main de cartilages, inerte, légèrement moite, une main qu'une fois arrivée de l'autre côté elle laisse encore un peu dans la sienne comme si elle l'avait oubliée. « Gavriel, la panière ! ». La voix de Maria est âpre. « Mais où as-tu la tête ?... ».

Où ? Il ne pense pas à l'avenir, Gavriel, mais le présent lui-même a de grands trous d'angoisse car une fois l'effet du vin passé Mme Bocca lui fait horreur. Cet apaisement, cet égarement dans les obscurs sentiers de son corps lui laisse un ahurissement vide, de somnambule. Quelque chose en lui se rebelle et chaque fois qu'il franchit la grille entre les deux grands magnolias le cœur lui cogne de peur, sa bouche est sans salive et un espoir fou fait trembler ses mains, son regard cherche Elisabetta, l'éclair blanc de sa robe entre les arbres. Mais ensuite, quand Mme Bocca le prend par la main, le ballottement de la voiture peut-être, ou peut-être la chaleur, il la suit comme s'il devait s'arracher de l'âme une souffrance, et elle l'emmène dans ces églises abandonnées où il n'y a plus que quelques vieux bancs boiteux et là, dans le silence, elle le déshabille, elle soulève ses jupes, découvre ses gros seins encore plantureux et les frotte contre lui. L'horreur a un goût amer, profond, exaltant, il ne sait plus si c'est être un homme ou autre chose. Un ange, comme l'appelle Mme Bocca ou bien une chèvre, ainsi qu'enfant il imaginait le démon. Puis Mme Bocca se rajuste lentement, son grand corps obscurcit les madones et les saints, elle récite des actes de contrition, lèche comme un pénitent le dallage gris de poussière, les bancs vermoulus.

Tout cela, Sacarlott, comment pourrait-il le savoir ? Comment pourrait-il seulement l'imaginer, lui qui pourtant en a tellement vu. Parfois cependant, quand son fils l'accompagne à la ferme qu'il vient d'acheter sur la colline de la Grue, il lui semble que le pas du garçon vacille, qu'une peur subite, comme s'il avait vu un éclair ou entendu une explosion, lui coupe le souffle. Mais la vraie calamité c'est le dimanche, quand le garçon trouve de perpétuelles excuses pour ne pas venir à la messe. Il ment, il dit qu'il est allé à celle de sept heures quand Luison qui n'a fait que tourner la tête pour vérifier n'a pas vu l'ombre d'un Gavriel. Et lorsque sa mère l'y contraint il assiste à la messe raide, le chapeau serré entre les mains, le visage osseux et livide tant il est pâle. Sans dire une prière, le regard perdu dans la cascade des cheveux d'Elisabetta épais et gonflés sur la soie de sa robe cependant que Mme Bocca se prosterne sur son banc, écrasée, elle, par un intense recueillement, le visage caché dans ses mains entre lesquelles s'échappent des plis de graisse, son voile noir qui retombe sur le prie-Dieu. Et au moment de communier elle tend la langue comme si elle ne désirait rien d'autre que cette hostie entre les doigts du prévôt. Gavriel serre les mâchoires pour freiner le tremblement qui le saisit.

Maria est allée parler avec le prévôt, elle est entrée, décidée, tenant le petit Gioacchino par la main. Sacarlott a compris ce qu'elle allait faire quand il l'a vue enfiler sa robe de percale noire et laver le visage de l'enfant. Le prévôt l'a écoutée avec stupeur, il se dit que Maria, la belle Maria, doit avoir quelque trouble d'origine féminine. Quelque chose dont il vaut mieux se tenir à distance. Il ne l'invite pas à s'asseoir, il la laisse debout parce qu'elle continue de lui faire encore un peu peur avec ses yeux sombres et profonds, ses dents qu'elle a presque toutes conservées, cruelles, et ces mots qu'elles disent. Il caresse la tête de Gioacchino : que Gavriel soit amoureux d'Elisabetta, quoi de plus naturel, dit-il, qui ne le serait pas à son âge ? Mais ce n'est pas d'Elisabetta qu'il s'agit, la voix de Maria s'altère et les choses qu'elle n'a jamais dites glissent de ses lèvres comme autant de vers noirs, l'une après l'autre.

« Tais-toi ! » Le prévôt tout à coup la tutoie comme s'ils étaient déjà compagnons en enfer. « Tais-toi ! » Il ne veut pas entendre les choses terribles que Maria continue de dire, il pourrait peut-être à la rigueur les écouter derrière la grille du confessionnal mais pas avec devant les yeux ce visage, échauffé par l'émotion. Mme Bocca est une sainte femme, dit-il, elle a offert à la paroisse les plus beaux ornements des alentours. L'été s'achève, les jours se font de plus en plus courts et dans peu de temps, la vendange terminée, Mme Bocca retournera à Casale, sa petite-fille va devenir, dit-on, l'épouse d'un lieutenant du roi, un comte apparenté avec le duc de Gênes. Les gens parlent, parlent, et puis va savoir ce qu'il y a de vrai... Un prévôt de campagne n'est qu'un pauvre malheureux comme les autres, lui aussi doit s'échiner à mettre du bois de côté pour ne pas mourir de froid l'hiver quand la neige gèle sur la porte du presbytère et que le matin il faut casser la glace de l'eau dans le broc, et les poules ne pondent plus d'œufs et les harengs pendus à fumer sont durs sous la dent. Que Gavriel se mette à travailler la terre, qu'il cesse d'aller toujours dans cette maison contempler Elisabetta, il le voit bien, lui, par la fenêtre, toujours à traîner ses guêtres par ici, qu'est-ce qu'elle peut faire cette sainte femme de Mme Bocca si ce n'est l'orienter vers de saintes pratiques, l'emmener visiter ces sanctuaires que tout le monde oublie maintenant, ce n'est plus comme autrefois...

Maria est subitement devenue silencieuse, quelque chose qu'elle ne comprend pas, qui lui échappe, lui apparaît de plus en plus monstrueux et elle serre fort la main de l'enfant agrippé à ses jupes. Si Dieu lui-même ne veut pas l'aider, alors c'est qu'ils sont frappés par la malédiction, Sacarlott a peut-être commis quelque délit pour de l'argent ou bien c'est la faute de Fantina, qui s'est rebellée contre Dieu qui voulait le Giaï dans son paradis. Une pluie légère mouille la poussière de la cour et la sœur du prévôt vient recouvrir le maïs étendu sur le sol, la soutane du prêtre est élimée, elle flotte, vide, sur son ventre. Au retour elle s'arrête devant la grille de Mme Bocca, la pluie tombe plus dru et glisse le long des feuilles luisantes des magnolias, le jardin est désert et les rideaux sombres ne laissent rien voir de l'intérieur. Elle serre les barreaux rugueux et dégoulinants de la grille, qu'importe si elle mouille sa robe du dimanche, si Gioacchino pleurniche en se couvrant la tête de son tablier, il faut qu'elle regarde le sentier de gravier que son fils parcourt chaque jour, le bref escalier de pierre, la porte fermée. Mais elle ne parvient à rien imaginer, l'impuissance a retiré toute force de son corps comme de son imagination.

Ce soir-là, Sacarlott fit une scène effrayante ; pour une bêtise, il explosa, Gioacchino était déjà monté au lit, accompagné par Luison, et ils étaient assis autour de la lampe à parler de la nouvelle ferme. Gavriel se tenait en silence dans un coin, il s'était versé un second verre de vin et au lieu de remettre la cruche à sa place, il l'avait posée près de lui par terre. Une infraction si légère que cela aurait pu arriver à n'importe qui. Mais déjà ce second verre avait irrité Sacarlott ; et lorsqu'à la suite d'un mouvement qu'on ne vit pas, Gavriel, ou plus probablement le chien, avait heurté la cruche, celle-ci s'était brisée et le vin s'était répandu en un lac noir sur le carrelage.

Les hurlements de Sacarlott avaient réveillé l'enfant à l'étage au-dessus, Gonda qui dormait sur une chaise dans la cuisine. Sa voix était un tonnerre, un ouragan, et bien que tout le monde eût appris à craindre ses colères, personne ne savait à quelle intensité elles pouvaient atteindre. Dans ces hurlements se concentraient des années de silence, ses regards mesurés, ses irritations muettes ; et la cible était son fils, devenu muet dans un coin. Il jurait en dialecte, en français et il se disait prêt à tuer Gavriel. Il donnait des coups de pied à la chaise, aux débris de la cruche par terre, au chien qui maintenant glapissait sous la table. Hypnotisé, Gavriel regardait son cou gonflé presque à éclater, ses mains grandes et pâles qui tremblaient du désir de lui briser les os.

Sa mère ne l'avait pas défendu, immobile à sa place elle avait laissé le vin mouiller ses chaussures sans déplacer ses pieds, sans dire un mot. Sans montrer de peur ; et Gavriel était sorti dans le soir humide et sombre, avec la pluie qui frappait les feuilles. Par la porte restée ouverte il avait continué d'entendre les imprécations de son père, ces hurlements lui arrivaient droit au cerveau, le brisaient en miettes. Par moments il se sentait une victime, à d'autres la honte lui desséchait la bouche. Il s'était assis sur le puits où le Giaï autrefois avait joué du violon mais son père était apparu sur le seuil, scrutant l'obscurité pour l'atteindre de ses injures. Alors il s'en était allé, se dirigeant vers le bas de l'allée le long du mur aveugle de la maison d'en face, cependant que Sacarlott appelait et appelait encore, effrayé maintenant du silence que seul rompait le battement de la pluie.

Les pas de Gavriel ne font pas de bruit sur la terre mouillée, il va sans chapeau, sans pèlerine, adieu Sacarlott, la nausée m'emplit la bouche, je suis plein de merde et pourtant je me sens un ange. Elisabetta se mariera bientôt, Mme Bocca lui a montré la lingerie que sa petite-fille portera ce jour-là, des dentelles aux mille rubans que le lieutenant du roi dénouera un à un. Il a porté à ses lèvres cette étoffe si fine qu'elle tient enfermée dans le poing, il a laissé les dentelles lui entrer dans la bouche jusqu'à le suffoquer. A présent il marche à travers le village désert, pas une lumière ne filtre des maisons, ce sont tous des gens pauvres qui font grand cas du suif, et le vin, heureux celui qui en a, il aide à vaincre la peur du noir. Gavriel s'en va avec ses dix-sept ans de fiel, dix-sept ans avait sa mère quand elle était tombée amoureuse du Giaï et qu'elle avait attendu dans la fièvre de franchir le seuil de la maison aux voûtes peintes ; et elle était entrée en revanche dans un labyrinthe, la chandelle à la main. Mais lui, il est robuste comme l'était Sacarlott dans sa jeunesse et il sera valet, n'importe quoi, mais il ne veut plus jamais revoir son père. Dans le ciel, entre les nuages qui s'entrouvrent, apparaît une lune lourde et opaque qui ne parvient pas à dessiner les ombres tandis qu'au loin là-haut les maisons de Lu forment une cime noire. Lu où est allé vivre Mandrognin, qui fait le sellier, il descend quelquefois et Maria lui fait cadeau d'un poulet ou d'un lapin.

Gavriel arriva tout en haut du village quand minuit était déjà passé depuis un bon moment, Mandrognin était devenu si pauvre qu'il n'avait même pas de paille où le faire dormir et il regardait Gavriel en soutenant son pantalon, effrayé qu'il pût lui prendre, avec cette faim qu'il lui lisait sur le visage, le peu de pain qu'il conservait dans sa maie.

Cette nuit-là, Mandrognin ne dormit pas, avoir chez lui le fils de Maria le troublait et le matin, avant que Gavriel ne se lève, il se mit en route pour aller voir Sacarlott. Il trouva la famille réunie à table et fut convié à s'asseoir avec eux tous. Luison qui était sourde et qui la veille n'avait rien compris pensa qu'il était venu sur l'invitation de son neveu. « C'est bien, c'est bien, dit-elle en s'adressant à Sacarlott, il faut toujours se souvenir de qui est plus malheureux que nous. » Mais Fantina qui savait toujours tout pour quelques secrètes raisons que personne ne voulait approfondir dit que la gale était venue à Mme Bocca et qu'elle passait son temps à se gratter.

La gale vient, avait expliqué Gioacchino, à fréquenter les lieux poussiéreux où il y a des bois vermoulus et pleins de poussière.

« Et comment sais-tu ça, toi ? » avait demandé sa mère étonnée. Gioacchino avait haussé les épaules, si petit et si maigrelet qu'il faisait peine, avec ses jambes qui pendaient de la chaise.

Comment Mme Bocca avait-elle bien pu attraper la gale, personne ne le savait ou en tout cas personne ne le dit. La gale s'attrape, avait ajouté Gioacchino, par la salive et par les cheveux. Les cheveux et les poils en général. Même les poils de chat. Mais Mme Bocca n'avait pas de chat. C'est alors que Mandrognin dit que Gavriel était chez lui.

« Il a la gale lui aussi ? » avait demandé Sacarlott, puis il n'avait plus rien dit et il était retourné dehors à son travail tandis que Gioacchino commençait à pleurer en silence parce qu'il avait compris que son frère ne reviendrait pas.

Gavriel ne revint en effet que l'après-midi où il savait qu'Elisabetta devait partir pour Casale rencontrer le lieutenant du roi. La voiture était déjà prête avec tous les bagages, elle descendit en grande hâte et passa devant lui en courant, tenant sa jupe qui montrait le début de ses jambes lisses de petite fille et ses chaussettes roses ; son chapeau était de travers et sa cape pas encore boutonnée. Une fois dans la voiture elle se mit à la fenêtre et tandis que le cocher faisait tourner les chevaux, elle sourit à Gavriel, un sourire mélancolique et plein de grâce : « *Je vous aime* »*, lui dit-elle. La voiture, noire avec ses rideaux jaunes, passa la grille et la vue de Gavriel s'embua comme cet après-midi où il l'avait regardée pour la première fois, étendu dans le champ de trèfle. Peu importait qu'elle devînt l'épouse du lieutenant du roi, peu importait même qu'il ne la revît jamais plus.

(*) En français dans le texte.

Cela c'était l'automne, le tout début, de 1831. Bien des choses ont changé, Napoléon est mort et toutes ces libertés dont les hommes ont joui se sont rapidement évanouies comme si elles n'avaient jamais été, tant leur existence a été brève. Mais Sacarlott a appris à porter son regard à une distance de plus en plus rapprochée, à ne pas se tourner pour voir autour de lui, à ne pas se poser de questions, à ne jamais laisser ses désirs, son avenir, aller au-delà de ses champs et de sa maison, de la route de poussière qui monte vers Lu. Même les événements de 1821*, et pourtant il était encore jeune, n'ont pas fait chanceler sa conviction inébranlable que le seul moyen de sauver son âme est d'oublier ce qui a été, dans le bien comme dans le mal. Ses anciens camarades ne lui écrivent plus, à d'autres il a fini par ne plus répondre, comme à cette Anna légendaire qui avait endossé l'uniforme pour suivre son mari à la guerre. Et pourtant il l'avait même un peu aimée, dans les longues soirées de bivouac, et un jour, à Amiens, il avait dansé avec elle sur la place à la lumière des torches. Deux, trois, peut-être quatre lettres qui demandaient de l'aide parce que Charles-Félix a rayé de son livre les femmes comme elle. Maintenant Charles-Félix est mort, on l'a enterré à Hautecombe au bord des eaux gelées du lac, mais qu'à sa place il y ait maintenant Charles-Albert, ça n'a plus aucune importance pour Sacarlott. Il l'a appris dans l'étable par un vieux camarade de jeunesse et il a continué à remuer la litière avec son bâton pour voir si le fond était propre.

Pendant ce temps le *batterium choli* pénètre en Europe, il vient d'Orient et trouve aisément un che-

---

(*) Mouvements insurrectionnels isolemment réprimés par les Autrichiens (N.d.T.)

min avec les nouveaux bâtiments à vapeur, les nouvelles routes que le progrès ouvre au commerce. On sait que deux savants célèbres sont partis de Milan pour étudier le phénomène dans les provinces contaminées de l'empire des Habsbourg mais le mot de *choléra* n'est pas de ceux qui font peur à Sacarlott, bien plus préoccupé par la grande mortalité de ses poulets, poules et chapons, qui se plient en deux comme s'ils étaient vides. Et tout en observant Gerumin en train de soulever une poule qui perd une bouillie blanche par le bec, il rappelle Gioacchino car il ne veut pas qu'il touche une seule de ces bêtes malades, si grande est sa crainte de tout ce qui pourrait menacer la santé de son dernier fils.

Gioacchino obéit à contrecœur, il y a eu cet été-là une grande sécheresse et ses cheveux sont brûlés par le soleil. Ce sont des cheveux lisses, fins, que Luison coupe à grands coups de ciseaux ; et ces coups de ciseaux se voient tous. Mais quelle importance pour un enfant ses cheveux, un enfant qui s'amuse à courir après les oies et la nuit s'émerveille à regarder les étoiles, il veut savoir leur nom, leur mouvement, leur trajet dans le ciel. Il est très ami avec le fils de Tambiss et dans les crépuscules ils s'en vont ensemble à la recherche des lucioles pour les enfermer dans une petite boîte.

« Fils de vieux », disent les gens quand ils le voient si petit, les os qui se devinent sous le vêtement. Un enfant plein de grâce et de volonté avec des gestes précis qui ne se trompent jamais. Dans chaque chose il découvre tout de suite infailliblement le côté comique et tout petit déjà son rire explosait avec une force irrésistible. Sa bouche large, belle comme celle de sa mère, s'ouvre sur des dents grandes et régulières, et lui qui est plutôt vilain, il devient beau d'un seul coup. Depuis qu'il a commencé à marcher il s'est toujours déplacé avec rapidité dans une course continuelle avec les adultes qui l'entourent, prompt à trotter derrière Sacarlott, derrière Luison, derrière Gavriel (avant que Gavriel, douleur immense, ne s'en aille). Parfois il s'assied près de Gonda et la regarde somnoler, attentif aux mugissements qui sortent de sa gorge, semblables à ceux du vent le long de la cheminée. Ou bien il s'arrête pour contempler Luison qui travaille à son carreau et il essaie de faire comme elle, avec ces petits doigts rugueux aux ongles noirs et à la peau abîmée par la terre.

Jusqu'à ce qu'il ait sept ans Maria l'a gardé dans son lit et Gioacchino a dormi au milieu, parfois dans les bras de sa mère, parfois dans ceux de son père, et Sacarlott a supporté de lui ce qu'il n'aurait même pas imaginé pouvoir supporter de ses autres fils. Il serrait contre lui ce corps chétif, plein de sommeil, et il sentait la pression des cheveux contre sa bouche, il restait immobile de peur de l'éveiller. Dans ces moments-là il lui semblait être heureux, heureux comme il avait rêvé de l'être en ces nuits lointaines de glace et d'horreur.

Gioacchino aime les arbres, les grenouilles qui sautent dans les fossés, les rangs de vignes où les lièvres se sauvent en bondissant entre les sillons. Mais plus que tout il aime les étoiles et quand il sera grand il sera astronome. Il le dit au prévôt qui lui apprend le latin et au lieu des *Fables* de Phèdre, il veut qu'il lui lise quelque chose sur la lune et les astres. Mais le prévôt dit qu'il doit apprendre le latin s'il veut un jour connaître le nom des étoiles et chercher à comprendre leur mystère. Aller dans les villes où il y a des coupoles qui reproduisent tout le firmament.

Mais en attendant Sacarlott s'est mis à acheter des livres que Gioacchino lit près de la fenêtre du salon, les coudes appuyés sur la page ouverte. Il passe des heures et des heures à s'efforcer de comprendre là où personne ne serait en mesure de lui expliquer quoi que ce soit ; et quand enfin il comprend il chante.

D'une voix si forte que même Gonda, dans l'étable où elle se réchauffe, l'entend, et elle tourne la tête autour d'elle avec orgueil comme si Gioacchino était son fils.

Seule Fantina s'irrite de cette voix et elle pince les lèvres, désapprouvant tant de liberté, tant de joie, tant d'exubérance effrenée. Elle n'a jamais permis à Gioacchino de toucher le violon du Giaï et quand l'enfant s'approche du métier à broder elle le chasse avec un geste d'agacement. Quand il était tout petit et qu'elle le sentait trotter derrière elle, elle se retournait brusquement et le figeait sur place de son regard incolore. Comme si Gioacchino était arrivé dans cette maison à contretemps pour déranger un ordre établi, mettre la pagaille dans des archives déjà voilées de poussière. Elle est troublée par la faiblesse coupable de Sacarlott, si sévère avec ses autres fils. Elle est troublée par la grâce même et par le charme de l'enfant, par son rire. Quand elle l'entend elle ferme la porte d'un seul coup et ses yeux se concentrent sur ce qu'elle est en train de faire.

Depuis que Bastianina est partie au collège, elle reste de plus en plus souvent enfermée dans sa chambre, on la voit du fond de la cour, penchée sur son travail ou absorbée comme si elle avait un livre sur les genoux. Que déchiffre-t-elle avec tant d'attention, elle qui sait à peine lire ? Et pourtant quand quelqu'un dans le pays a un mauvais pressentiment ou veut avoir des nouvelles d'un amoureux, d'un fils soldat, c'est elle qu'on vient demander.

On ne connaît rien en vérité que Fantina n'ait deviné ou prévu. Quel échange se faisait donc avec ces jeunes filles, ces femmes, ces vieilles qui venaient avec une bouteille de vin, certaines même de Cuccaro ou de Rosignano ? Elle parlait avec elles pendant des heures et des heures dans la grande salle fermée, il suffisait qu'elles apportent du rosé clair de première presse. Car depuis qu'elle a commencé à boire elle aime ce vin un peu doux, parfumé, et elle le garde jalousement rangé sur une étagère de la cave à côté de celui qu'elle se fait acheter dans les Langhe. Parce qu'à présent l'argent ne lui manque pas et ce qu'elle ne dépense pas pour le vin elle le met de côté pour Bastianina, pour sa dot quand elle voudra entrer au couvent et devenir abbesse.

Elle boit toute seule et en compagnie, et son visage autrefois si uniforme et si pâle s'émaille de taches cramoisies, ses yeux commencent à pleurer mais ce ne sont pas de vraies larmes et elle murmure tout doucement les airs que le Giaï autrefois jouait sur son violon. Ce qu'elle brode dans ces occasions-là n'a ni queue ni tête, des chiffres imaginaires surchargés de fioritures, mais elle est devenue maintenant si célèbre que tout ce qu'elle brode est considéré comme le sommet de la perfection. Même lorsque apparaît sur un drap une couronne d'épines ou qu'une nappe porte en son centre des branches de houx. Ça, dit-on, c'est une broderie de Fantina ; et les pièces de lin arrivent de Turin, de Milan, elle n'a plus le temps de rien faire pour Mme Bocca. La dernière chose, c'était les draps pour sa petite-fille Elisabetta et l'on dit qu'à présent il passe entre ces draps la moitié de Turin, si nombreux sont les amants de la femme du lieutenant du roi.

Sacarlott mourut en février 1836, du choléra. L'année précédente, d'une chute du haut de la grange, était mort Gioacchino.

La mort de Gioacchino fut une fatalité. Quelque chose qui n'aurait pas dû arriver, en ce dimanche de juin où le maïs était déjà haut dans les champs et les vignes si chargées qu'il fallait passer les attacher une seconde fois. Pour Maria et Sacarlott ce fut un bouleversement semblable à un tremblement de terre, à l'éruption ardente d'un volcan. Ou peut-être plutôt le début d'une ère glaciaire qui les emprisonnait dans un vide.

« Et pourquoi tu t'sauves comme un sauvage ? » avait demandé Gonda ce matin-là quand Gioacchino avait traversé la maison tel un météore dans la lumière ensoleillée de midi. « Attends un moment ». Elle aurait voulu que l'enfant s'asseye à table comme quand il était petit et qu'il mange une belle écuelle de lapin aux pommes de terre. Le repas dominical bout sur les cercles des fourneaux, il y a une nouvelle fille qui aide à la cuisine, elle s'appelle Gramissa* à cause de son aspect émacié, bien qu'elle se soit fait une face de lune ronde et pleine depuis qu'elle travaille dans la maison. Gramissa cesse de tourner la cuillère dans la marmite et le regarde un instant, avec ces cheveux clairs comme de la paille qui s'échappent de son bonnet.

Mais Gioacchino est déjà dehors qui court dans les champs en mordant dans un morceau de pain, il s'est échappé de la messe sans même attendre la bénédiction finale et quand il arrive à l'écluse où on pêche les anguilles il n'a plus de souffle. Le fils de Tambiss est déjà là, debout, au milieu des hommes qui hurlent, jambes nues dans le canal. Les anguilles, par centaines, peut-être mille, frétillent dans des lueurs de nacre, les hommes les attrapent, les jettent sur les pierres, ils écrasent la tête des plus grosses avec un caillou et le sang poisseux gicle sur les mains, les bras nus, les jambes. Le fils de Tambiss prend dans le panier celles qui sont déjà mortes et les soulève par la queue, longues, inertes, parcourues d'un dernier frisson. L'odeur de l'herbe macérée dans l'eau fermente sous le soleil, Gioacchino est en sueur d'avoir couru, ses yeux ébahis fixent les anguilles qui se tordent encore, se tressent les unes dans les autres, ses mains sont occupées à lisser au fond de ses poches des cailloux ramassés en un autre dimanche, un dimanche différent. Elles les jettent ; et quand le fils de Tambiss

(*) En dialecte : maladive, souffreteuse (N.d.T.).

se retourne il est déjà loin qui arrache le bout d'un roseau pour s'en faire un pipeau.

Son ami l'appelle mais il ne répond pas ; le pipeau aux lèvres, il s'arrête là où l'eau se glisse entre les peupliers. Le fils de Tambiss le rejoint et s'assied près de lui. Moi, dit-il, je ne mange pas d'anguilles, c'est dégoûtant de manger des anguilles, c'est comme de se mettre des vers dans la bouche...

Plus tard ils ont faim, le morceau de pain s'est rapidement dissous dans l'estomac mais Gioacchino n'a pas tellement envie de rentrer à la maison, vu qu'il s'est enfui de l'église sans même attendre l'*ite missa est.* Et puis ses habits du dimanche sont chiffonnés, pleins de poussière, et ils s'en vont alors dans les vignes chercher des pêches mûres. Ils cueillent les baies sur les mûriers en grimpant sur les épaules l'un de l'autre. Une sœur de Gonda, pliée en deux pour sarcler son lopin de terre, les voit et les appelle, elle leur offre des cerises, elle veut savoir ce qu'ils font là à cette heure où tout le monde est assis à table. La vieille n'a plus de dents et on comprend à peine ce qu'elle dit, le fils de Tambiss rit mais Gioacchino la remercie avec sérieux en détachant les syllabes et en attendant il mord dans les cerises, le jus lui tache les lèvres. Comment rentrer à la maison quand il a même perdu son bonnet et maintenant un des garçons là-bas à l'écluse a jeté le sien, vieux et troué, et s'est mis celui de Gioacchino sur la tête.

Plus tard Gerumin les a vus qui passaient devant la petite chapelle de la Madone, Gioacchino s'était signé en hâte (sinon, lui dit toujours Luison, le diable vient la nuit et il te tire par les pieds) pendant que le fils de Tambiss offrait à la Madone une des dernières cerises en l'enfilant entre deux mailles du grillage.

Cette cerise était encore là les jours suivants et avec le temps elle deviendrait noire et sèche.

Ensuite ils sont entrés par le potager, épiant entre les plants déjà hauts de tomates pour voir si Sacarlott était dans les parages. Mais dans le pré il n'y avait que Fantina qui ôtait les tiques du chien et le fils de Tambiss avait couru se cacher dans la grange pendant que Gioacchino se glissait dans la cuisine pour voir s'il trouverait quelque chose à manger.

Gonda n'arrivait pas à croire qu'elle pouvait lui remplir un poêlon avec des restes de lapin, Maria était allée à vêpres, et elle s'était mise à farfouiller jusqu'à ce qu'elle trouve aussi deux œufs et elle les avait posés sur le poêlon : « Fais attention, les fais pas tomber », lui avait-elle dit.

Ç'avait peut-être été la faute justement de ces deux œufs qu'il devait tenir en équilibre ; mais ce qui s'était passé réellement, personne ne devait jamais le savoir. Ni si c'était à cause de l'échelle qui était toujours appuyée contre la grange à l'extérieur, elle était toujours là, elle y était au moment où le fils de Tambiss était monté, mais ensuite elle n'y était plus, quelqu'un devait l'avoir déplacée l'instant d'avant. Ce qu'on savait de sûr c'est que Gioacchino était monté par l'étable et qu'une fois arrivé au sommet il avait entendu la voix de Sacarlott. Le fils de Tambiss avait grimpé plus haut pour aller se cacher entre les bottes de paille rangées pour l'hiver et Gioacchino s'était retrouvé seul avec son poêlon rempli dans les mains, une gamelle au manche cassé. Peut-être avait-il essayé de rejoindre son ami mais le foin avait cédé et il avait glissé, il n'avait pas trouvé de prise. Ou bien il avait seulement tenté de s'échapper par l'échelle qui donnait sur la cour, certain de la trouver là.

Il avait volé jusqu'en bas sans un cri. Lentement, en ondoyant, ses cheveux fins et raides qui flottaient dans l'air, les ailes de sa petite veste marron. C'est ainsi que l'avaient vu Fantina et Scarvé, venu chercher des sous pour la réparation du toit. Ce n'était pas un corps qui tombait, avaient-ils dit, c'était une plume qui volait et volait et n'en finissait pas de voler, comme si cette grange avait été plus haute que la tour de San Giorgio. Il volait sans poids, blanc comme de la cire, et Scarvé et Fantina n'avaient pas eu de souffle pour crier. De force pour courir. La gamelle avait tournoyé, perdant des morceaux de lapin ; et elle oui, en tombant, elle avait fait un fracas d'enfer, projetant tout autour une myriade d'éclats, si bien que Sacarlott avait couru dehors pour voir ce que c'était que tout ce tintamarre.

Gioacchino était à terre qui vibrait dans un ultime soubresaut. Intact, sauf que de son oreille coulait un filet de sang.

Qui donc avait enlevé cette échelle et pourquoi ? Pourquoi juste à ce moment-là ? Qui avait fait ça, qui ? Maria avait hurlé et hurlé, cette question ne lui laissait pas de répit, elle retentissait dans le couloir, à travers les chambres et jusque dans le pressoir en bas. Elle voulait savoir pourquoi, qui avait fait ça. Comme si la réponse devait dissiper le nuage noir qui l'avait subitement emprisonnée et l'empêchait de pleurer et de dormir.

« C'est Smangiun, c'est Nadal, Gramissa, Pipen, Gerumin... » Les noms s'entrecroisent, ils se heurtent les uns aux autres comme les sons discordants d'un orgue devenu fou, ce sont des ombres dessinées par la lune, des branches qui cognent aux carreaux. Elle a trouvé le pipeau dans la poche du pantalon, elle l'a enfermé dans son poing, et cette main, elle ne veut plus jamais l'ouvrir. Elle crie le matin et elle crie dans la nuit, elle veut savoir qui a fait ça. Mais il n'y a pas de coupables et ça, comment pourrait-elle le comprendre ?

Le prévôt est assis à côté d'elle, il lui prend une main et la garde serrée entre les siennes, molles et moites de chaleur, elle retire sa main avec dégoût, si elle n'était pas allée à vêpres ça ne serait peut-être pas arrivé. Le prévôt aussi est coupable, elle le regarde avec hostilité, ses pupilles qui ont pris toute la place effacent ses beaux iris veloutés. Ainsi sont parfois les yeux des animaux sauvages dans la nuit. Elle ne veut pas revoir le Rédempteur dans son manteau d'azur, elle ne veut pas revoir les petites flammes qui brûlent autour de lui, elle ne veut pas réciter les *Requiem aeternam*.

Elle ne veut pas non plus aller au cimetière. Derrière le rideau de tulle, elle regarde le cercueil bleu ciel que porte sur ses épaules Gavriel, descendu de Lu avec des sabots de vacher. Elle a posé une seule condition : la place auprès de Gioacchino sera la sienne, lui dessus et elle dessous comme si elle le tenait encore sur ses genoux. Toute sa haine s'est concentrée sur le fils de Tambiss et tandis qu'elle le regarde suivre le bref cortège sur le sentier de brique, avec sa culotte retenue par une seule bretelle, il lui semble que le garçon rit. Ce n'est pas possible, mais c'est ce qu'il lui semble.

Elle s'assied pour feuilleter les livres d'astrologie que Sacarlott avait fait venir de loin. Elle lit à voix haute, lentement, parce qu'elle sait peu lire et qu'elle ne comprend rien. Mais personne ne doit la déranger car elle est en train d'« étudier » ; le pipeau de roseau transformé en fétu de paille dans sa paume. Et les grosses chaussures non plus, couvertes de poussière par cette dernière course dans les champs un dimanche de juin, personne ne doit les toucher ou vouloir les lui prendre. Rapide à venir guetter à la fenêtre au cas où le fils de Tambiss viendrait demander quelque chose à la cuisine. Par cette fenêtre, elle hurle alors pour le faire partir comme si c'était un chien galeux et le garçon se sauve, pieds nus, terrorisé par cette voix. C'est ainsi qu'il était apparu en haut de la grange, les cheveux dressés par l'épouvante, les bras levés pour demander de l'aide à Dieu, à la Madone, à Scarvé, à Fantina tandis que Maria, effrayante, le regardait fixement et l'accusait : pourquoi pas toi, grossier, laid, toujours couvert de merde de vache ?

De ce vol de Gioacchino on parla longtemps dans le pays ; soir après soir Sacarlott se le faisait raconter par Fantina. Mais comment était-ce possible qu'il vole ? lui demandait-il. Et pourtant c'est vraiment ce qui s'est passé, Scarvé aussi l'a vu, dit Fantina, il est prêt à le jurer devant le crucifix. C'était une plume dans le ciel bleu, jamais on n'a vu chose pareille, peut-être que Gioacchino avait les os creux comme les oiseaux. Sacarlott l'écoute avec attention, ce long vol plané ondoyant dans le ciel le console parce qu'alors la mort de Gioacchino n'a pas été comme celle des autres, comme la mort de Manin ou du Giaï. Tandis qu'il volait, ses pensées et ses désirs, sa grande gaieté, s'en allaient peut-être à travers les airs et se trouvaient maintenant en sûreté quelque part. Le visage de Sacarlott se détend, ses rides perdent leurs ombres, Fantina recommence son récit et Gioacchino s'envole de ses mains potelées, c'est un souffle légèrement acidulé de vin rosé.

Si Maria voulait elle aussi écouter cette histoire, si elle essayait elle aussi d'imaginer Gioacchino suspendu dans le ciel, elle trouverait dans la vie de l'enfant maints indices, maints détails qui confirmeraient son âme d'oiseau. Elle pardonnerait bien des choses à Fantina, à Bastianina, à Gonda. Et même au fils de Tambiss. Mais elle ne veut rien savoir des histoires qu'ils s'inventent. Ses interrogations sont bien différentes ; et Bastianina, revenue du collège pour les vacances, sent parfois le regard de sa mère sur sa nuque pendant qu'elle dessine, assise à côté de sa tante. Elle n'a pas besoin de se retourner pour savoir qu'elle est debout dans son dos. Un regard qui tombe comme du plomb quand il lui arrive de rire avec Gramissa ; et un frisson descend alors le long de son dos à la pensée que sa mère l'échangerait si volontiers contre son petit frère enterré à côté du Giaï.

Les deux cliniciens célèbres venus de Milan pour étudier le choléra sont repartis depuis longtemps et ils ont tiré peu de conclusions de leur long séjour dans les provinces orientales de l'empire des Habsbourg. Si l'épidémie semble plus grave que la fièvre vermineuse ou la maladie de la pelade, elle n'effraie certes pas autant que la peste apportée par les rats qui se nichaient dans les cales et se répandaient la nuit dans les sous-sols des maisons, se laissaient tomber mollement dans les entrepôts de grains. Ou bien rampaient le long des murs et se glissaient, furtifs, entre deux volets mal fermés. Cette fois c'est un *vibrion* qui voyage dans le ventre des soldats comme dans celui de ceux qui transportent l'orge et le millet et il navigue dans les rigoles, les fossés, les canaux. Il est dans les abreuvoirs des bêtes et dans les fontaines sur les places. Il ne craint pas la pluie ou le gel mais la chaleur non plus, même la plus étouffante.

La première à mourir fut la sœur de Gonda, elle avait soixante-dix ans et personne n'y prêta attention. Puis ce fut le tour de la sœur du prévôt, celle qui avait donné des leçons de peinture à Bastianina. Quand moururent le cousin germain de Tambiss et la nièce de Gerumin, une petite fille de douze ans, tout le monde fut pris de panique. Il faisait déjà froid et le son de la Trébondine transperçait l'air blanc et glacé ; dans l'église il n'y avait presque personne à l'office, les gens avaient peur de s'agenouiller sur les bancs où le dimanche d'avant se tenait encore la petite fille avec ses tresses attachées par un ruban.

Le jour où Luison se mit au lit avec la diarrhée et des vomissements, Sacarlott tint un conseil de famille. Il ne pouvait pas abandonner la terre, dit-il, mais s'il mourait il fallait que quelqu'un reste en vie pour continuer à s'en occuper. Luis était trop jeune et quant à Gavriel personne ne pouvait compter sur lui, alors il n'y avait pas le choix, Maria devait s'en aller ainsi que Bastianina que les sœurs avaient renvoyée du collège chez elle ; en ce qui concernait Fantina, elle déciderait elle-même où elle préférait être. Se séparer de sa femme, ajouta-t-il, il le sentait comme un mal mais on ne pouvait pas faire autrement, Maria s'était déjà occupée de la terre une fois et elle pourrait le refaire et mieux que par le passé. Le meilleur endroit, dit-il encore, c'était la maison de Mandrognin à Lu. Guère plus qu'une étable mais Lu était en hauteur et le vent balayait l'air, la pluie nettoyait les rues en pente et la maison, la dernière tout en haut, était dans un endroit si escarpé que personne n'allait jamais jusque-là.

Quand il eut fini de parler, Sacarlott appuya son front contre la vitre : l'hiver se préparait à être un des pires de ces dernières années et les pommiers étendaient leurs branches déjà blanchies par le givre, l'herbe ployait sous le gel. Le chien transi de froid tremblait, la queue dressée, et semblait attendre lui aussi quelque grand événement dans cet air plombé où les moineaux eux-mêmes avaient cessé de voler. Et comme s'il s'était projeté dans ce silence-là dehors, même la pensée qu'il pourrait mourir ne parvenait pas à tirer Sacarlott de ce calme sans couleur qui s'était emparé de lui.

Dans son dos toute la maison avait commencé de bouger, les portes claquaient, les voix se précipitaient le long des corridors. Bruits étranges qui précèdent un tremblement de terre, battements d'ailes, agitation de tout ce qui se prépare à se mettre en sûreté. Le front collé à la vitre, il n'entend rien, ni les pleurs de Maria ni les protestations de Bastianina ni les nouvelles qui courent de l'une à l'autre ; Tajalargh l'a attrapé aussi, et Gatagnu, et Veronica...

La vie de Maria dans la maison de Mandrognin fut la pire qu'on pouvait imaginer du point de vue du confort. Pas d'eau, pas l'ombre d'un puits, peu de lumière même dans la journée avec ces petites fenêtres larges comme la paume. Et un froid terrible. La cheminée fumait et l'on ne pouvait ouvrir la porte sans que la pièce se remplisse de poules. Au bout de deux jours Bastianina fut prise de bile noire et la seule solution fut de la renvoyer au collège chez les sœurs en disant qu'elle voulait être nonne.

Et pourtant ce fut pour Maria une période à ne jamais oublier, une pause dans sa vie, semblable à un tableau dont les détails, même les plus insignifiants, ont une sorte de pouvoir mystérieux. Mandrognin était son serviteur et son esclave, il sortait le matin au lever du jour pour aller lui chercher du lait à peine tiré ; quelquefois une fleur ou une poire, une grappe de raisin sec, Dieu sait où il avait bien pu aller la chercher.

La venue de Maria l'avait rendu fou, il avait passé des années à vivre en léthargie comme un animal, une taupe aveugle dans son terrier. Sans désirs, sans énergie, sans volonté et sans rêves. Et maintenant Maria était dans sa maison, il pouvait la regarder aussi longtemps qu'il en avait envie, lui parler et même la toucher quand elle passait près de lui, sentir sa jupe se frotter contre son visage tandis qu'il remplissait la cheminée de bois, assez de bois pour la boucher. Il avait Dieu chez lui. Et Gavriel n'était là que pour l'assister. Il lui donnait des ordres, au moins ça te réchauffera, disait-il. Il l'avait installé pour dormir dans un cagibi et lui-même se contentait d'un coin entre le bois et les poules afin que la maison tout entière soit à la disposition de Maria et qu'elle puisse aller d'une pièce à l'autre sans crainte d'avoir quelqu'un dans les jambes.

Mandrognin avait une tête couverte de cheveux durs et blancs et un regard clair, presque bleu ciel, un regard d'oiseau. Maria rêvassait quelquefois en le regardant. Elle aimait son corps sec et ses mains larges, grandes, semblables à des pattes d'ours. Elle s'amusait de sa manière précipitée de faire les choses, de ses gestes désordonnés, de ses vêtements fantaisistes tirés d'on ne sait quelle vieille malle. Quand le matin il lui apportait de l'eau, et à chaque fois une partie se renversait sur le carrelage, elle avait envie de rire et Mandrognin aussi riait, heureux parce que Dieu se laissait voir en chemise avec juste un châle. Et Dieu était si beau.

Il y avait un seul arbre devant la maison, un figuier, et sous ce figuier Mandrognin avait installé son établi et ses outils, il réparait là les selles, au grand air, parce qu'il ne voulait pas faire entrer dans la maison ces cuirs malodorants. Après tant d'années il était devenu insensible au froid et si Maria, quand elle voyait la nuit tomber et la glace s'épaissir dans le baquet, l'appelait pour qu'il rentre, il lui souriait en hochant sa grosse tête blanche. Et dans le crépuscule précoce de l'hiver sa tête était la lune qui se lève derrière les montagnes. Il savait et se rappelait tant de choses, Mandrognin, des centaines de détails sur la maison de Moncalvo, et il parlait de l'époque où il venait aider pour les vendanges et qu'elle n'était guère plus qu'une petite fille prête à danser sur n'importe quelle musique, même sur le *Veni Creator* que chantait la bienheureuse dans la maison d'en face. Il la voyait, assise sur le banc sous les noisetiers, enfilant sans entrain l'aiguille dans le métier à broder ; et à peine Luison avait-elle tourné la tête qu'elle se levait en faisant rouler à terre les écheveaux colorés. Il se souvient encore d'un gâteau qu'elle et Matelda avaient fait pour le lundi de Pâques et qu'elles avaient apporté à leur père pour le lui faire goûter, et il y avait eu une tranche pour lui aussi. Jamais plus il n'avait mangé de gâteau aussi bon, jamais plus il n'y avait eu une maison aussi merveilleuse que celle de Moncalvo, un banc, des buissons de noisetiers aussi épais.

« C'était sûrement un *turtun**, dit Maria, on ne savait rien faire d'autre... » Mandrognin la regarde : « Comme tu étais gaie, comme tu étais belle, Maria, dans tout Moncalvo il n'y avait pas une fille qui dansait comme toi. Un jour j'ai essayé moi aussi mais dans l'émotion mes pieds s'en sont allés chacun de leur côté et toi, en colère, tu m'as tourné le dos. » Elle rit à présent, Maria, les mains serrées dans son giron ; du Mandrognin d'alors elle se rappelle seulement qu'il venait voir son père et que parfois il s'arrêtait auprès d'elles pour voir comment on faisait le point de Venise ou l'ourlet à jours et elles se moquaient de lui, elle et Matelda, parce que la broderie ça n'est pas une affaire d'hommes. Elle ne se rappelle rien d'autre mais le bonheur, ça oui, et il lui semble maintenant qu'un peu de ce bonheur lui revient avec les récits de Mandrognin, s'échappe de ses yeux sauvages enfouis dans les profondeurs de ses sourcils.

Les nouvelles qui arrivent de Sacarlott disent que Luison est guérie mais qu'elle est restée si faible qu'on a dû lui installer un lit dans la grande salle parce qu'elle n'arrive pas à monter les escaliers, et elle parle avec les peintures des voûtes. Quand un rayon de soleil perce le brouillard on l'assied devant la porte, elle est devenue toute chauve et elle porte sur la tête une petite coiffe qu'on mettait à Bastianina dans son berceau, tellement sa tête est devenue petite. Eux là-haut, en revanche, ils sont pleins de force et Gavriel va chaque jour curer les étables dans les collines environnantes et le soir il monte d'un pas rapide le sentier qui mène à la maison en portant un saucisson, une oie encore vivante, une livre de beurre.

Depuis que sa mère est arrivée, finie sa faim tou-

(*) Sorte de galette cuite sous la cendre (N.d.T.).

jours de reste, insatiable, le soir ils boivent le vin que Mandrognin est allé chercher dans les fermes les plus perdues, Maria prépare la polenta, toute la maison sent la saucisse et le lait. Maria a du mal à lacer ses vêtements tellement ils lui sont devenus étroits, elle se regarde parfois dans le morceau de miroir que Mandrognin lui a installé dans la chambre et elle sourit à son image comme cela ne lui était pas arrivé depuis des années. Si ses pieds sont trop froids elle appelle son cousin et Mandrognin les prend dans ses grandes mains et les frotte et les serre jusqu'à ce qu'ils deviennent bouillants. Il lui a cousu deux bottillons de plume pour quand elle va au lit et il a rempli aussi de plumes la peau d'un lapin dans laquelle elle peut enfiler ses mains.

L'hiver a comblé les vallées de blanc, tout là-haut la neige glisse le long des branches du figuier et forme une croûte glacée sur les marches. Le vent l'a rassemblée en tas hauts de plusieurs mètres et Mandrognin y va à la pioche quand la pelle ne suffit plus, pour que Maria trouve chaque jour le sentier dégagé et que ses chaussures n'aient pas à se mouiller si elle veut aller à l'église.

Mais l'église, Maria oublie d'y aller, les cloches sonnent la messe qu'elle est encore là à boire du lait en face de Mandrognin qui parle du temps où elle était jeune fille à Moncalvo. Elle serre la tasse chaude entre ses mains et la splendeur de son regard ressemble à celle d'autrefois, Mandrognin sent le cuir et le bois brûlé, les cloches ont fini de sonner, il est tard maintenant ; la messe, elle ira demain, ou un autre jour. Car quand arrive enfin une belle journée elle enfile les sabots que Mandrognin lui a taillés et ils font ensemble une longue marche dans les champs égalisés par la neige où lui seul sait retrouver les sentiers enfouis. Ils arrivent à des puits gelés d'un blanc bleuté et regardent les corbeaux secouer leurs grandes ailes noires, s'élever dans le ciel en croassant.

Mandrognin veut construire un traîneau et transporter Maria dedans comme une reine. Ce sera un traîneau avec des coussins en plume et « Maria » écrit dessus en lettres d'argent. Il aura des clous tout autour, un petit banc où poser les pieds. Il aura une couverture en peau d'agneau et un petit panier d'osier où mettre le pain à jeter aux corbeaux. Des poignées pour se tenir quand le cheval ira vite, et il sera entièrement peint de rouge et de bleu.

Quand on vint chercher Maria, Mandrognin était sorti pour livrer des selles. Elle n'attendit pas qu'il revienne et s'en alla sans même lui dire merci ; parce que merci, à ce moment-là, c'était difficile à dire. Elle emportait avec elle les bottillons de plume et la peau de lapin ; les sabots, encore humides de la dernière marche, elle les laissait près de la cheminée. Et cette fois-là encore il lui était impossible de pleurer.

Sacarlott venait juste d'être enterré ; c'est ce qu'il avait voulu, qu'elle arrive quand tout était fini, désinfecté, brûlé. Et comme cela s'était passé pour le Giaï, une autre l'avait remplacée auprès de son mari. Pendant des jours et des jours Fantina avait essuyé la sueur de Sacarlott, elle avait changé ses vêtements, elle avait monté et descendu l'escalier avec l'eau de la cuisine et elle avait vidé les pots de chambre. Car tout le monde s'était enfui et même Gramissa avait abandonné ses casseroles et ses poêles sales, emportant avec elle le chat enfermé dans son tablier, et un silence absolu, mat, aveugle, s'était emparé de la maison. Au milieu de ce silence, dans l'imperceptible ondoiement de ses jupes, Fantina était redevenue la maîtresse, et même dormir n'avait été pour elle qu'un moment où garder les yeux fermés. Sa présence auprès de Sacarlott n'avait pas failli une seconde et son visage, couvert de taches avec les années et la boisson, avait veillé sur lui, émergeant tel un gnome des brumes de sa torpeur.

Personne ne sait, pendant ces journées-là, ce qui a pu passer par la tête de Sacarlott et de Fantina seuls face à face, quelles images, chacune parcourant sa route sans jamais se rencontrer. Pas même Luison à l'étage en-dessous, restée là à faire bouger ses lèvres muettes sous la voûte peinte de la grande salle, la tête guère plus grosse qu'une orange sur l'oreiller. Fantina avait ressorti son tabouret, elle s'était tenue prête, assise à côté du lit, à se lever à chaque désir qui apparaissait dans les yeux de Sacarlott ; boire, être lavé, être aidé à se tourner. Rien d'autre, jamais. Un grand silence qui avait duré des jours et des jours, devenant si important que n'importe quelle parole aurait fait peur, cependant que leurs pensées s'en allaient, s'en allaient qui sait où. Le dernier jour seulement, quand une aube légère avait glissé sur le carrelage et que ses reflets avaient annoncé un temps de splendeur froide, Sacarlott avait crié.

Ç'avait été un seul hurlement, sauvage, aigu, qui s'était répercuté à travers les pièces et avait fait trembler les vitres. Les moineaux sur les branches s'étaient envolés et sur l'appui de la fenêtre la glace s'était fendue. Fantina, les yeux encore à demi-fermés dans cette lueur d'aube, s'était recroquevillée, la main contre son cœur : Sacarlott était dressé dans le lit, ses cheveux soulevés sur son crâne blanc comme de la cire : « Les Cosaques ! hurlait-il, les Cosaques ! » Et ses pupilles désormais aveugles les regardaient avec terreur chevaucher sur les rideaux immobiles dans le petit jour.

III

GABRIEL ET LUIS

La pluie tombait à verse le jour où Luis quitta subitement le collège. Il lui manquait peu pour finir et son application à l'étude lui avait valu plus d'une « mention honorable ». Un jour, pendant de courtes vacances d'été, Sacarlott l'avait emmené à Casale acheter des lunettes tellement sa vue s'était abîmée à trop rester plongé dans les livres. Des lunettes qui se tenaient à présent en équilibre sur son nez long et mince et lui donnaient, dans le pâle crépuscule hivernal, l'allure d'un jeune pasteur vaudois rescapé d'un naufrage. L'eau dégoulinait de ses cheveux, dégouttait du bas de son pantalon et s'étalait en mare autour de ses longs pieds cependant qu'à travers ses lunettes embuées par la vapeur de son corps la famille lui apparaissait comme une masse informe et vociférante.

Il n'y avait plus personne désormais pour le réprimander de cette défection soudaine et seule Luison parvint à protester faiblement à cause de cette mare qui continuait à s'élargir sur le carrelage. Luis s'ébroua comme font les chiens en mouillant ceux qui étaient le plus près de lui, puis il se tourna vers Gavriel qui le regardait sans rien dire : il y avait longtemps qu'ils ne s'étaient pas rencontrés, la dernière fois Luis portait encore des culottes jusqu'aux genoux. Et tandis que tous continuaient à poser des questions et à toucher ses vêtements trempés, il chercha le regard de son frère. Il voulait son assentiment en même temps que jauger sa force.

Gavriel laissa les yeux de Luis sans réponse. Immobile, campé sur ses jambes robustes, si corporellement le fils de Sacarlott mais si différent de son père dans sa tête et dans son cœur, il demeura impassible même lorsque Luis passa devant lui en le heurtant de son gros sac rempli de livres. Au dîner, alors que personne encore ne comprenait si l'on devait fêter un retour ou punir une désertion, Gavriel se soucia uniquement de manger sans jamais poser son regard plus d'une seconde sur son frère. Et Luis de son côté avait trop faim pour poursuivre l'enquête.

Mais ces fils qui partaient de la même chambre, des mêmes chansons de Gonda, des mêmes odeurs et des mêmes sons, des mêmes saveurs, des mêmes terreurs enfantines à la voix de Sacarlott, avaient continué à se dérouler, invisibles, insoupçonnés, ignorés de ceux-là mêmes qui les avaient autrefois tenus serrés entre leurs doigts. Ce fut peut-être Luis qui fouilla pour les retrouver. Luis, après tant d'années de solitude, de froid et de prison. Ou bien ce fut Gavriel, entré dans la vie par le côté le plus obscur et déjà bien loin à l'intérieur de ce labyrinthe choisi par fatalité. Attiré par son contraire, fasciné par ce frère solaire.

Luis était désordonné, bruyant. Ses bottes laissaient leurs empreintes dans toutes les pièces, sur les marches de l'escalier, dans la cuisine, ses cordes vocales ignoraient les tonalités basses et même quand il croyait parler à mi-voix on l'entendait d'un bout à l'autre de la maison. Il entrait et sortait continuellement et dans les rares moments où il était assis, il se balançait sur sa chaise. Sa bouche mince et douce mangeait, riait, parlait et quand elle restait muette ses yeux gris-bleu continuaient à exprimer l'attention, l'intérêt, le désir. Il ne connaissait pas l'inertie, les pauses déprimantes de la journée ; et tout le monde se demandait ce qui avait bien pu se produire au collège pour que de l'enfant tranquille et silencieux toujours plongé dans ses livres ait pu sortir ce long garçon prêt à saisir le premier courant d'air, le premier son différent. Qui prenait par surprise la taille de Gramissa et lui soufflait dans l'oreille, Gramissa s'échappait, une porte après l'autre, criant de peur et d'excitation.

« On ne peut vraiment dire qu'il soit beau », avaient dit les gens le premier dimanche où ils l'avaient vu à la messe. Mais quand il était entré dans l'église avec ses longs pieds, ses cheveux hauts sur la tête, les filles s'étaient toutes mises à arranger leur voile et à jeter des regards en coin pour l'apercevoir. Lui aussi il les avait regardées, toutes, et il était apparu bien vite que très rares étaient celles qui ne lui plaisaient pas. Et s'il n'avait pas de préférence quant aux habits qu'il mettait, et enfilait avec la même désinvolture un vêtement de Sacarlott retaillé pour lui ou une veste qui changeait de couleur avec la pluie, il faisait très attention à ses chapeaux. Il aimait les choisir fantaisistes, en changer, et il les ajustait sur ses boucles châtain, prêt à les soulever à la première rencontre. Un grand coup de chapeau et un sourire qui masquait par l'ironie la timidité et le désir. L'impulsivité, par la rapidité avec laquelle il renfonçait son chapeau sur sa tête.

Après toutes ces années que Luis avait passées au collège, Maria s'attendait à ce qu'il se chargeât du livre des comptes. Mais Luis déclara tout de suite que la comptabilité, jamais. Tout le reste lui convenait, qu'on l'envoyât surveiller la vigne ou les semailles, traire les vaches ou négocier l'avoine. Pourvu qu'il puisse être dehors et sentir autour de lui l'air et la terre, le changement des saisons. Il aimait jusqu'au brouillard et à la boue qui alourdit les bottes. Et il n'avait pas de problèmes non plus pour aller chez Mme Bocca et s'asseoir dans le salon vert où les angoisses et les rêves de Gavriel avaient imprégné chaque objet.

Mme Bocca avait beaucoup entendu parler de lui par les filles qu'elle avait à son service et, assise sur le divan, elle essayait de déplacer le rideau pour mieux voir ce grand garçon efflanqué qui parlait d'avoine en tambourinant des doigts sur ses genoux. Mais sa vue avait baissé et la vieillesse avait fini par avoir le dernier mot. Elle était sourde au plus haut point, grisâtre ; et elle qui avait perdu le sommeil pour Gavriel, elle n'arrivait pas à trouver en Luis quelque chose qui la tirât de son apathie. Le pétillement de ses yeux. elle ne le percevait pas, ou si elle le percevait c'était comme un écho lointain, aux stridences insaisissables. Sa gale était passée depuis longtemps mais elle avait toujours une démangeaison quelque part et elle se grattait à l'aide d'une baguette portant en son extrémité une petite main d'ivoire ; elle avait demandé à Luis de l'aider. Luis s'était prodigué avec fougue, la pénombre de la pièce le mettait mal à l'aise et il montait des vêtements de Mme Bocca une odeur poisseuse, âcre, une odeur de vieillesse, tandis qu'elle poussait de petits cris d'effroi. Rien de plus ; Luis avait retiré en hâte sa main. Quand il était sorti, Mme Bocca l'avait regardé avec soulagement passer entre les deux grands magnolias de chaque côté de la grille.

Le soleil déclinait, de la cuisine arrivait une odeur de ragoût. Elisabetta, depuis des années, ne venait plus ; et elle n'avait plus aucune envie à présent de manger avec le prévôt ou qui que ce soit d'autre. Ses repas, elle les prenait toute seule ; et Gonda qui avait une nièce à son service disait qu'elle mangeait de la viande même le vendredi.

La première mesure de Maria fut d'éloigner Gramissa qui, d'émaciée qu'elle était, remplissait à présent ses habits jusqu'à l'extrême limite et souffrait toujours de la chaleur. Elle défaisait ses boutons, retroussait ses manches et se faisait de l'air par-dessous ses jupes. A sa place elle prit Marlatteira qui portait sous ses vêtements un scapulaire de la Vierge, et quand elle montait l'escalier il lui venait des essoufflements à cause de ses deux cœurs. Deux cœurs si petits qu'ils n'avaient pas trouvé la place de se développer dans sa cage thoracique à la forme singulière, comme celle d'un oiseau, avec un sternum proéminent qui pointait sous l'étoffe de la robe.

Gramissa fut contente de s'en aller car elle montait en grade, passant au service du phlébotomiste chez qui elle pilait les poudres dans les mortiers ; et quand elle rencontrait Luis elle n'était plus la servante de la maison et elle pouvait lui répondre sans vergogne. Luis par contre, le premier matin où il descendit dans la cuisine et vit Marlatteira qui soufflait sur le feu, tourna les talons et sauta le déjeuner. Mais le jour suivant il s'était déjà résigné et comme il était de caractère joyeux il se mit à plaisanter avec elle aussi, et Marlatteira rougit de plaisir. Elle s'assit en face de lui et pendant qu'il mangeait de la polenta avec du lait elle lui raconta son rêve.

C'était la saison de la variole et à travers les vitres embuées de la cuisine arrivait le son de la Trébondine jouée pour un enfant mort, un son de fête, parce qu'un ange était entré au paradis. Marlatteira parlait dans un dialecte touffu, celui du Haut-Montferrat où elle était née, et dans la ferveur de son récit ses yeux enfoncés dans leurs orbites sombres brillaient comme si elle avait eu vingt ans et son long visage devenait d'une beauté animale, chevaline. Sur ce visage la vie et la mort, la gaieté et la douleur, le désespoir, le bonheur, ne cessaient d'échanger leurs couleurs, et dans son étonnement les morceaux de polenta tombaient dans le lait, glissaient des lèvres de Luis sans qu'il s'en aperçût.

Car les rêves de Marlatteira étaient au-delà de

toute imagination et au lieu de morceaux confus et incohérents, c'étaient de vraies histoires avec un début et une fin. Elle s'en rappelait chaque détail, chaque odeur, depuis la puanteur de soufre jusqu'au parfum du pain à peine sorti du four. C'étaient des cavaliers au manteau couvert de sang qui l'emportaient visiter les âmes du purgatoire et tandis qu'ils la tenaient soulevée à bout de bras, la pointe de ses cheveux se consumait dans les flammes. Elle pouvait rêver d'étreintes qu'elle appelait « venteuses » et dont elle taisait par pudeur ou par ignorance l'émotion bouleversante, soufflant par le nez pour simuler l'intensité de ce « vent » ; puis elle aspirait lentement leur dénouement dans le parfum des tubéreuses et des lys. D'autres fois un diable la léchait avec une langue de feu et lui emportait le nez mais la bienheureuse Cunégonde arrivait, qui pétrissait les brioches de Pâques et lui faisait un nez nouveau recouvert d'or.

Et chaque fois la fin heureuse arrivait inopinément quand déjà il semblait qu'il n'y eût plus d'espoir et qu'elle hochait la tête, découragée. Elle fixait alors Luis et elle se taisait, comme si elle attendait de sa part un gémissement devant tant de malheurs. Puis fulgurante, joyeuse, la fin du rêve arrivait alors qu'elle avait déjà repris son va-et-vient à travers la cuisine.

Et pourtant Marlatteira ne trichait pas. Elle était persuadée que si elle avait menti ne fût-ce qu'une seule fois la Madone l'aurait punie : plus de rêves mais des nuits vides et noires dans le remue-ménage des rats. Elle était vierge, Marlatteira, et ceux qui l'avaient vue avec juste une chemise disaient qu'elle était plate comme une petite fille et que sous ses jupes aussi c'était pareil parce qu'à quatre ans, à la suite d'un vœu, sa mère l'avait consacrée à la Vierge de Crea. Mais en compensation la Madone lui avait accordé les rêves. Et si une nuit, mais cela arrivait rarement, Marlatteira ne dormait pas, le matin suivant quand Luis descendait dans la cuisine elle restait tournée vers ses fourneaux et chassait le chat avec rudesse de la chaise. Luis ne posait pas de questions, il mangeait sa polenta debout, et même si le feu était allumé on tremblait de froid, le désespoir suintait des vêtements de Marlatteira, du lait qui débordait sur le fourneau sans qu'elle se donnât la peine de l'en ôter. Alors les notes de la Trébondine qui arrivaient à travers les grilles exhalaient soudain toute leur mélancolie, égrenées, aurait-on dit, par d'hésitantes mains enfantines affligées de quitter ce monde. Et Luis s'échappait en hâte.

Il était tombé amoureux de la fille du Fracin, Rosetta, qui n'allait à l'église qu'à Noël, à Pâques et le dimanche des Rameaux pour avoir son buis béni. Elle était la seule fille du forgeron anarchiste et elle avait cinq frères ; dans une grande pièce construite avec des planches volées aux soldats durant les mouvements de 1821, elle élevait avec eux des vers à soie. Elle avait les cheveux roux mais sa chair était blanche sans la plus petite tache et quand Luis s'approchait de la maison là-bas au Petit Pont, elle émergeait de la puanteur de pourriture des vers dans toute la splendeur de sa peau limpide, à peine teintée de rose aux joues, et elle le fixait d'un air de défi : que pouvait bien vouloir d'elle un de ces bigots à Sacarlott ? Mais quelquefois elle devait tourner la tête pour ne pas rire, à voir Luis planté là avec son pantalon étriqué aux chevilles et les manches de sa veste qui ne descendaient guère plus bas que le coude, de vieux vêtements de Sacarlott mal ajustés à ses mesures.

Ils ne se parlaient pas parce que Luis ne savait que dire, et peu après elle rentrait. Luis l'entendait chanter. Sa voix de contralto était le tourment du prévôt, elle aurait tellement fait merveille dans le *Sanctus* et l'*Alleluyah.* Mais Rosetta du Fracin chantait tout autre chose et Luis debout sur le Petit Pont sentait son amour grandir de façon démesurée. C'était la voix d'un ange en même temps qu'un appel terrestre plein de mystère parce que les paroles, elle les inventait à mesure et elles n'avaient bien souvent aucun sens.

Quand vint l'été Luis fit quelque chose que personne encore dans la famille n'avait osé faire : aller au bal. Du temps de Sacarlott le mot « bal » n'avait eu aucune signification, il appartenait au vocabulaire des riches ou encore des déments qui seuls, disait Sacarlott, pouvaient avoir envie d'aller se briser les jambes dans des exhibitions de saltimbanque après une journée de travail ; et son regard avait glacé quiconque, même timidement, dans un désir confus et imagé semblable au friselis des vagues, y avait fait allusion.

Luis au contraire fouilla à la recherche des vieilles chemises de soie offertes par Mme Bocca et choisit la moins jaunie. Il plaça sur sa tête un de ses petits chapeaux à la couleur indéfinissable et le dernier dimanche de juin, dans la chaleur ardente des premières heures de l'après-midi, il se mit en route pour la ferme des Martini en laissant dans la désolation sa mère, sa tante et sa grand-tante.

La ferme des Martini se trouvait à mi-pente des collines de Lu et quand Luis arriva le bal était déjà commencé et Rosetta du Fracin engagée pour toutes les danses. Mais lorsqu'elle le vit de loin avec son petit chapeau rejeté en arrière sur ses boucles elle oublia toutes les promesses faites et resta debout sous un cognassier pour l'attendre, immobile parmi les feuilles larges et sombres. Et dès que Luis arriva près d'elle, elle arrondit ses bras autour de son cou comme si elle n'attendait que lui pour danser et Luis devint pâle, ses mains se mirent à trembler tandis qu'il la prenait par la taille et commençait à tourner.

Ils tournèrent et tournèrent, et plus Luis la serrait plus elle se laissait faire, et il y eut un moment où ils manquèrent se retrouver par terre tellement ils étaient serrés. Qui avait appris à danser à Luis, on ne le savait pas, il avait peut-être appris tout seul ou bien c'était son grand désir de serrer la jeune fille contre lui qui lui donnait tout cet élan et, bien sûr, ses bras frissonnaient et sa salive montait et descendait ; et quand il voulut lui dire quelque chose et qu'elle tourna son visage tout près de sa bouche, les mots lui moururent sur les lèvres. Mais à peine la musique était-elle finie qu'un des frères arriva et la lui enleva.

Luis dansa avec Gramissa, mais danser avec les autres lui était indifférent maintenant, aussi leur fit-il faire un tour de danse à toutes, même aux plus âgées, vieilles filles et femmes mariées. Les fils du Fracin avaient fait monter leur sœur sur une jument boiteuse pour la ramener à la maison et de là-haut elle regardait Luis, et l'on comprenait à ses grands yeux dorés que s'il revenait à la maison là-bas au Petit Pont ce ne serait plus comme avant. Il y avait dans ce regard à la fois de la tristesse parce qu'on l'arrachait à ses bras et de la jubilation à cause de cette danse qui n'avait pas d'égale. Unique, inoubliable, Luis.

Ce fut un amour gai et plein de surprises que le leur. Un amour contrecarré par tous, à commencer par le vieux Fracin qui avait été ami dans sa jeunesse avec Sacarlott, au temps où il s'appelait encore Pidrèn, et qui avait cessé ensuite de le saluer à cause de Napoléon sacré empereur. Contrecarré par les frères de Rosetta auxquels ce garçon long et léger qui saluait à grand renfort de gestes à droite et à gauche n'inspirait aucune confiance. Contrecarré par Maria pour qui la fille d'un forgeron était à cent coudées au-dessous d'eux et qui ne croyait pas que l'élevage des vers à soie pût rapporter un jour assez pour compenser cette différence. Et puis c'est une mécréante, disait Luison ; et cela enlevait à la fille du

Fracin toute dernière chance. Même Gonda et Marlatteira hochaient la tête, à cause des cheveux rouges.

Cet amour ne plaisait qu'à Gavriel, parce qu'il le sentait sans effusion de sang, sans larmes et sans récriminations, sans angoisse ; et quand il allait dans les champs avec son frère et l'écoutait parler de la jeune fille il lui semblait que son long nez, point focal de son expression, dessinait peu à peu une histoire d'amour où le bonheur était possible, à portée de la main. Naissait de lui-même, ainsi qu'un phénomène naturel comme la pluie ou le vent.

Il en était ainsi pour Luis, son amour n'avait pas besoin d'avenir ni même de projets. Il accompagnait Rosetta du Fracin à la cueillette des feuilles de mûrier qui engraissaient les vers, il allait avec elle ramasser de l'herbe pour les lapins ; et ils oubliaient les feuilles, ils oubliaient l'herbe, tant était vaste et inexploré le territoire dans lequel ils s'aventuraient, et intense leur désir de le connaître ensemble.

Sans jamais deviner la tragédie qui pouvait se tenir derrière eux : dans les feuilles oubliées, dans l'herbe restée, fanée, à la lisière du pré. Ils n'avaient peur ni des frères de Rosetta ni des orages ni même des morts qu'on rencontre au crépuscule près des cimetières. Une confiance illimitée en eux-mêmes aplatissait en un horizon indistinct tout ce qui ne les concernait pas, dissipait en un instant ce qui pouvait les déranger ou contrarier leur amour. Mais c'est cela même, un jour, qui tuerait aussi leur histoire, qui en circonscrirait la durée dans le temps et en effacerait ensuite toute trace comme si, en se retournant, ils n'étaient plus capables de rien reconnaître, juste des formes imprécises dont quelques détails insignifiants demeuraient vivants : l'écoulement de l'eau dans un chenal, le vol d'un cerf-volant. Ou bien les rimes de l'hymne en l'honneur de Ferdinand d'Autriche, couronné cette année-là à Milan.

Parce que l'unique fille du forgeron anarchiste a

un faible pour les rois et les empereurs. « *Salve d'Austria eccelso filio, Ferdinando Imperator...* », déclame-t-elle en écartant les bras. Des mots difficiles pour elle, habituée au dialecte, et ses yeux resplendissent comme si elle se voyait déjà au milieu des carrosses et des hermines, sous le chatoiement des aigles à deux têtes des Habsbourg. Luis rit mais elle continue, imperturbable, têtue, décidée à tout connaître et à tout voir ; Luis ne l'arrêtera pas, personne ne l'arrêtera et elle ne veut pas en ce moment qu'il l'interrompe, elle lui souffle doucement les mots dans la bouche, elle mord la main qui voudrait arrêter ce flot de paroles. Un chenal coule entre deux rives d'arbres, elle se penche pour boire, exténuée, et Luis s'empare de ses doigts mouillés, il les suce entre ses lèvres jusqu'à les sentir dociles et chauds, le silence emplit les poumons et seul le bruit de l'eau dans les herbes de la rive ressemble au frisson qui les saisit. Une fois, elle avait perdu un sabot et ils avaient dû le chercher alors qu'il faisait déjà noir, à tâtons dans l'herbe.

Qui sait s'ils firent jamais l'amour au sens plein du terme, l'amour qui laisse sans forces et apaisés. Rosetta du Fracin avait un grand besoin de rêver et d'attendre. Tous ces corsets, toutes ces jupes. Certainement ils durent s'en approcher de près. Plus tard, quand Luis se fit mal au genou et dut rester immobile pendant des mois, il pensa longtemps à ces moments où tout aurait été possible. Il pensa à la manière dont ce serait arrivé et à ce qu'il serait advenu d'eux, ensuite. Il pensa surtout à sa gaieté déconcertante, intrépide. Il l'imagina mélancolique, avec un abandon dans l'or brun de son regard.

Plus tard, quand c'était désormais trop tard. Quand, aux premières gelées, il glissa sur les briques tout à coup visqueuses du sentier et son genou heurta la terre de tout le poids de son corps, une poche d'eau se forma à l'intérieur et cette eau-là, pendant des mois, plus on l'enlevait et plus elle revenait. Cloué sur une chaise il guettait derrière les vitres au cas où arriverait l'unique fille du Fracin. Il scrutait l'horizon entre les dernières feuilles des pommiers qui refusaient de se détacher, entre les tiges desséchées des asters, plantés cette année-là pour la première fois. Un signe, un message. Et quand au matin le soleil dispersait le brouillard et que de grands pans de ciel bleu apparaissaient, il se disait : aujourd'hui elle viendra. Elle ne vint qu'une seule fois et elle s'arrêta sous la treille pour parler avec Fantina, personne ne lui proposa d'entrer et Luis cogna des doigts en vain sur les vitres scellées par le gel. Elle ne leva pas une seule fois la tête, ne tourna pas un seul instant les yeux pour regarder là-haut, au-delà de l'enchevêtrement de branches nues de la treille. Il voyait ses cheveux roux qui sortaient de son bonnet de laine, ses mains gonflées, abîmées par le travail des vers à soie. Et quand il la vit s'éloigner dans le sentier il brisa la vitre avec son poing. Mais elle était déjà loin et elle ne l'entendit pas crier.

Un après-midi, avant que Luis ne glisse et se cogne le genou, ils étaient allés sur la colline de la Grue faire voler un cerf-volant. Dans les champs les paysans s'étaient arrêtés pour regarder cet étrange oiseau ballotté par le vent, toujours immobile au même endroit. Un oiseau qui bruissait dans le ciel gris de nuages tandis qu'au-dessus passaient les vols en triangle des oies qui migraient. Sur ses ailes, cet oiseau portait écrit le nom de la fille du Fracin ; mais ça, les paysans ne pouvaient pas le voir, pas plus qu'ils ne pouvaient voir cette ficelle qui le tenait attaché à la terre cependant que la nuit descendait et que les fils du forgeron battaient la campagne à la recherche de leur sœur. S'ils le trouvaient, ce Luis, ils lui briseraient les os. C'était l'automne et Rosetta avait glissé ses doigts glacés dans la veste de Luis, au-dessus de leurs têtes cet oiseau de papier tourbillonnait et claquait, et puis ils l'avaient oublié. Ensuite c'était trop tard, la ficelle s'était emmêlée dans les ronces et ils avaient couru jusqu'à perdre haleine parce que la lune montait derrière les collines et que personne n'aurait jamais pu expliquer au vieux forgeron combien il était important de faire voler un cerf-volant. Qui aurait pu expliquer ça aux frères ? Combien c'était merveilleux.

Cette année-là, quand elle alla se confesser pour Noël, Rosetta du Fracin ne sortait plus du confessionnal, et à la fin elle resta seule à dire ses pénitences, le sacristain éteignait les dernières chandelles et elle n'avait toujours pas terminé. Et à la messe de minuit, quand vint le moment de l'*Alleluyah*, sa voix s'éleva si limpide et si forte que le chœur des filles se tut. Le prévôt resta les mains ouvertes, immobiles autour du calice, et les enfants de chœur stupéfaits tournèrent la tête. Mais la voix de Rosetta du Fracin était belle d'une manière trop terrestre et son *Alleluyah* célébrait en Noël la lumière, la chaleur, la nourriture. Les gens qui emplissaient l'église étaient pauvres, et ils l'avaient regardée avec effroi.

Au printemps Maria emmena Luis chez un docteur célèbre de Vercelli. Le voyage fut long et pénible et quand ils arrivèrent chez le médecin la jambe était si gonflée qu'on ne pouvait même pas la seringuer. Luis avait beaucoup de fièvre, il délirait. Le médecin lui fit une incision sur toute la largeur du genou et deux saignées, puis il dit à Maria qu'elle devrait tenir son fils éveillé aussi longtemps que le genou ne se serait pas vidé, c'était la seule manière pour lui d'en réchapper. Toute la nuit Maria parla à Luis, elle pleura et lui raconta sa vie, Luis resta éveillé à l'écouter et l'eau s'égoutta du genou jusqu'à traverser le matelas et tremper le carrelage. Au matin, dans la plaie ouverte, on voyait l'os.

Ce voyage à Vercelli fut décisif. Si Luis avait

jamais eu quelque chance de pouvoir remarcher comme autrefois, cette expédition en voiture la lui enleva pour toujours. L'eau ne se reforma plus car le genou s'était à présent consumé, mais il en garda une jambe plus froide et plus mince.

On était en avril quand il essaya de remarcher, dans les champs encore humides de la dernière neige, le blé commençait à poindre, ici ou là un cerisier mieux abrité que les autres avait fleuri et l'on sentait l'odeur du sureau. S'appuyant sur Gavriel, Luis arriva jusqu'à la grille. Au retour il essaya de marcher seul, il pensait à Rosetta du Fracin et à la colline de la Grue, aux cerfs-volants à venir. Le chien frétillait de la queue près de lui et Luis eut un instant d'hésitation, puis il se raidit, chancela et finalement recommença à marcher. Gavriel, qui le regardait, sourit. Même Maria, qui souriait si rarement, semblait redevenue la Maria d'autrefois.

Ceux qui avaient pensé que Luis resterait diminué ne le connaissaient pas assez. Même avec une jambe différente de l'autre il se tenait droit comme avant et quand vint l'été on le revit aux bals avec son petit chapeau rejeté en arrière sur ses boucles et sa veste qui changeait de couleur avec la pluie.

Mais Rosetta du Fracin n'est plus là, inutile de chercher sa chevelure enflammée de renarde. La robe de toile bleue qu'elle s'était cousue elle-même. Inutile de tendre l'oreille à sa voix de contralto. Elle s'est fiancée et elle se mariera après les vendanges dans une robe blanche dont tout le monde parle déjà. Une robe offerte par ses frères qui sont allés chercher le tissu à Casale. Parce que Rosetta est une brave fille et qu'il faut la récompenser, Camurà est tombé amoureux d'elle et il ne veut même pas attendre le printemps, il prépare déjà la maison, une vraie maison avec un jardin tout autour et un chêne devant la grille. Il est riche, Camurà, il a gagné son argent sur les marchés et sur les foires qu'il a commencé à faire tout jeune, tirant sa charrette pour grimper les routes dans la colline.

Le seul à ne pas être content c'est le vieux forgeron, qui continue à frapper comme un damné au milieu des nuées d'étincelles, noir dans sa forge noire, avec ses longues moustaches blanches qui lui retombent sur le menton. Il n'aime pas Camurà, pas plus qu'il n'aimait Luis, Luis lui semblait un rien du tout mais Camurà a de la colle au bout des doigts et tout ce qu'il touche reste accroché. Il vole sur le métrage et sur la monnaie, il vole aux riches et aux pauvres, à l'Etat, aux Français.

Mais Luis est un garçon gai, les années de collège ont remonté en lui un ressort qui ne se relâche pas. Un désir de prendre et de donner. De promenades au crépuscule et de vin qui chasse la mélancolie. Chacun naît avec un chemin tracé, comme s'il le portait gravé dans la paume de la main. Tenter de le modifier est inutile ; et son destin, Luis ne le perçoit qu'à l'instant où il le suit. Les grandes pauses, la contemplation de sa propre image en devenir ne sont pas pour lui ; dans ses pensées, dans ses viscères et dans son cœur circule un sang qui cicatrise vite. A chaque fois la vie gagne ; et sa mère et Fantina s'émerveillent de constater qu'il a si rapidement cessé de penser à la jeune fille. Déjà, il ne la nomme plus, déjà il a cessé de siffloter ses chansons, pour d'autres dont personne ne sait où il les a entendues.

Il s'est acheté des traités d'agronomie et le soir il reste debout jusque tard pour les étudier. Il veut que la terre recommence à produire comme au temps de Sacarlott, de même que Sacarlott avait voulu récupérer la terre qui avait appartenu au Grand Masten puis d'autres terres encore. Il a installé une table et une chaise dans une des pièces où l'on conserve le chanvre. Le chanvre, a-t-il dit, on peut le mettre dans le grenier, et ici ce sera son cabinet de travail. La bibliothèque, il est allé l'acheter chez la Chevalière qui vend pièce après pièce les derniers meubles de son château de Braida, et bien des soirées se passent pour lui à la maison, avec la lune d'été qui frappe les vitres. Et quand il va avec Gavriel dans les champs il a de grands gestes pour expliquer ce qu'il veut faire, il s'enthousiasme, là il veut planter des acacias et là encore semer du trèfle, l'an prochain du lin, ses longues jambes sautent par-dessus les fossés où l'été d'avant il serrait dans ses bras Rosetta de Fracin. Gavriel l'écoute, content qu'il soit comme ça, Luis.

Et souvent ils rient ensemble, de Luis si inconsidéré, si impulsif. Ils rient de Gavriel, toujours enclin aux « non » de la vie ; *Monsieur Catastrophe**, comme l'appelle Luis.

Sans cette capacité à rire leur vie en commun serait peut-être impossible, l'affection ne la sauverait pas. Leur véritable union, cette union profonde qui va au-delà de Maria et de Sacarlott, ils la perçoivent dans cette possibilité mystérieuse d'irrévérence à l'égard des mêmes choses. Au même instant, avec une simultanéité étrangère aux autres, ahurissante quelquefois pour eux-mêmes. Et le soir, celui qui rentre le premier attend le retour de l'autre, attentif au grincement de la porte d'entrée, au bruit connu des pas, juste pour pouvoir recommencer à respirer cet air léger si familier entre eux.

Pendant longtemps, cet été-là, l'objet de leurs railleries fut Bastianina. Grande, bâtie comme Sacarlott, Bastianina semblait née pour être abbesse. Et abbesse elle se sentait, même si elle était seulement novice et que les sœurs la renvoyaient continuellement dans sa famille pour « éprouver sa vocation ».

Dès que la charrette transportant la jeune novice s'engageait en brinquebalant dans l'allée, chacun

---

(*) En français dans le texte.

était pris par la nécessité soudaine d'un travail à faire et seule Gonda restait sur sa chaise au soleil pendant que la voix forte de Bastianina s'élevait pour appeler tout le monde au rassemblement, à cause de ses bagages nombreux et encombrants. Et son visage, gracieux peut-être, encadré par le voile, se tournait solennellement tout autour, semblable à celui d'un héritier sur le trône.

Impassible, Bastianina, à l'annonce d'un coup de grêle ou de la foudre qui met le feu à une meule de paille. Même voir égorger un lapin ne lui donne pas le plus petit frisson ; mais à peine entend-elle le son d'un orgue ou respire-t-elle l'odeur de l'encens qu'elle rejette son voile en arrière dans un mouvement d'orgueil, libérant, lumineuses, ses joues rondes de jeune fille. Elle n'aime pas la messe basse, les opalescences de l'aube et l'église froide, elle est pour la grande messe dans le faste des cloches, les chasubles étincelantes et les enfants de chœur vêtus de rouge. Les trépidations des tuyaux d'orgue.

Elle donne des ordres, elle contrôle, elle organise ; de ses lèvres pleines, continuellement mouillées de salive, sort une voix frêle et enrouée où l'italien le plus pur vibre comme une de ces cordes métalliques de guitare-jouet. Personne ne comprend*, et pourtant on ne peut pas faire autrement que de comprendre. Ses yeux inflexibles, perçants, d'un gris ponctué de petites taches, mettent les cerveaux en mouvement et les contraignent à déchiffrer ce qui semblait incompréhensible. C'est ainsi qu'elle se fait obéir. Non sans parfois quelque retentissant malentendu.

Nul ne sait si elle perçut, ne fût-ce qu'une seule fois, l'ironie de ses frères. Jamais personne ne remarquait un signe, pas même un voile dans son regard,

(*) Seuls les intellectuels et les classes urbaines possédantes parlaient alors aussi l'italien, le reste de la population ne s'exprimant que dans les dialectes régionaux (N.d.T.).

quand ils lui faisaient répéter une phrase encore et encore. Elle subissait leurs moqueries et leur stupidité feinte sans condescendre à un instant d'attention. *Frangins, sagouins*, avait-elle coutume de dire ; et le soir on l'entendait réciter l'*office* en psalmodiant. Les notes se glissaient hors de sa chambre, arrogantes, implacables dans leur monotonie : elles rappelaient qu'il fallait faire pénitence de ses péchés, que le châtiment de Dieu est prompt à frapper l'inique et que là où arrive Sa justice, ce ne seront que pleurs et grincements de dents. Plus elle approchait de la phase finale et plus sa voix se faisait fébrile, aiguë. Jusqu'à se transformer presque, dans l'obscurité de la nuit imminente, en un hululement d'animal.

Elle était riche, personne dans la famille ne possédait autant d'argent qu'elle. Tout ce que Fantina avait gagné et gagnait était destiné à sa dot, à son trousseau, aux habits de la novice un jour certainement abbesse. Et au lieu d'aider sa mère dans la maison elle s'installait dans la grande salle pour peindre, assise devant un chevalet monumental dont le seul montage demandait une demi-journée, plus des bras pour remonter et abaisser le châssis, le tourner dans la bonne position par rapport au soleil, cependant que les sabots des valets grondaient précautionneusement sur le carrelage luisant de cire.

Elle peignait de préférence des oiseaux aquatiques, des grues, des oies, des hérons debout dans l'eau sur une seule patte. Elle aimait copier la faune tropicale sur les illustrations d'un livre qui avait appartenu à Gioacchino, et elle faisait se tenir contre les grandes feuilles des bananiers et les lianes enchevêtrées ses cygnes vus de profil, avec un œil cerclé de noir. Une fois terminés, les tableaux étaient enveloppés dans de grandes pièces de toile blanche et personne ne devait les toucher, ils étaient prêts pour voyager avec elle avant de se disperser dans les différents couvents du royaume. L'un d'eux naviguerait peut-être toutes voiles déployées vers les îles, et le plus beau, avec un cygne grandeur nature, irait peut-être jusqu'à Rome, tout près du pape.

Ses frères avaient rarement accès à la grande salle, leur ombre sur la toile gênait, leur voix troublait la sérénité de l'esprit. Quelquefois ils apparaissaient de l'autre côté de la fenêtre parmi les poiriers et les pommiers du jardin et Luis ôtait son chapeau, Gavriel inclinait la tête avec déférence à l'intention de la jeune novice assise devant son chevalet. Bastianina, la palette des couleurs enfilée sur le pouce, une large blouse recouvrant sa robe, les regardait sans les voir, la bouche arrondie comme une cerise rose pour demander le silence. Parfois Fantina était assise auprès d'elle, absorbée dans une contemplation émerveillée. Et elle qui avait brodé des chasubles restées légendaires et entrecroisé les soies les plus étincelantes avec un tel savoir, elle laissait échapper des soupirs d'admiration devant ces toiles peintes à larges traits de couleur, des teintes vives sans nuances, avec peu d'ombres.

Un été aussi chaud, Bastianina ne s'en souvient pas et elle attend, immobile, une ombre de fraîcheur, un frisson de vent sur son visage et sur son cou. Elle bâille, et dans sa grande somnolence elle ne parvient même plus à tenir le pinceau dans sa main. Alors elle se lève et demande à Fantina de l'accompagner à la source sulfureuse qui guérit les maux de ventre, les bouffées de chaleur. Et une fois arrivée elle enlève ses chaussures et ses bas, retrousse sa robe et entre dans la mare d'eau limpide entourée d'un cercle d'arbres, et de là elle appelle sa tante : « *Viens, Magna**, lui dit-elle, viens toi aussi ! »

Fantina hoche la tête, elle s'est assise sur le bord à

(*) *Magna* : tante, en dialecte (N.d.T.).

l'ombre d'un acacia et elle raconte que quand elle était jeune fille un jour un serpent d'eau lui avait attrapé la cheville, il s'était enroulé autour et il lui frappait les jambes avec sa queue et Maria avait dû l'arracher avec les mains, après elles s'étaient sauvées en oubliant leurs vêtements. Depuis elles ne se sont plus baignées et elle a peur, même maintenant, peur même de la boire, cette eau, à la source où elle sort.

Bastianina hausse les épaules, dans l'ombre de l'acacia le visage de Fantina est large et constellé de taches, quelques-unes sont le reflet des feuilles mais d'autres sont sur sa peau et il lui semble impossible que Fantina ait pu être jeune, avoir des jambes blanches et fortes comme les siennes, argentées par l'eau qui court et va se perdre dans la terre. Elle la regarde, assise dans l'herbe avec sa robe rapiécée et son cou gonflé par la boisson, et une gêne la trouble dont elle ne saurait dire la cause. Elle est devenue avare, Fantina, pour elle-même elle n'achèterait pas un bouton, même la petite monnaie doit servir pour la faire riche elle, plus riche que toutes les autres novices. Pendant un instant elle ferme les yeux : elle voudrait oublier, elle ne sait même pas quoi. Oublier. Elle fait couler des gouttes d'eau sur sa poitrine et dans le silence, à présent que Fantina s'endort peu à peu, elle pense à Rosetta du Fracin qui va se marier bientôt, à Luis, quand il rentrait avec sa veste froissée. Une fois il l'avait perdue, cette veste, on ne savait pas où, et c'est Gerumin ensuite qui l'avait retrouvée, et Gerumin riait... « Ça suffit, dit-elle d'une voix rauque, je veux rentrer à la maison. » Elle réveille Fantina, elle est désobligeante, elle remet ses chaussures et elle bougonne parce qu'il leur faut maintenant marcher sous le soleil, sa robe fait peine à voir.

Fantina s'est levée docilement et elles se mettent en route le long des buissons de mûres desséchés. Sur les charrettes sont perchées les paysannes avec leurs grands chapeaux troués, les bœufs avancent péniblement en chassant les mouches avec leur queue, les enfants ont les mains et le visage brûlés par l'érysipèle. Fantina a ouvert un parapluie pour se protéger du soleil : « Viens dessous », lui dit-elle, mais elle, elle continue à avancer, la gorge serrée. Les paysans ôtent leur chapeau, les enfants la regardent avec crainte. Ils l'appellent déjà la *Munja*, ce qui veut dire la sœur. Fantina répond aux saluts d'une légère inclinaison de la tête sous l'ombre noire du parapluie, elle répond pour elle-même et pour Bastianina imperturbable dans la poussière soulevée par ses grands pas. Elles traversent ainsi le village et les cheveux de Bastianina trempés de sueur sous le voile se collent à sa tête, ils la démangent mais elle ne bouge pas un seul muscle de son visage, elle ne lève pas la main pour se gratter. Sur la place, le maire se prépare à monter dans la voiture de Mme Bocca pour aller à Casale accueillir le roi Charles-Albert de passage à l'hôtel Mogol. Mme Bocca épie avec curiosité à travers les rideaux jaunes cette novice si semblable à Gavriel par la force du corps. Bastianina passe la tête haute, sans même un regard, l'angoisse lui fait le souffle court au souvenir de cette soirée où Gavriel s'en était allé de la maison sous les hurlements de Sacarlott. Elle n'a jamais su ce qui avait fait crier ainsi son père, quelle conscience obscure avait poussé Gavriel dans la nuit, mais elle se souvient de ce nom hurlé par son père comme de quelque chose d'obscène. Et en un éclair elle comprend, elle comprend sans comprendre, dans la torture de cette journée. Elle s'arrête plus loin, Fantina est encore à côté de la voiture, elle s'incline devant Mme Bocca, elle se prosterne comme si elle était devant le Saint-Père. « *Magna* ! appelle-telle, *magna* ! » Elle a oublié toute bienséance et sa voix résonne sur la place, Fantina sous son parapluie la regarde effarée, Mme Bocca se penche entre les rideaux jaunes. « *Magna*, allons ! »

crie-t-elle en dialecte. Seul le dialecte peut exprimer son désespoir et une rougeur l'aveugle, elle voudrait pleurer de honte, trempée de sueur jusqu'aux cuisses.

« Pourquoi tu ne viens pas danser, au moins une fois, lui dit Luis. Tu pourrais essayer, avant qu'il soit trop tard.

— Moi, danser ? Bastianina porte la main à sa poitrine pour arrêter son cœur.

— Oui, danser, danser... tu n'aimerais pas, une fois ? »

Un éclair dans le regard de Bastianina, le souvenir de l'odeur quand elle passait enfant sur la place les jours de foire, la main dans celle de sa mère. De la musique et de la poussière. Un après-midi elle était restée fascinée par tout ce tournoiement et sa mère n'arrivait pas à l'en arracher. Elle le regarde : une novice, danser, avec le voile sur la tête ?

Comme s'il comprenait l'interrogation muette de ce regard Luis touche doucement son voile : « Tu l'enlèves », dit-il. Elle, au lieu de rouge elle devient pâle, si là, maintenant, d'un geste brusque, une impulsion, elle ôtait son voile de ses cheveux sa vie pourrait être différente. Qui sait de quelle manière, qui sait jusqu'à quel point. Ses jambes sont droites et robustes, elles semblent nées pour la danse, la passion qu'elle met à peindre est une force de son sang, la même que celle de Sacarlott. Du Grand Masten.

Luis insiste : « Pour une fois... » Enfants ils jouaient ensemble, il faisait le chevalier avec la grande cape de leur père, elle était sainte Geneviève assaillie par les bêtes féroces, il arrivait toujours pour la sauver, il s'agenouillait près d'elle, il caressait ses longs cheveux épars sur le carrelage.

« Non, non, quel imbécile ! » Le peu de grâce féminine qui lui est resté disparaît dans ce mouvement brusque pour se retourner, elle ne tombera pas dans le panneau, elle ne finira pas comme sa mère, comme Luison, elle ne finira pas comme Fantina.

Cet après-midi-là, vers le soir, Bastianina fut aperçue qui s'en allait à travers champs avec son pas allongé, sa robe blanche qui se détachait sur le noir des haies, son voile qu'elle rejetait continuellement en arrière. Fantina qui était entrée dans la grande salle pour lui apporter une tranche de pastèque trouva un tableau à peine commencé sur le chevalet et la chaise vide. Elle marcha longtemps, presque submergée par les plants de maïs qui commençaient à jaunir, elle passa dans le trèfle fané par la chaleur d'août et à travers le seigle pâle qui bruissait contre ses jupes, loin des aires où les paysannes travaillaient aux vers à soie. Elle alla jusqu'à la grand-route de Giarole. De Braida où l'on dansait, quelqu'un l'aperçut avec son voile blanc et sa robe et pensa qu'elle s'était perdue. Elle s'arrêta à l'ombre d'un mûrier, toute cette marche, habillée comme elle l'était, devait l'avoir fatiguée, l'odeur de sueur imprégnait ses jupes, jupons, corsets et gorgerons. Elle n'avait pas vingt ans, et elle s'appuya du dos contre le tronc du mûrier et resta là longtemps à regarder ceux qui dansaient. Leurs voix lointaines, leurs rires arrivaient jusqu'à elle. La musique de l'instrument dont jouait Zanzia.

Luis, de Braida, la reconnut et il éprouva soudain du remords pour toutes les fois où il s'était moqué d'elle avec Gavriel. Une peine profonde le rendit pendant quelques instants presque aveugle ; il ne voulait pas qu'elle reste là, il voulait qu'elle s'en aille, mais Bastianina à un certain moment enleva son voile à cause de la chaleur et sa tête là-haut, de loin, semblait celle d'un pantin de bois tellement ses cheveux avaient été coupés courts. Puis, le temps d'une mazurka, Luis l'oublia. Lorsqu'il regarda à nouveau, l'ombre lointaine de ce mûrier se confondait déjà avec la campagne, la lune montante illuminait la grand-route vide de Giarole.

Il danse encore, Luis, la lune est haute au-dessus de la tour de Braida et sa chemise se glace de sueur sur lui. Tout le vin qu'il a bu lui est allé dans les jambes et il a l'impression que s'il s'arrête il tombera à terre comme un sac vide. La dernière fille de la Chevalière, une petite fille encore, le regarde, si pâle et si souffrant, elle le regarde tellement qu'à un moment Luis la prend par la taille et lui fait faire un tour de danse à elle aussi. Elle est la dernière de dix enfants, les uns mariés et les autres morts, les autres encore à servir dans l'armée du roi, personne ne s'occupe plus d'elle et elle s'est sauvée dehors avec sa robe qu'elle garde même au lit, les ongles noirs de terre. Et cette robe à présent se gonfle, ses tresses frappent son visage, elle voudrait crier d'émerveillement mais la joie est si forte que la respiration lui manque et elle s'agrippe au bras de Luis, elle lui marche sur les pieds et pendant ce temps-là elle tourne et elle tourne dans la puanteur des dernières saucisses qui brûlent sur les braises. Tournent les arbres, la lune, la tour de Braida, d'en bas elle regarde Luis et elle voit la sueur couler de son front blanc comme celui d'un mort. Je suis Antonia, elle voudrait lui dire, la dernière fille de la Chevalière. Mais déjà Luis l'a posée à terre et il est allé se mettre la tête sous l'eau.

Un château, Braida, où les dindons et les poulets se promènent tranquillement à travers les pièces et où les oies souillent les escaliers. Des oies muettes pour qu'elles ne dérangent pas la Chevalière toujours souffrante sur un canapé, après tous ces enfants et les malheurs qui lui ont enlevé peu à peu meubles et bijoux, et des domaines entiers. Antonia échappe aux mains de la vieille servante qui voudrait la remettre au lit et elle suit Luis à quelques mètres de distance, elle le suit encore quand il s'en va en zigzaguant d'un côté puis de l'autre avec son petit chapeau de travers, et les musiciens rassemblent leurs instruments en bougonnant parce que la paye a été maigre, la Chevalière, tout le monde le sait, est plus avare que les Français. Elle regarde Luis tout au bout de la route, une ombre ténue sous la lune, jusqu'à ce qu'un des musiciens le tire sur le chariot ; alors seulement Antonia monte chez sa mère endormie sur le canapé avec un mouchoir imprégné de vinaigre sur le front et elle s'enroule dans une couverture à ses pieds, elle pose la tête sur ses genoux. La Chevalière l'entend dans son sommeil et sa main descend pour lui caresser les cheveux. Lente, comme si elle arrivait d'une insondable, douloureuse distance.

Mais à présent il pleut sans discontinuer, Bastianina est retournée au couvent où le printemps prochain elle prononcera ses vœux. Toute la poussière de ce long été de sécheresse s'est transformée en boue et quand on marche sur les routes on est crotté jusqu'au genou. Le maïs s'est gâté et une grande partie du raisin est restée sur le sarment, aucune charrue ne peut passer dans les champs, les bœufs s'enfoncent et il faut les tirer de là avec des cordes, les hurlements des hommes s'entendent loin sous la voûte sombre des nuages. Maria passe des heures et des heures à jouer toute seule aux cartes et de temps en temps elle lève la tête pour regarder Luis, toujours devant la fenêtre à interroger le ciel. Et quand il va dehors, ses bottes à son retour salissent de boue toute la maison, jusqu'aux lits sur lesquels il s'étend sans même les ôter.

Mais personne n'ose rien lui dire, personne n'en a le courage après tout ce travail, cet acharnement, ces livres lus jusque tard dans la nuit. Tant de labeur qui s'en va maintenant au fil de l'eau des ruisseaux, dans une odeur de pourriture qui reste accrochée aux habits, elle est dans les lits, dans les murs, et aucun feu ne parvient à la sécher.

« Luis... » Maria le regarde et de temps en temps

elle remplace une carte par une autre, depuis longtemps maintenant elle triche mais il lui semble que dans l'obscurité de cette journée même tricher ne suffit plus, le bruit de la pluie qui n'a pas de cesse jette le noir dans l'esprit : « Luis... »

Luis se retourne mais pas un son ne sort de ses lèvres, son regard enfoui derrière ses lunettes a perdu jusqu'au dernier signe de gaieté. Même la plus dure à mourir, la plus entêtée dans ses espérances, et sur son long visage sec les années de collège sont revenues, des années mortes et grises.

Quand le tocsin sonna il faisait encore jour mais la nuit semblait déjà descendue tellement la journée était sombre, sans début ni fin dans la monotonie de la pluie. Un grondement sourd, profond, montait de la terre et se superposait au son ininterrompu de la cloche, un grondement indéchiffrable qui ne ressemblait à rien de ce qu'on avait entendu auparavant, et tandis que Luison et Fantina terrorisées se mettaient à réciter des oraisons, Gavriel et Luis descendirent l'allée en courant sous la pluie qui aveuglait. Mais ils n'allèrent pas loin, le pont sur ce qui, l'été, était à grand-peine un ruisselet avait sauté et l'eau tourbillonnait et battait contre le mur des maisons. Ceux qui étaient allés voir le matin sur la grand-route de Giarole avaient barricadé leur porte au retour ; mais il ne servait plus à rien maintenant de barricader quoi que ce soit car l'eau se déversait en un énorme et unique torrent. Noire, épaisse, elle emportait avec elle des troncs d'arbres, des animaux, des charrettes aux brancards arrachés et elle les précipitait contre les portes jusqu'à en déclouer les planches. Pour qui cette cloche sonnait-elle encore, on n'en savait rien, tellement le vacarme était plus fort, plus forts les hurlements de ceux qui s'appelaient d'une maison à l'autre ou criaient au secours au milieu des mugissements des bêtes emportées par ce torrent de boue.

Cette nuit d'octobre 1839 resta dans les mémoires à cause de la mort des animaux et des choses mais surtout des événements extraordinaires qui s'y produisirent. Des bœufs, des poulets, des dindons, des cochons et des chevaux furent perdus et de nombreuses maisons furent éventrées, d'autres eurent leurs portes et leurs fenêtres arrachées, la crue emporta les noix et les semences, les sacs de farine, les tables, les chaises, les maies pleines de pain et les cuves qui fermentaient encore. Elle inonda et dispersa le bois accumulé pour se chauffer pendant l'hiver et même la forge du Fracin fut soulevée et emportée en même temps que les plateaux des vers à soie et les châssis. Le Fracin et ses fils purent en réchapper en grimpant sur le faîte du toit et de là, par un système de cordes et de poulies, ils furent halés d'un toit à l'autre jusqu'à un refuge sûr.

On ne sut jamais quelle main mystérieuse avait déclenché le tocsin avant que l'eau ne déferle par la grand-route. Quand le sacristain l'avait entendu sonner, il avait couru au clocher pour voir qui avait tiré la corde mais le cloître était vide et la corde pendait, tandis que là-haut la cloche continuait son vacarme assourdissant. Il avait grimpé alors jusqu'au sommet et il avait vu d'en haut l'eau s'étaler sur la campagne comme un lac de plomb et engloutir les mûriers, les peupliers, les vignes, et courir, courir de plus en plus vite en direction des premières maisons. Mais déjà les gens se mettaient en sûreté, avertis par cette cloche, et pour qu'elle ne cesse pas de sonner le sacristain s'était suspendu à la corde, rendu fou par le fracas du bronze.

Ce tocsin sauva tous ceux qui habitaient au Petit Pont où quelques instants après le flot de la crue plongea pour s'élever ensuite en une colonne d'eau qui fit éclater portes et fenêtres et se déversa dans les pièces des étages inférieurs, qu'elle emplit jusqu'au plafond. Mais mêmes les vieux n'y étaient plus, pris en croupe par les jeunes, et une mère vit partir en flottant le berceau auquel l'instant d'avant elle avait arraché son enfant.

Gramissa aussi connut cette nuit-là une grande aventure quand elle se retrouva dans les bras de Luis. Il faisait si noir qu'ils durent se toucher pour se reconnaître, elle s'était perdue avec la jument du phlébotomiste et la jument avait glissé, l'eau l'avait emportée, et elle pleurait sans bruit parce que dans sa frayeur sa voix s'était paralysée. Luis la prit dans ses bras et Gramissa était si légère qu'il pouvait courir comme s'il avait porté un poulet ou un lapin. Et tandis qu'il courait, elle se réchauffait et plus elle devenait chaude, plus elle devenait lourde. Quand ils arrivèrent à la maison des Uslun, qui était la plus haute de tout le village, le poids de Gramissa lui cassait le dos et Luis la laissa tomber sur un banc. Elle sourit, et les yeux encore fermés resta accrochée à son cou de telle sorte que Luis n'arrivait même pas à se relever.

Cette nuit-là, dans la maison des Uslun, dans la grande cuisine à la cheminée noircie, la fille cadette de la Chevalière se mêla aux autres et personne, comme toujours, ne s'occupa d'elle. Elle s'essuya le nez avec sa robe, se gratta les poux et s'assit par terre dans un coin pour regarder Gramissa qui étreignait un Luis rouge de honte : Gramissa, sans ouvrir les yeux, sirotait le lait chaud qu'on lui avait donné à boire, ses bras ronds et blancs qui semblaient scellés par une force surnaturelle autour du cou de Luis.

Mais le véritable héros de cette nuit-là ce fut Gavriel. Il organisa les secours, fit allumer des feux, rassembla les bêtes qui erraient dans la campagne et tira celles qui étaient prisonnières de la boue, se plantant largement sur ses jambes, les mains sanglantes à cause des cordes. Il marcha avec de l'eau jusqu'à la taille pour porter en sûreté des vieillards et des enfants, des femmes qui pleuraient aux fenêtres.

Il se fit attacher au bout d'un câble et en se démenant et en battant des pieds transporta en lieu sûr Rosetta du Fracin, qui ne voulait pas lâcher le faîte de sa maison alors que l'eau baignait déjà les premières tuiles. Il la prit sur son dos et elle se cramponna à lui comme il le lui avait ordonné, et ils passèrent ensemble à travers le courant qui charriait des troncs d'arbres, des poutres et des souches, des animaux morts qui prenaient à la lueur des éclairs les formes les plus abominables. Autour d'eux tout le monde criait et il semblait qu'à chaque instant Gavriel allait disparaître dans ces vagues de boue, mais il réapparaissait toujours avec Rosetta agrippée à ses cheveux, son corps à elle qui s'abandonnait sur le sien.

Cette nuit-là, Gavriel, on le vit partout. Il était du côté de la grand-route qui halait les bêtes et en bas à l'écluse qui prenait une barque pour aller à Braida, où l'eau montait jusqu'au premier étage et la Chevalière ne voulait pas quitter son canapé, et lui debout dans la barque à la convaincre par la fenêtre tandis qu'à l'étage en dessous l'eau faisait se cogner en tous sens les quelques meubles qu'elle avait gardés. Et quand la Chevalière fut sauvée quelqu'un se rappela qu'il y avait encore dans cette maison le vieux Nadal, un centenaire, premier palefrenier de la Chevalière au temps où elle était riche et comtesse, et Braida un vrai château. Gavriel repartit donc le chercher, entretemps la pluie s'était calmée et la nuit semblait encore plus noire, des chèvres passaient en bêlant à côté de la barque et disparaissaient, happées par le courant. Quand Gavriel se retrouva flottant dans la cour de Braida, l'eau était presque immobile et gargouillait à peine en s'introduisant dans les pièces et les longs corridors du rez-de-chaussée. On n'entendait plus un seul animal ni une seule voix, il n'y avait plus une seule chandelle allumée et Gavriel, après avoir enjambé l'appui de la fenêtre, marcha à travers les pièces en cherchant à tâtons les portes qui s'ouvraient en enfilade. Le vieux Nadal était étendu sur le dos par terre et ne s'émut même pas quand Gavriel posa le pied sur lui. Il se laissa charger sur la barque comme un sac de chiffons, sans dire un mot, et quand Gavriel reprit les rames il vit passer à l'extérieur de la cour une barque étroite et longue. Une femme et un enfant étaient assis dans cette barque, qu'un homme debout faisait avancer, lent et solennel, à l'aide d'une grande perche. C'était le Grand Masten, vêtu encore comme en 93 avec la petite queue et le tricorne, mais Gavriel ne le reconnut pas, et quand il fut sorti de la cour on ne voyait plus la barque et l'eau tourbillonnait, effrayante.

C'est alors qu'il entendit la voix tout près de lui, *Angirmà*, disait-elle, *Angirmà*, ce qui veut dire lutin, garçon qui se laisse charmer par des paroles magiques. Et quand un peu de lune parut entre les nuages il vit la barque au loin, avec ce rameur qui avait l'air du mât de misaine. Tout de suite après, le vieux Nadal s'éveilla de cette espèce de catalepsie dans laquelle il semblait tombé et se mit à parler, il avait une voix plaintive et très douce et dans le grondement de cette crue qui paraissait devoir renverser la barque il parlait des étoiles et de leur course. Il parlait, lui, vieux et ignorant, de Cassiopée et de Bérénice, de la constellation d'Orion, cependant que Gavriel transpirait à maintenir la barque droite. Ses mains étaient blessées et n'arrivaient plus à tenir les rames et il avait peur de mourir là, dans l'eau noire, avec ce vieux. Finir dans l'obscurité et dans la boue lui semblait terrible, terrible de mourir, parce que sa vie n'avait encore rien eu. Elle était comme celle de Gioacchino tombé en volant du haut de la grange un dimanche de juin, ou pire, comme celle de Manin morte à dix-huit mois seulement.

Ce fut ce mot, répété tout près de son oreille, qui le sauva. « *Angirmà*, disait la voix, *Angirmà*, courage... » Et Gavriel avait eu la gorge serrée par les larmes parce que c'était le nom que Gonda lui donnait, enfant. Et il avait compris tout à coup que le passeur, loin à présent, était le Grand Masten tel que Gonda l'avait toujours décrit. Le Grand Masten venu parce que lui, Gavriel, ne devait pas mourir. Il devait tenir bon jusqu'à s'arracher la chair des mains et tremper les rames de son sang, jusqu'à se sentir deux lames dans le dos à cause de la douleur pour maintenir la barque droite.

L'hiver fut long, froid, silencieux. Pendant longtemps les champs furent impraticables et pour vaincre la mélancolie Luis se joignit aux hommes et aux jeunes gens qui préparaient la représentation de carnaval. Les répétitions durèrent quelques mois et il apprit le rôle du roi Hérode.

Il était le premier de la famille à monter sur une scène et Maria le critiqua pour tout, pour la perte de temps et pour la manière de jouer, pour le costume du roi Hérode avec sa couronne en fer-blanc ; mais surtout pour son rôle. Un rôle insignifiant qui durait à peine quelques minutes.

Ils allèrent tous le voir jouer, assis au premier rang sur les chaises avec un coussin, Rosetta du Fracin, mariée depuis quelques mois, vint aussi et elle fut la première à applaudir. Son mari, petit, grêlé de variole, passait pour être un grand amant et elle disparaissait sous un large chapeau orné de rubans ; à un certain moment elle l'enleva en tirant sur une longue épingle et son cou blanc, son menton arrondi et ses joues rayonnèrent dans l'obscurité de la salle. En un seul geste elle montrait au public ébahi quelle patte magique possédait le petit homme noir assis près d'elle, ce Camurà qui s'y connaissait en femmes et en argent. Sur la scène les acteurs s'embrouillèrent et Luis faillit tomber, la couronne de fer-blanc roula sur les planches.

Après la représentation on offrit des gâteaux et du vin, mais c'était une année de disette et les gâteaux étaient secs, il y avait beaucoup de farine de maïs dedans et le vin laissait dans la bouche une saveur de douceâtre et de vide. Les enfants couraient dehors dans le froid pour cacher les tranches de gâteau dans leur chemise et s'en faire donner d'autres, Rosetta du Fracin se tenait droite sur une chaise dans ses habits de dame, intimidée elle-même par sa propre splendeur. Elle aussi semblait jouer un rôle, à mi-chemin entre un ange et la Bethsabée d'Urie. Luis était allé dehors et il regardait les enfants qui gonflaient de gâteau leurs joues maigres. Il s'était employé pendant des mois à incarner un roi mort deux mille ans plus tôt, à ravaler ses déceptions et à être comme ceux de son âge. Maintenant il n'avait plus que l'envie de se jeter dans le canal et de finir comme les bœufs et les chevaux de cette nuit terrible. Les enfants l'écœuraient, et l'écœurait la puanteur des vêtements qu'il avait sur lui, et le temps où il allait dans les champs avec Rosetta du Fracin lui semblait aussi loin que s'il n'avait jamais existé. Le temps où il voulait devenir un *propriétaire* meilleur que les autres, en avance sur son temps ; et pour finir, il s'était mis une couronne en fer-blanc sur la tête pour amuser les enfants qui chahutaient autour de lui.

Luis, en ce jour de carnaval de 1840, avait vingt-trois ans.

Ce fut également la dernière fois que Luison sortit de la maison. Après le choléra ses cheveux n'avaient pas repoussé et personne n'avait plus vu sa tête, qu'elle lavait chaque matin à l'eau de rose avant de remettre sa coiffe. Son rêve aurait été d'avoir une perruque mais personne n'avait jamais voulu lui en acheter une parce qu'elle était trop vieille et la dépense inutile. La seule à s'émouvoir avait été Bastianina qui, avant d'entrer en noviciat, lui avait offert sa grosse tresse brune. Luison avait créé avec cette tresse une infinité de combinaisons, elle l'avait épinglée à sa coiffe, frisée en bouclettes, lissée en deux bandeaux de chaque côté du visage. Mais l'après-midi de la représentation de carnaval, alors qu'elle passait le fer dans les cheveux, elle les avait brûlés. La puanteur avait empli la maison, Luison était une femme de principes et elle était allée quand même à la représentation avec ses boucles semblables à des toupets d'épis de maïs ; et les enfants avaient ri d'elle.

De retour à la maison elle avait ôté sa coiffe et elle avait montré à la famille ébahie sa tête chauve, brillante, lisse comme un os. Puis sans rien dire elle était montée dans sa chambre et cette nuit-là on l'avait entendue se lamenter d'une voix perçante. Elle criait après Maria, Fantina, Gavriel et Luis, et même Gonda et Marlatteira, à cause de la perruque que personne n'avait jamais voulu lui acheter. Elle criait et criait. Réveillés dans leur lit par cette voix, ils étaient tous restés immobiles, personne n'avait osé s'aventurer à travers le corridor pour aller la calmer, mais le matin suivant Gavriel était parti à cheval lui acheter une perruque en vrais cheveux Il dépensa une somme qui, en cette année de misère, représentait pour tous un sacrifice : châtain clair, cette perruque avait appartenu à une actrice célèbre et ses boucles aux reflets cuivrés pouvaient être attachées de sept manières différentes.

C'était une journée de soleil froid et sec et Luison assise sur le lit la contempla longuement sans oser la toucher. Ensuite, quand elle fut seule, elle la posa sur la commode, en équilibre sur la bouteille de verre bleu dans laquelle elle conservait son eau de rose, et elle resta à la regarder jusqu'à ce qu'il fît noir. Après tant d'années, elle était revenue au dialecte vénitien et personne ne comprenait ce qu'elle disait, les mains jointes d'émerveillement. Mais de ce jour elle ne voulut plus se lever si ce n'est pour peigner et caresser la perruque, la changer de place quand le soleil tournait, afin de mieux voir les reflets d'un roux sombre. Elle était sourde et pouvait donc rester impassible devant toutes les exhortations à quitter son lit cependant que son regard devenu avec les années couleur d'une eau glauque se levait sur son interlocuteur, plus absent encore que ses oreilles.

Elle épinglait parfois sur cette perruque des rubans, de vieilles fleurs de tissu du temps où elle était jeune fille. Un matin, à Marlatteira qui lui apportait son lait, elle donna l'ordre de le poser sur la commode et de le donner à la *Princesse*. Entendant par là la perruque. Ce fut la dernière chose qu'elle dit, avec un sourire tout en gencives, étiré, plein de rides.

Sans Luison, Maria et Fantina se sentirent pour la première fois orphelines. Luison avait toujours vécu avec elles, d'abord dans la maison là-haut à Moncalvo et de nouveau ensuite, quand le Giaï était mort. C'est d'elle qu'elles avaient tout appris, de la broderie à la cuisine, du plaisir de se laver à la joie d'une journée de soleil. Luison connaissait les champignons et les herbes, elle les appelait le soir pour voir la lune sur les prés ou entendre le rossignol chanter dans les soirées de juin. Sa virginité incontestée, enracinée, évidente, lui avait autorisé des libertés autrement impensables ; et lorsqu'en grandissant elles avaient commencé à lui poser des questions sur l'amour, ses réponses avaient été semblables aux oracles de la Sibylle. Elles pouvaient signifier une chose aussi bien que son contraire, comme si la différence entre un homme et une femme, le royaume de l'amour et ses aventures, faisaient partie d'un au-delà si lointain qu'ils appartenaient, comme les rêves, à une vie imprévisible à force d'extravagance.

Ainsi avait été la vie avec elle là-haut à Moncalvo, quand Luison se mettait à la fenêtre pour surveiller leurs jeux de petites filles, ou plus tard, quand elle vérifiait qu'elles étaient bien assises à broder, jeunes filles alors, avec des robes longues. Elle les avait appelées, réprimandées. Elle les avait contemplées avec orgueil. Ou quand le matin, debout, immobile, elle contrôlait si elles se lavaient bien derrière les oreilles, à l'intérieur du nez et sous les aisselles, dans le froid de ces aubes d'hiver où l'on n'y voyait pas plus loin que la main. Mais c'était bon ensuite de sortir toutes les trois, d'aller à l'église, Luison au milieu et elles deux de chaque côté, elle qui marchait à grands pas parce que ces deux nièces lui semblaient tellement belles et robustes, bien propres. Et elles deux parce que Luison saluait à droite et à gauche comme si elle avait été la reine de Saba rendant visite au roi Salomon.

Luison s'en était allée maintenant auprès de Sacarlott et du Giaï, et tous pensaient à la perruque arrivée trop tard. A ses cris dans la nuit quand l'humiliation subie l'après-midi du carnaval avait été si forte qu'elle avait rongé en elle toute dernière envie de vivre. Même si elle était vieille et sans plus une seule dent et que pour lui parler il fallait lui hurler dans l'oreille. Maria et Fantina se souviennent à présent des années de faim, quand il y avait les Français et que Moncalvo s'appelait Mont-Chauve et que de Pidrèn parti à la guerre on n'avait plus aucune nouvelle, elle était devenue maigre et ses mâchoires ressortaient sous sa peau. Mais quand quelqu'un lui demandait si elle avait faim, elle haussait les épaules comme à une question inconvenante.

Il y a quelque chose encore dont Maria se souvient. Elle n'en parle pas à Fantina ; à ses fils, elle ne pourrait pas, d'ailleurs ils ne comprendraient pas. C'est la Luison d'un jour d'été avec ses tresses en désordre et sa robe froissée, mouillée de sueur dans le dos. La Luison qui danse en tournant toute seule, sa jupe qui s'élargit puis s'enroule autour de ses pieds sur le pré.

Elles deux, elles sont petites et elles regardent, et elle, elle pleure parce qu'elle ne reconnaît pas sa tante dans cette femme qui danse comme une jeune fille.

Elle est encore jeune, Luison, et en tournant elle écarte les bras, ses cheveux noirs envahissent son front. Elle n'est pas seule, avec elle sur le pré il y a une fille, un homme avec une barbe blanche et un grand chapeau de toile, un autre plus jeune qui rit en bombant le ventre. Ce sont ses parents venus de là-bas, de ce village à la frontière de l'Autriche où elle est née et où elle a grandi. Un village qui doit l'avoir vue bien différente si elle s'exhibe à présent avec une désinvolture aussi effrontée. Même la langue qu'ils parlent a des cadences inconnues, légères, c'est une langue pleine de sons et de trilles. La fille la prend par la taille et elles dansent ensemble, Luison trébuche, tombe, ses jupes dans l'herbe découvrent ses jambes, elle rit. Oh ! elle est terrible, cette gaieté, elle serre le cœur tellement elle décompose les traits de Luison, son corps abandonné sur l'herbe. La fille rit aussi et l'homme sous le chapeau de toile rit et sa barbe s'agite, toute blanche à son menton. Tout à coup Luison les voit, elle et Matelda, et pendant un instant ses yeux expriment le refus, l'hostilité presque devant cette image quotidienne. Un regard qui voudrait être aveugle et se ferme, qui ne voit pas, cependant que le rire continue encore longtemps, semble ne pas avoir de fin. « Maman, avait-elle crié, maman ! » Luison alors s'était levée, son corps lentement s'était recomposé morceau après morceau tandis que le bonheur s'embuait et se perdait, dispersé comme une vapeur par ses gestes qui remettaient de l'ordre dans ses vêtements. Les épingles qui rattachaient ses cheveux.

IV

LES POMMES REINETTES

L'unique portrait de Gavriel, un daguerréotype fait à partir d'une gravure sur cuivre, porte la date de 1842. Gavriel a maintenant vingt-huit ans et il est assis près d'une table, le menton soutenu par sa main. Il est vêtu simplement, et sur son gilet aucune trace de la chaîne d'or exhibée avec tant d'orgueil par Sacarlott. Le visage, bien que sérieux, conserve quelque chose d'enfantin, on pourrait l'appeler celui d'un rêveur joyeux. L'arrière-plan est incertain ; derrière le portrait, à l'encre de Chine, est inscrite la date du 22 juillet 1842. Le jour de l'éclipse totale de soleil qui plongea pour quelques instants le village dans la nuit la plus noire. Sans aucun doute un jour heureux pour Gavriel.

Et important, si important qu'il le marqua au dos de son portrait. De l'éclipse aussi on parla longtemps et elle devint pour une longue période un point de référence, elle sépara l'avant de l'après. Nombreux furent ceux qui allèrent la voir du haut de la colline de la Grue et Luis, qui connaissait l'heure exacte, se mit en route alors qu'il faisait encore nuit, suivi par les valets qui portaient dans leurs bras les enfants les plus petits dont la tête dodelinait de sommeil. Les oiseaux commençaient à peine à bouger parmi les feuilles et Luis parlait de ce qu'on allait voir dans peu de temps. Quand ils arrivèrent au sommet de la colline ils s'éparpillèrent chacun à peu de distance des autres sur la pente qui dominait la vigne. Les dernières étoiles avaient disparu et le soleil qui venait de poindre derrière les collines frappait la ferme de brique rouge. Le paysan apporta de l'étable du lait à peine tiré et Luis sortit la longue-vue qu'il avait rangée dans son sac. Gavriel était assis à l'écart et sur la route claire et poussiéreuse il voyait monter d'autres gens, qui à pied, qui en charrette. Le bruit s'était répandu que Luis, qui avait lu tant de livres, ferait voir des choses jamais vues auparavant et Rosetta du Fracin, revenue pour quelques jours dans son village, montait elle aussi avec ses frères. Elle était enceinte depuis peu mais cet enfant se percevait déjà dans son regard creusé, alangui, dans la mollesse de ses gestes et dans la blancheur particulière de sa chair. Elle avait la respiration coupée par la montée.

Son amour d'autrefois pour Luis n'était un secret pour personne, nombreux étaient ceux qui les avaient rencontrés au moins une fois la main dans la main et certains les avaient même surpris à s'embrasser ; et tous à présent regardaient Luis pour voir ce qu'il allait faire. Mais Luis la salua à peine, la longue-vue pointée là-bas vers le ciel où se perdaient les dernières couleurs de l'aube. Rosetta du Fracin s'assit par terre en étendant ses jambes de toute leur longueur sur le sol, épuisée, et Gavriel lui offrit sa veste pour qu'elle s'installât mieux à son aise. La terre, lui dit-il, était encore humide. Rosetta du Fracin le remercia et lui fit de la place afin qu'il pût s'asseoir lui aussi. Puis ils restèrent silencieux à écouter Luis qui comptait les minutes, tenant à la main la montre qui avait appartenu à Sacarlott.

Et avant que Luis n'eût fini de compter le soleil commenca à disparaître. En un instant une nuit sans ombres, aveugle, une nuit de fin du monde les engloutit, eux et les champs et les maisons éparpillées sur les collines, les oiseaux subitement muets. De frayeur, Rosetta du Fracin saisit la main de Gavriel, il sentit sa paume charnue, molle, et croisa ses doigts dans les siens. La main de Gavriel était froide et dure et elle serrait fort, de plus en plus fort à mesure qu'il sentait les doigts de Rosetta se nouer aux siens, les ongles qui pénétraient dans sa chair.

Quelqu'un, dans cette obscurité, lança un hurlement, qui dura tout le temps de l'éclipse. Quand le soleil glissa hors de la lune et que reparurent les couleurs et les ombres des arbres, tout le monde se tourna vers l'endroit d'où ce hurlement était parti : Chirassun était étendu par terre sous le porche de la ferme, la tête blessée. Impossible de savoir s'il était tombé ou si quelqu'un l'avait frappé, Chirassun était muet de naissance et son cerveau ne s'était jamais développé, au lieu de parler il mugissait comme les bêtes.

Il passait pour être un fils naturel du forgeron et à le voir ainsi baignant dans son sang Rosetta du Fracin s'évanouit tandis que ses frères couraient porter secours à Chirassun. Dans la confusion générale nul ne se soucia d'elle étendue les yeux fermés, abandonnée, et Gavriel la souleva dans ses bras et la porta jusqu'à la ferme où il lui entrouvrit les lèvres pour la ranimer à l'aide d'un peu d'eau fraîche. Plus tard il la raccompagna chez elle avec une charrette, marchant à côté, la veste posée sur l'épaule, du même pas que les bœufs.

L'enfant de Rosetta du Fracin naquit sans forces et avec la tête plate. C'était un enfant grand avec des pupilles vides qui semblaient peintes sur son visage et, quand la sage-femme le lui mit dans les bras, Camurà pleura pour la première fois de sa vie. On était en novembre et Rosetta, depuis l'été déjà, était la maîtresse de Gavriel.

La maison de Camurà se trouvait dans la petite plaine du côté d'Alessandria et Gavriel, pour la rejoindre, devait faire plus d'une heure de cheval.

C'était une maison à un étage, blanche, avec un jardin tout autour et un grand chêne qui faisait plus d'ombre à la route qu'au pré. Camurà était souvent parti pour vendre ses tissus sur les marchés et dans les pièces au plafond bas, chacune avec son poêle, Rosetta du Fracin passait son temps à regarder par la fenêtre si elle voyait le cheval de Gavriel.

Mais, après la naissance de cet enfant, Gavriel pensa que c'était une punition de Dieu et pour vaincre la tentation il fit mener son cheval là-haut à la ferme de la Grue où son histoire avec Rosetta du Fracin avait commencé. Elle s'enferma dans sa maison et de douleur, ne voulait plus voir personne ; les cadeaux que Camurà lui rapportait des foires, elle les enfermait dans une armoire sans même les ouvrir.

L'enfant était sage et ne pleurait jamais, elle le caressait sur sa tête plate couverte d'un duvet noir, épais et brillant, et elle lui chantait les chansons qu'elle avait chantées jeune fille dans la maison du Fracin.

On entendait sa voix de la route et les gens s'arrêtaient pour l'écouter. Quand l'été commenca et que la fenêtre restait ouverte, certains s'approchaient du rebord et la regardaient, si belle auprès du berceau. Ce fut par une de ces journées, vers la fin du mois de juillet, qu'entre un vieillard et une femme qui passait en vendant du sel elle vit Gavriel arrêté avec son cheval à l'ombre du chêne. Oubliant toute prudence, Camurà qui pouvait rentrer d'un moment à l'autre, sa douleur et sa honte à cause de l'enfant, elle courut dehors comme elle était, avec ses mules aux pieds. Ils se regardèrent en tremblant : et de ce jour tout recommença.

Si Gavriel ne pouvait pas la quitter, Rosetta du Fracin ne pouvait pas se passer de lui. Il lui semblait que Camurà, le nouveau village où elle était venue vivre, et même le jardin et ces poêles dans chaque pièce, lui devenaient insupportables sans Gavriel. Et la vie une route sans issue.

Pour la retrouver, Gavriel partait quelquefois à l'aube quand les valets dans les étables dormaient encore ; et sa mère qui l'entendait tournait la tête de l'autre côté pour ne pas savoir. Bien que ces fois-là fussent rares, car rares étaient les rencontres entre Gavriel et la femme de Camurà.

Tout avait commencé le jour de l'éclipse. Ce matin-là, une fois Chirassun secouru, chacun était rentré chez soi comme s'il avait vécu pendant un instant la mort des choses. Même Luis s'était acheminé dans la descente en silence, pris au dépourvu par l'angoisse qui les avait saisis. Eux deux seuls avaient senti leur sang circuler plus vite dans leurs veines et une fois étendue sur la charrette, quand les bœufs s'étaient ébranlés, Rosetta du Fracin n'avait plus détaché son regard de la main que Gavriel laissait appuyée sur la ridelle. Elle la sentait, cette main, forte et intense comme lorsqu'elle l'avait serrée dans la sienne et ses yeux avaient continué de la fixer pendant tout le temps où les bœufs avaient avancé. Cette main, à cette heure-là et dans cette lumière, elle n'allait plus jamais l'oublier.

Le jour suivant son mari était venu la chercher et il était passé avec son cabriolet devant la maison où Gavriel était immobile près de la grille. Camurà avait arrêté son cheval pour remercier Gavriel de l'aide qu'il avait apportée la veille à sa femme ; dans le soleil brillait l'anneau d'or qu'il portait encore à l'oreille, comme c'était l'usage autrefois dans les campagnes, et il avait semblé à Gavriel que là était caché le secret de sa fortune : les femmes, l'argent, sa jeune épouse. Camurà avait fouetté son cheval et les roues étaient parties au milieu des éclaboussures, le cabriolet avait disparu dans la poussière de la route. Gavriel et Rosetta ne s'étaient même pas regardés mais c'était comme si tout était déjà arrivé ; et peu importait qu'elle fût la femme de Camurà, peu importait même qu'elle fût enceinte.

Ils se rencontraient dans une cabane près de la rivière et Rosetta du Fracin voyait de loin le cheval qui broutait l'herbe : de désir, sa bouche devenait sèche, Gavriel l'attendait dehors et ils se regardaient encore et encore, sans faire un geste, pour ne pas se trahir au cas où quelqu'un passerait par là. Les yeux dans les yeux tandis que dans leur tête chaque détail de l'autre se gravait, les habits, les cheveux, un ruban.

Certains jours, pendant qu'ils faisaient l'amour, Gavriel lui parlait presque en délirant. C'étaient des souvenirs du temps de Mme Bocca et Rosetta le serrait plus fort entre ses bras, ses lèvres cherchaient les siennes pour en boire toute la mémoire. Mais d'autres fois au contraire il riait ; un rire cruel, sur Mme Bocca et le jeune Gavriel amoureux d'Elisabetta. Ce rire éclatant était pour Gavriel comme une secousse. Il le laissait en sueur, épuisé.

Quand elle rentrait chez elle, Rosetta du Fracin s'asseyait près du berceau et revenait en pensée à ce qui s'était passé dans la cabane. L'enfant respirait doucement, il avait la peau claire et les yeux semblables aux siens, sauf que ceux de l'enfant étaient vides et ce vide une route barrée. Elle découpait pour lui des figurines de papier coloré et les suspendait en festons au-dessus du berceau, il semblait comprendre et ses petites mains s'agitaient comme s'il essayait de se lever. Mais la force ne lui en venait jamais. Et alors, d'un seul coup, elle éclatait en sanglots.

Il mourut un matin pendant que Rosetta du Fracin le tenait dans ses bras. Il ne tétait plus depuis deux jours et ses mains étaient froides, rien ne pouvait les réchauffer. Le lait qu'elle lui versait goutte à goutte dans la bouche ressortait en coulant le long de son menton comme si désormais ne pouvait plus passer par sa gorge que le filet d'air qui le maintenait en vie. C'était l'hiver et à cause du brouillard on ne voyait rien derrière les carreaux, pas même le grand chêne noir, les moineaux tout ébouriffés se réfugiaient sur l'appui de la fenêtre. Elle prit l'enfant, le lava, lui mit sa robe de baptême brodée et resta près du berceau jusqu'à ce que la nuit tombe et encore après, jusqu'au matin. Et même Camurà ne put l'arracher de là ni la faire manger. Quand on vint pour mettre l'enfant dans le cercueil, alors seulement elle se leva pour aider et avec lui, dans le cercueil, elle mit son voile de mariée. Des enfants, elle ne voulait plus en avoir ni maintenant ni jamais. Mais renoncer à Gavriel, elle ne le pouvait pas.

Pour Gavriel, renoncer à Rosetta du Fracin était tout aussi impossible et quand sa mère lui proposait comme épouse telle jeune fille ou bien telle autre, il ne répondait rien. Maria parvint à en inviter quelques-unes à la maison ; et lorsque tout le monde était assis en cercle dans le salon, Gavriel se montrait si sérieux, si attentif à la conversation qu'à chaque fois Maria le voyait sur le point de se décider. Elle le regardait : son teint coloré, ses cheveux touffus et frisés, ses épaules larges. Aucune fille, pensait-elle, ne lui dirait non. Marlatteira tournait en versant du muscat qui venait de la ferme de la Grue et la jeune fille qui portait le verre à ses lèvres devenait rouge à seulement lever les yeux sur Gavriel : c'était certain, elle lui dirait oui. La conversation se poursuivait, piétinait quelquefois dans une attente pleine d'espérance et le visage de la jeune fille, déjà un peu altéré par le muscat, disait l'émotion de son cœur.

Mais Gavriel ne prononçait pas ce mot de plus, ne faisait pas ce geste qui aurait décidé de sa vie. Le regard fixé sur les pommiers dont les formes se dessinaient sur le pré, il laissait l'attente se replier sur elle-même et les sursauts du cœur tomber comme des cailloux qui roulent en grondant jusqu'au fond du puits, de plus en plus faiblement, jusqu'à s'éteindre dans le néant. A la fin la jeune fille se levait et Maria disait quelque chose à propos des pommiers là dehors, Marlatteira emportait les verres sur le plateau.

Et l'on entendait avant l'aube le grincement de la porte de l'écurie, le bruit des sabots du cheval qu'on sellait, entrecoupé par la voix de Gerumin brisée par le catarrhe. Si le brouillard stagnait encore on pouvait voir la lanterne accrochée à la selle se balancer et disparaître tout en bas sur la route. Dans l'obscurité que le cheval traversait au pas, l'image de Rosetta du Fracin perdait avec la monotonie du voyage ses couleurs, d'autres souvenirs revenaient à l'esprit de Gavriel : Mme Bocca, Elisabetta quand elle s'asseyait au jardin dans sa robe blanche. Et elle lui semblait, sa jeunesse, maudite depuis le commencement.

La première femme de Luis fut Teresina des Maturlin. Elle était, ainsi que chacun s'y attendait, bien ronde là où il le fallait et avec des cheveux couleur de flamme. Non pas fauves comme ceux de la fille du forgeron mais d'un blond lourd et intense d'orge mûr. Elle n'avait que dix-sept ans quand Luis alla la chercher à Ivrea chez une tante qui l'avait adoptée, la dernière de six sœurs, toutes plus belles les unes que les autres.

Ils s'étaient connus durant l'été, quand Teresina était venue avec les autres sœurs Maturlin pour vendre la ferme grevée par les dettes ; et dès le premier instant où Luis l'avait vue sous le porche encombré de vieilles charrettes et de perches tout esquintées, lumineuse et intrépide dans ses habits de ville, il avait décidé qu'elle serait sa femme.

Il ne l'avait quittée que le temps nécessaire pour manger et dormir ; il avait oublié l'avoine à faucher, le maïs, les acacias, les vignes. Il n'avait pensé qu'au moyen d'aller à Ivrea prendre pour lui la jeune fille et ne plus jamais la quitter.

Teresina des Maturlin jouait de l'épinette et usait d'une serviette de table avec tant de grâce que c'était un plaisir de la regarder manger. La tante d'Ivrea lui avait préparé un trousseau tout en lin et une fourrure de rat musqué avec le bonnet à poil et le manchon comme on n'en avait encore jamais vu dans le pays. Elle portait des bottines de chevreau montant jusqu'à mi-mollet et des mitaines de soie qui protégeaient ses mains potelées, même à la maison. Elle avait une voix chaude et bien placée et quand on passait par le jardin le soir on pouvait l'entendre s'accompagner à l'épinette. Les plus curieux s'approchaient de la fenêtre donnant sur le pré et s'émerveillaient à la vision de sa nuque claire illuminée par les bougies, de ses épaules pleines et rondes qui vibraient dans les notes hautes quand elle chantait, assise sur un tabouret, des œuvres de Haendel ou de Frescobaldi.

Sa grande passion était les pommes reinettes, qu'elle allait se cueillir seule et qu'elle mangeait à toute heure, y mordant profondément avec ses dents petites et solides, bien serrées les unes contre les autres. Des pommes elle aimait jusqu'aux fleurs ; durant le printemps qu'elle passa dans la maison, elle les mettait dans ses cheveux et le soir, fanées, elles tombaient à terre comme un signe de son lumineux passage.

Des six sœurs Maturlin, célèbres pour leur beauté, elle était peut-être la moins belle, mais cela lui avait donné, en même temps que l'aisance de l'appartenance à un groupe, une sorte de timidité qui la faisait rougir violemment et inspirait une tendresse immédiate. Un désir de la protéger, de la prendre par la main et de la guider à travers les corridors de la maison, les pièces qui s'ouvraient en enfilade. Et son sourire, jamais maniéré ou voulu, exprimait radieusement son remerciement pour chaque attention. Tous s'accordaient pour estimer que Luis n'aurait pu faire un meilleur choix.

Ils s'étaient mariés en hiver, et Maria et Fantina avaient dû affronter un voyage comme elles n'auraient jamais pu en imaginer de semblable, au milieu de la neige et de la glace, une tourmente qui aveuglait les chevaux. Un loup avait suivi la diligence jusqu'aux portes d'Ivrea et par la vitre elles l'avaient regardé avec terreur qui hurlait, gris, cependant que la voiture roulait comme si d'un moment à l'autre elle allait se fracasser. Même le mariage dans la cathédrale d'Ivrea n'avait pu compenser une telle angoisse. Des centaines de bougies qui se reflétèrent dans les rameaux d'argent des candélabres autour de l'autel au moment où le soleil apparaissait derrière les vitraux, colorant la mariée qui s'avançait à travers la nef.

Ensuite ils avaient mangé et bu au son de six violons et une cornemuse, Teresina des Maturlin avait dansé avec chacun des invités et même Gavriel s'était laissé tenter par cette belle-sœur adolescente aux joues enflammées par l'émotion et aux boucles déjà en désordre, étourdie elle-même par le parfum que ses sœurs avaient répandu sur son cou et sur ses bras. Cinq sœurs superbes qui n'avaient pas manqué une seule danse, grandes, élégantes, avec des rubans de soie et des fleurs tressées dans leurs cheveux. Toujours prêtes à boire un verre et puis encore un autre, car elles tenaient aussi bien l'eau-de-vie que le vin. Les unes mariées et les autres pas encore, mais toutes également désirables.

Grand mariage et grande fête. Et le soir, quand l'obscurité était venue, des dizaines de torches avaient illuminé la cour où les chevaux à la croupe fumante attendaient tandis que les postillons ivres ronflaient dans le froid. Luis était monté sur un traîneau avec son épouse toute neuve enveloppée de rat musqué et les violons s'étaient mis à jouer, tout le monde applaudissait pendant que Luis faisait claquer le fouet et Teresina des Maturlin s'agrippait au rebord du traîneau : ses yeux, son bonnet à poil, son menton rond, tout exultait dans son sourire. La tante émue avait laissé tomber sa tête sur l'épaule de Maria. Elle pleurait.

Les deux sœurs de Moncalvo, ahuries et perdues, engoncées dans leurs manteaux sombres, leurs sombres chapeaux de taffetas chiffonnés par toutes ces allées et venues, avaient agité faiblement les mains, l'épaule de Maria raide sous les pleurs d'émotion de la tante des Maturlin, ses yeux qui larmoyaient dans la fumée des torches. Et un ver en elle, un ver qui la rongeait : la dot.

Car Teresina des Maturlin n'apportait rien hormis son épinette et deux malles de draps, dix nappes de toile de lin des Flandres qu'on ne pouvait poser sur aucune table dans la maison sans qu'elles traînent sur le sol. Pas un seul boisseau de blé, pas la plus petite maison quelque part, pas de meubles ou d'or qui pouvait se révéler utile dans les moments difficiles. Rien de rien. Et Luis, si soucieux de la terre, des recettes et des dépenses, n'avait pas soufflé un seul mot. Pas une protestation : lui, ça lui convenait. Ça lui aurait convenu même s'il avait dû payer la fête, les musiciens et la fourrure de rat musqué.

Il avait voulu Teresina des Maturlin dès le premier instant où il l'avait vue ; et cette nuit-là, quand, à la lueur de la lampe posée sur la commode, il sentit pour la première fois sous ses mains sa fraîcheur ronde, il comprit qu'il ne s'était pas trompé. Avec elle près de lui il deviendrait un géant. Goliath.

« Goliath, Goliath... mais qui est-ce ? » Teresina le regarde, le visage brusquement rouge. Ils n'ont pas voulu de la chambre donnant sur le noyer et ils ont collé un papier à ramages avec des glycines dans celle où autrefois dormait Luison. Parmi les glycines, quelques roses à demi effeuillées ; et la chambre à présent ressemble à un jardin avec son lit peint de couleur claire et les coussins brodés que Teresina a apportés d'Ivrea. Sur l'un de ces coussins, une maison, sur l'autre un bateau et sur un autre encore un chat qui joue avec une pelote, tout cela brodé au point de croix, le seul que Teresina des Maturlin connaisse. Le lit, ils n'ont pas voulu le changer, c'est le même lit qui accueillait les rêves de vierge de Luison mais il leur suffit car ils dorment enlacés, et le projet d'aller en acheter un neuf est renvoyé de jour en jour.

Goliath, lui explique Luis, c'était un géant, il a été tué par David d'un coup de pierre. Un géant capable de déraciner un arbre d'une seule main. Tué par David ? Pourquoi Luis se compare-t-il à un géant tué ? Teresina des Maturlin fronce ses sourcils blonds, son haleine sent la pomme, ses yeux qui veulent saisir chaque chose dans sa totalité le fixent avec curiosité, un peu effrayés. Comment lui expliquer que parfois le bonheur peut se comparer à la mort, Luis fait glisser ses doigts dans ses cheveux, il les lui tire jusqu'à lui faire mal : regardons-nous dans les yeux, Teresina, toi et moi, maintenant. Toujours. Ne cessons jamais, et je ne mourrai pas.

Le matin elle descend à la cuisine aider Marlatteira, elle essuie les yeux larmoyants de Gonda qui la voient à travers le voile de la cataracte comme une fleur, un papillon dans le bruissement de ses jupes. « Tell'ment belle..., dit-elle, tell'ment belle... » Et elle voudrait lui baiser la main. Elle fait chauffer le lait si Marlatteira est sortie pour aller chercher d'autre bois, elle laisse tomber la polenta en pluie dans l'eau bouillante et, ce à quoi nul n'est habitué en cette heure lourde de silence, de mélancolie face à la journée qui commence, elle chante. Ce sont des chansons françaises de dames et de chevaliers, de rois et d'amants tués par jalousie à l'aide d'une rose empoisonnée ; mais elle ne connaît pas elle-même le sens des paroles. Elle les chante depuis toujours, depuis qu'enfant elle regardait ses jolies grandes sœurs assises pour recevoir des visites. Avant que sa tante ne l'emmène avec elle à Ivrea. Et même Fantina sourit quand elle l'entend, tellement sa voix est bien placée, sans aucune tonalité aiguë. Maria oublie l'absence de dot et lui demande comment elle a fait pour broder si bien ces coussins. Quand tout le monde le connaît, le point de croix est le plus stupide qui soit.

Le jour où Bastianina revint du couvent pour les vacances, Teresina des Maturlin était assise dans le jardin sous le noyer et pendant qu'elle cousait, ses pieds déplaçaient sur le sol les petits cailloux du gravier. Bastianina, devenue sœur Geltrude Rosalia du nom d'une sainte qui avait eu les seins arrachés avec un fer rouge, fut déçue. On lui avait tellement parlé de la femme de Luis qu'elle ressentit presque de la colère à voir devant elle ce visage rond qui, dans sa pâleur, semblait bouffi et ces cheveux d'un blond d'orge tant vanté qui retombaient, ternes, inertes, le long de ses oreilles. Teresina des Maturlin était enceinte ; et dès qu'elle se secoua de cette espèce de torpeur qui l'avait saisie l'aiguille à la main, elle sourit à sa belle-sœur et l'embrassa sur les deux joues.

Pour faire plaisir à son frère, mais peut-être plutôt parce qu'elle était intriguée par ce visage que l'angoisse et la joie rendaient si changeant, sœur Geltrude Rosalia décida de faire son portrait. Elle le peindrait en plein air, sous le noyer, ainsi qu'elle avait vu Teresina des Maturlin pour la première fois.

Sœur Geltrude Rosalia était grande et robuste, déjà majestueuse, et elle peignait debout devant le chevalet, une longue blouse à rayures par-dessus sa robe. Teresina des Maturlin, assise sur la chaise en osier, semblait en comparaison plus petite encore et plus ronde, à peine sortie de l'adolescence mais déjà marquée par ce ventre qui faisait une apparition embarrassée sous les petites fleurs de sa robe de mousseline. Pour occuper le temps de la pose, Teresina tricotait, avec difficulté parce qu'elle avait appris depuis peu et que les mailles lâchaient continuellement, et dans son application elle serrait les lèvres. Ce visage, sœur Geltrude Rosalia le voyait absorbé et triste, elle ne parvenait à y saisir aucune étincelle. Marlatteira, qui avait la langue bien pendue, lui avait parlé de ses cinq sœurs, les unes mariées et les autres non. Des sœurs qui semblaient avoir le don d'ubiquité tellement on les voyait partout. On disait même que l'aînée s'en était allée jusqu'en Amérique, à Baltimore. A Baltimore ? Teresina des Maturlin ébahie lève les yeux, son ouvrage tombe sur ses genoux, sœur Geltrude Rosalia hausse les épaules pour lui faire comprendre que peu lui importe à elle où vont les sœurs Maturlin et elle trempe avec une grande concentration son pinceau dans la couleur. Teresina est distraite, son regard se perd parmi les feuilles du poirier qui est devant elle.

Sœur Geltrude Rosalia est la seule à voir au milieu de tant de perfection une petite tache, le point qui en obscurcit le centre. Le chat vient se frotter aux jambes de Teresina, sœur Geltrude Rosalia peint aussi ce chat, et le noyer et le tricot abandonné sur les genoux : « Ça te plaît ici ? » lui demande-t-elle. Teresina se réveille de son absence et dit oui un grand nombre de fois en la regardant fixement, presque effrayée, parce qu'elle lit le doute dans les yeux inquisiteurs de sa belle-sœur. « Et toi, demande-t-elle, être au couvent, ça te plaît ? » Pendant un instant sœur Geltrude Rosalia tarde à répondre : le pré, la chaleur, les poires oblongues parmi les feuilles, la femme de Luis, tout témoigne d'un plaisir de la vie si différent, où même la mélancolie s'évanouit dans l'extrême jeunesse de Teresina. Puis elle liquide en hâte la question : « Bien sûr, dit-elle, je l'ai choisi. » Mais ce n'est pas ça qui compte pour le moment, ajoute-t-elle, il faut qu'elle reste un peu plus immobile, qu'elle regarde devant elle comme elle faisait tout à l'heure.

« Je suis tellement bien avec vous tous, je suis tellement heureuse ici... » La petite tache a sombré tout au fond, les yeux à mi-chemin entre le marron et le vert sourient au soleil, à l'ombre des feuilles. Elle raconte maintenant sa vie d'avant, chez sa tante à Ivrea, elle raconte les promenades le long de la Doire quand fondent les neiges, les saltimbanques qui se produisent sur la place, les concerts. Ce qui lui manque, dit-elle, c'est la musique. Elle prenait des leçons, et avec son professeur souvent ils jouaient à quatre mains, ou bien lui jouait et elle chantait, et sa tante qui entrait pour les écouter s'émerveillait de leur accord. Un très bon professeur, même s'il était jeune, dit-elle. « Jeune, c'est-à-dire ? » demande sœur Geltrude Rosalia qui s'arrête, le pinceau à la main. « Jeune... vingt ans, vingt et un, je ne sais pas. » « Vingt ans ? » dans le visage encadré par le voile, les yeux la regardent, sévères, étonnés, ronds.

Teresina des Maturlin est devenue rouge, un professeur jeune coûte beaucoup moins cher, lui explique-t-elle. Et comment était-il ce professeur ? Oh ! très bon, tellement bon que quand le prince de Carignano est venu en visite c'est lui qui a été choisi pour jouer Mozart. Mais Mozart, sœur Geltrude Rosalia ne sait même pas qui c'est et elle la regarde, méfiante. La rougeur s'est dissipée sur le visage de Teresina des Maturlin, son regard se perd devant elle et elle soupire parce qu'à présent, dit-elle, son professeur n'aura plus personne avec qui jouer à quatre mains, si elle avait étudié encore un peu ils auraient peut-être pu aller à la cour et donner un concert devant le roi. Un nuage couvre le soleil. Teresina a froid tout à coup et sa bouche se décolore, dans l'ombre qui rend toutes choses uniformes ce n'est plus la peine de continuer à peindre et sœur Geltrude Rosalia balaie les petits insectes de l'été qui se sont posés sur sa blouse. Teresina des Maturlin se lève avec un peu de difficulté et en souriant prend le chat et le serre dans le creux entre son visage et son cou. Pour sœur Geltrude Rosalia ce spectacle est répugnant ; si le beau pour elle doit être le parfum de l'encens et les chemises l'une par-dessus l'autre pour gommer toutes les formes du corps, comment accepter cette belle-sœur à la robe si légère qu'elle met en évidence à chaque mouvement sa souplesse offensée et au lieu de cacher sa grossesse, en laisse voir tous les signes ? Qui a déjà oublié dans le plaisir de se frotter doucement contre le chat sa mélancolie au souvenir d'un professeur de musique assez écervelé pour être tombé amoureux de sa jeune élève.

Mais en dépit de tout, ce portrait, sœur Geltrude Rosalia voudrait ne jamais le terminer et quand Teresina est occupée et ne peut pas poser, elle s'énerve et sur son chevalet ne cesse de faire et de refaire, elle corrige, un coup de pinceau sur les cheveux, un sur l'index de la main, sur la pelote de laine. Parfois elle laisse son plat à la moitié parce que l'idée lui est venue d'atténuer une ombre ou d'ajouter de la couleur à un pli ; et son plat refroidit, ou pire, le chat saute dessus et alors il faut tout jeter, car sœur Geltrude Rosalia a horreur des animaux et voit dans les chats le démon.

Elle mange seule dans la pièce contiguë à la cuisine parce que la règle de son ordre impose le silence pendant les repas ; assise à la table devant la fenêtre, elle n'entend que le caquetage des poules dans la cour en face tandis que Marlatteira pose les plats devant elle et disparaît ensuite vivement, tant ce repas solitaire lui semble contre nature. Mais maintenant qu'il y a Teresina des Maturlin ces repas ont changé, Teresina est assise en face d'elle avec son tricot entre les mains et lui sourit quand elle croise son regard : cette religieuse grande et encombrante, avec ses chaussures qui pointent de sous ses jupes, ne lui fait pas peur, à elle. Elle lui est sympathique. Sœur Geltrude Rosalia ne semble lui en avoir aucune gratitude, au contraire, on dirait qu'elle ne la voit pas, Teresina des Maturlin, et elle aspire sa soupe dans la cuillère ; mais si Teresina se lève ou que quelqu'un l'appelle, elle la suit du regard jusqu'à ce qu'elle revienne s'asseoir le dos à la fenêtre, la tache lumineuse de ses cheveux contre le carré de la grille.

Parfois elles vont ensemble sur la route qui monte vers Lu, elles marchent lentement et leur regard se porte sur la silhouette des Alpes dans le ciel pris en tenaille par les couleurs du couchant. Teresina des Maturlin a un ventre qu'on devine lourd à porter et son visage ressemble de plus en plus à celui d'une Madeleine adolescente. Le corps et ses désirs, les brusques transformations des rêves, affleurent et défigurent sa grâce. Mais les propos qu'elles tiennent le long de la route, un pas après l'autre, n'ont rien à voir avec les corps ni avec les désirs. Elles parlent de Dieu parce que sœur Geltrude Rosalia s'est mis en tête de convertir sa belle-sœur, si tiède dans ses pratiques religieuses, et pour Teresina qui l'écoute, les yeux écarquillés, elle s'emploie à illustrer les délices du paradis. Des délices que sœur Geltrude Rosalia voit peuplés de fontaines et de jets d'eau, de grues, de hérons, de flamants aux ailes roses. Où il y aura de la musique, et aussi celle de ce Mozart et d'autres musiques que Teresina aime, comme l'*Ode pour la reine Anne* qu'elle chante si bien, assise à son épinette. Et la splendeur de Dieu, sa miséricorde et sa justice se confondent pour Teresina des Maturlin avec le doux éclat de l'heure, avec les ormes aux feuilles parcourues d'un scintillement doré, avec ces épées rougeoyantes qui se dressent derrière les Alpes déjà dans l'ombre. Pour lui faire plaisir, sœur Geltrude Rosalia arrive même à mettre dans le paradis le professeur de musique et le roi devant lequel Teresina voulait jouer à quatre mains. A mesure qu'elle parle, sœur Geltrude Rosalia se passionne, ses joues s'enflamment et il lui semble entrer déjà au paradis en conduisant par la main Teresina des Maturlin avec l'enfant qu'elle porte en son sein. Par moments cet enfant bouge et Teresina s'arrête en pressant ses mains sur son ventre, à sœur Geltrude Rosalia le souffle manque.

Luis est jaloux de leur entente, il se méfie de sa sœur et il met sa femme en garde, il lui dit que sa sœur est capable d'être désagréable, injuste. Qu'elle est dure, sans cœur. Après tout ce que Fantina a fait pour elle, maintenant que Fantina est vieille elle l'a reléguée dans un coin comme un objet inutilisé. Teresina des Maturlin hoche la tête, Luis se trompe, personne n'a jamais compris Bastianina, pas même sa mère qui avait donné tant d'amour à Gioacchino, pas même Fantina qui se meut à présent dans le monde impalpable des ombres avec l'habileté d'un vieux gardien.

Si Fantina en effet parlait autrefois avec les semences et les fourmis, elle parle à présent avec les lumières qui filtrent dans le noir, elle interroge l'obscurité qui s'épaissit dans les angles, et la nuit elle ne dort jamais, on l'entend aller et venir, taper des doigts contre les vitres. Sœur Geltrude Rosalia l'a en horreur, et quand elle se retrouve face à elle et qu'une mouche passe sur son front ou lui effleure le coin des lèvres sans qu'elle se donne la peine de la chasser, elle en a peur. Comme si la longue familiarité de Fantina avec les ombres préfigurait un au-delà bien différent du paradis qu'elle décrit à Teresina des Maturlin lorsqu'elles marchent le long de la route qui monte vers Lu. Et quand elle la sent venir dans son dos pendant qu'elle peint, elle se raidit, immobile, sans tourner la tête, pour ne pas rencontrer le regard de ce visage jaunâtre que Fantina a conservé sans une seule ride, semblable, par sa consistance, au corps déplumé d'un poulet. Un regard en fente qu'il faut aller chercher et qui, lorsqu'on l'a trouvé, fascine comme celui de certains serpents.

Mais si Luis est jaloux de sa sœur, sœur Geltrude Rosalia se sent rougir, féroce, quand son frère prend sa femme par la taille et l'embrasse en public. Un scandale. Quelque chose d'inouï, jamais on n'a vu ça à la maison. Elle tourne la tête avec fureur et ses pas dans les escaliers font trembler la rampe. Et puis une fois là-haut elle ne résiste pas et elle regarde en bas à travers les persiennes entrouvertes, et elle se tord les mains à entendre leurs voix, à deviner leurs sourires et leurs regards complices.

Et quand le soir Teresina des Maturlin s'assied à l'épinette avec sa belle robe de mousseline claire et les boucles d'oreilles que Luis a fait faire pour elle, deux marguerites d'or avec un petit rubis au centre, elle s'empresse de prendre place sur le tabouret à côté d'elle avant que son frère n'arrive, la robe qui déborde de toutes parts, le voile de travers d'avoir couru, les grosses chaussures noires qui s'installent en maître à côté des pieds de Teresina posés sur les pédales de l'épinette. Elle a une grande passion pour la musique qui naît sous les doigts potelés de Teresina des Maturlin, pour sa voix bien placée. Pour Haendel, pour Frescobaldi et pour ce Mozart dont Teresina prononce le nom avec tant de respect. Entre un morceau et un autre, elle questionne, elle s'informe et Teresina lui explique les notes sur la partition en penchant sa tête blonde près de la sienne, elle sent son souffle léger, cette odeur de pomme qui toujours accompagne sa jeune belle-sœur comme si étaient des pommes également les deux seins bombés que la mousseline ne parvient plus à contenir. Le doigt de Teresina suit les portées et ses lèvres charnues et pâles découvrent, à la lueur des bougies placées de chaque côté de l'épinette, ses dents de bébé loup. Par la fenêtre ouverte pénètre l'air de la nuit, mêlé de pétunias et de roses, de fleurs de vanille, avec une chaude et lointaine senteur d'étable. Sœur Geltrude Rosalia n'a jamais eu de soirées semblables et avant d'aller au lit, agenouillée sur le carrelage, elle joint les mains pour remercier Dieu.

Teresina des Maturlin mourut en couches le 18 février 1844. Deux nuits plus tôt il y avait eu une grande chute de neige qui avait continué le matin aussi, et l'après-midi elle avait fait une petite promenade avec Luis à travers le jardin englouti dans le silence. La neige alourdissait les branches, les pliant vers le sol, et à la moindre oscillation ou pour une note plus haute dans la voix elle tombait en petites taches immaculées. Et quand Gavriel était revenu, avec son cheval qui peinait à monter l'allée, ils s'étaient assis tous les trois sur le petit mur nettoyé du mieux possible. C'était un après-midi lumineux, tiède comme toujours après la neige, et le soleil était apparu un instant pour dessiner les ombres sur cette blancheur encore intacte. Gavriel était gai et il avait raconté les amours de Zanzia ; elle était restée là à regarder rire les deux frères, les épaules serrées dans son châle.

A l'aube, les premières douleurs avaient commencé et le soir Teresina des Maturlin était déjà froide, la chair qui prenait la consistance humide et dure de la mort tandis que Marlatteira épongeait le sang qui avait goutté à travers le matelas jusque par terre. Dehors la neige sur le sentier avait été balayée et elle s'amoncelait sur les côtés, la clarté des lampes allumées à l'entrée se reflétait sur sa blancheur immaculée cristallisée par le gel. Dans la maison c'était un va-et-vient ininterrompu, des pas, des cuvettes de fer reposées et des tiroirs qui grinçaient et couinaient à la recherche d'on ne sait quel objet ou vêtement. Des voix sans timbre, comme si les mots étaient défigurés, se mêlaient à un bruit de fond sourd, démentiel, traînant, cependant qu'une odeur nouvelle, horrible parce qu'elle ne ressemblait à aucune autre, filtrait de la chambre où Teresina était étendue entre les murs couverts du papier à grappes de glycine entremêlées de quelques roses à demi effeuillées.

Sœur Geltrude Rosalia était retournée au couvent dès octobre et durant tout ce temps elle n'avait fait que penser à sa belle-sœur et à leurs promenades au crépuscule quand elles parlaient de Dieu et que Teresina des Maturlin l'écoutait avec tant d'attention. A la chapelle, pendant la messe du matin ou quand elle récitait l'*office* dans l'obscurité précoce du soir, sa pensée avait couru à leurs pas sur la route creusée par les charrettes, aux haies poussiéreuses, à la voix de Teresina des Maturlin pleine de stupeur et d'émerveillement, à ses questions auxquelles elle avait été tellement fière de pouvoir donner une réponse. Une Maturlin à qui l'on avait appris si peu de choses du paradis et tant de choses de la terre et qui imaginait pouvoir concilier la terre et le paradis, si seulement elle faisait bien attention à comprendre. Entre deux versets du psaume, dans l'obscurité des chaises à haut dossier faiblement éclairées par les bougies, son regard avait reconstitué l'image de Teresina, le dos à la fenêtre et le tricot entre ses mains potelées, son sourire silencieux dans le bruit des couverts sur l'assiette. Elle avait ressenti à nouveau cette légère angoisse quand elle la voyait se lever et que sa jupe frottait contre la table. La petite tache sombre dans son regard qu'elle seule avait vue et qu'elle avait essayé de restituer sur la toile, elle s'était énervée avec les couleurs, elle avait maltraité les pinceaux. Pour la première fois, cet été-là, elle s'était sentie incapable, grossière face à ce petit mécanisme semblable au cœur délicat d'une horloge et dont elle ne parvenait pas à saisir les oscillations. Et la Teresina qu'elle avait peinte avait ressemblé à celle que tous voyaient. Gavriel, Fantina, Maria. Luis. Luis aveugle, qui ne s'était pas aperçu du point obscur, de la faille qui s'ouvrait dans la surface verte et brune du regard de Teresina. Le pied, tout à coup, qui trébuche.

Quand la nouvelle de sa mort arriva au couvent,

sœur Geltrude Rosalia était au lit avec la fièvre vermineuse et la Supérieure ne lui dit rien, par peur que de chagrin son état n'empirât. Quand elle se décida, Teresina des Maturlin était sous terre depuis plus d'un mois et l'enfant auquel on avait donné le nom de Pietro-Giuseppe faisait l'étonnement de tous tellement il était vigoureux et ruait dans ses langes.

Sœur Geltrude Rosalia sortit du parloir de la Supérieure comme en un rêve, et comme dans un de ces cauchemars qui n'en finissent pas et paralysent les jambes, elle essaya de lutter contre l'irréalité. La porte s'était refermée dans son dos et elle était seule dans le long corridor où tout au fond une fenêtre s'ouvrait sur le ciel uniforme, gris comme de la ouate sale. Elle avait du mal à se tenir debout tant le désir l'emportait de se jeter sur le sol et d'y pleurer, étendue de tout son long, la poussière du carrelage dans la bouche. Ses mains étaient devenues glacées et tout son sang avait reflué à son visage qui était brûlant, ou peut-être était-ce son sang qui se jetait d'un côté puis de l'autre dans sa poitrine secouée par des sanglots qui ne rendaient aucun son. Je veux mourir, avait-elle pensé, je veux mourir, et la chose la plus terrible lui semblait de ne l'avoir pas su quand cela était arrivé, d'avoir continué à se nourrir avec des potages et des purées, heureuse et tranquille entre ses draps, et même gentille avec les sœurs converses qui vidaient son vase, tellement il lui était agréable de rester là à penser à l'été à venir, à toutes les choses qu'elles avaient à se dire, elle et Teresina, sur Dieu et sur Mozart. Et quand il avait neigé elle avait été contente, toute cette neige qui avait effacé les routes, elle imaginait Teresina des Maturlin serrant son enfant dans ses bras et regardant ces flocons qui tombaient. Un enfant joufflu et fort comme les anges qui soutenaient le bénitier à la cathédrale.

Cet enfant, à présent, elle voudrait ne jamais le voir. Dans son esprit il est laid et poilu, un chien errant, un chat. Elle joint les mains à la chapelle mais ce qui sort de sa bouche, ce ne sont pas des prières, et tandis que ses consœurs entonnent l'*Angelus* ou répondent au *Confiteor*, des paroles infectes, ulcérées par la douleur, glissent de ses lèvres. Elle est encore faible et l'odeur de l'encens l'étourdit, elle vacille, ses mains ne parviennent pas à se raccrocher au banc, ses genoux cognent durement à terre.

Pour tenter de la distraire, la Supérieure lui demande de peindre la Présentation de la Vierge Marie au Temple pour la prochaine neuvaine de mai. Elle s'assied devant son chevalet, le regard perdu sur la campagne plate où les fermes émergent entre de larges mares. Elle regarde les rangées de peupliers fins et fragiles, agités seulement par le vol lourd des corbeaux ; et sur la toile apparaissent les prés d'émeraude au crépuscule, le feston des Alpes et la route claire et poussiéreuse, le maïs prêt à être fauché. Le pinceau va et vient, infatigable, et la fillette qui monte le grand escalier du Temple est Teresina des Maturlin, pieds nus pour entrer au paradis ; et tout en peignant, sœur Geltrude Rosalia pleure, les larmes coulent dans les couleurs, se mêlent aux teintes sur la toile. Mais ni Dieu ni les couleurs ne peuvent ramener à la vie Teresina des Maturlin ni faire faire marche arrière au Temps qui l'a prise aux cheveux et entraînée au loin. Redonner même un seul de ces pas le long de la route de Lu.

Le tableau est si laid que la Supérieure n'en veut pas pour la chapelle, elle veut une vraie Madone avec le voile et la robe bleu ciel, la couronne d'étoiles ; et elle ordonne à sœur Geltrude Rosalia de peindre de l'autre côté de la toile quelque bel oiseau, une grue ou un héron comme ceux qu'elle peignait autrefois et qui avaient tant plu à l'évêque. La Présentation au Temple, le couvent s'en passera. Sœur Geltrude Rosalia doit obéir si elle veut un jour devenir abbesse. Mais sœur Geltrude Rosalia veut uniquement mourir et elle est la première à attraper le typhus qui avait jusqu'alors épargné le couvent de Novi.

Plus la fièvre monte et plus elle est contente, dans son délire elle parle avec Teresina des Maturlin et elles se disent les choses les plus stupides, elle s'imagine allant avec elle cueillir des pommes reinettes sur l'arbre au fond du jardin, Teresina grimpe dans les branches avec toutes ses jupes relevées et ce qui tombe en premier, ce sont ses belles bottines de chevreau, puis les pommes à leur tour roulent sur le sol. Elle l'appelle mais dans l'arbre, il n'y a plus de Teresina, il y a Gioacchino, et Gioacchino ce n'est pas vrai qu'il vole, il arrive en bas comme du plomb et il fait un bruit assourdissant, un bruit d'avalanche, de torrent qui a rompu les digues.

Pauvre sœur Geltrude Rosalia, qui hurle au milieu de la nuit et qui n'a plus de cheveux sur la tête, perdus à cause du typhus sur l'oreiller, et les nouveaux ne sont encore qu'un duvet de poussin sur son crâne rond. On lui envoie de chez elle du vin et des saucissons, des œufs et un dindon entier auquel elle ne touche même pas, parce qu'elle pense à Teresina des Maturlin morte en couches à dix-huit ans. Et à la sœur organiste venue la trouver, elle demande des nouvelles de Mozart, elle veut savoir si par hasard elle connaît sa *Marche turque*. C'était un Allemand, lui dit la sœur organiste, et il a écrit des œuvres honteuses.

La fourrure de rat musqué fut donnée à l'aînée des Maturlin qui en fit la demande, de toute façon elle ne serait allée à personne, cousue comme elle était aux mesures d'un corps rond et mince. Puisqu'elle prenait la fourrure, la sœur de Teresina demanda aussi le bonnet à poil et le manchon, qui faisaient un ensemble, et elle essaya tout cela devant le miroir de la chambre au milieu des grappes de glycine entremêlées de roses à demi effeuillées. Elle ne vit pas Pietro-

Giuseppe parce qu'il était en nourrice sur la colline mais on lui assura qu'il se portait bien et que Luis montait le voir chaque semaine. L'aînée des Maturlin aurait aussi volontiers pris l'épinette, elle y laissa courir ses doigts et dit qu'elle allait s'abîmer, là dans le salon, parce qu'il y faisait humide : « Quelqu'un en joue ici ? » demanda-t-elle en regardant Luis, la lèvre supérieure légèrement relevée sur ses dents. « Parce que sinon, ajouta-t-elle, elle finirait par s'abîmer totalement. » Et sa lèvre s'étira en un sourire triste et doux.

Luis, qui l'avait regardée en silence tandis qu'elle tournait avec la fourrure devant le miroir, belle à couper le souffle avec ses yeux bleus immenses qui émergeaient au-dessus de l'épaisseur du poil, la lui refusa. Il refusa de lui donner les robes, le châle de cachemire acheté pendant leur voyage de noces et même un des coussins brodés au point de croix qu'elle voulait comme souvenir. Personne ne l'invita à rester boire un verre de muscat ni à goûter le gâteau que Marlatteira venait de sortir du four. Personne ne lui offrit de s'asseoir ni ne lui demanda de nouvelles de sa tante et de ses sœurs. La maison semblait inhabitée et Luis, sa mère et Fantina sur le point de s'en aller eux aussi ; finalement, l'aînée des Maturlin se mit en route sur le sentier entre les arbres dépouillés, ses bottines qui se crottaient dans la boue laissée par la neige, à petits pas comme une grande dame, enveloppée dans la fourrure de rat musqué, le bonnet à poil engloutissant ses petites oreilles glacées. Derrière elle marchait le gamin venu pour porter « le poids », un gros balluchon où elle avait fourré son vieux manteau et d'où pendaient les rubans décousus d'un bonnet.

Gavriel, qui la rencontra alors qu'elle descendait l'allée, devint rouge de honte qu'ils aient laissé une femme s'en aller seule sans même l'accompagner. Mais son cœur fit un bond quand il reconnut la fourrure et le bonnet à poil et il ne dit rien lui non plus, se contentant d'enlever un instant son chapeau. Elle, suivie par le gamin, sans faire cas de ce salut expéditif, elle adressa à Gavriel le même sourire triste et doux qu'elle avait adressé à Luis : les sœurs Maturlin pardonnaient tout, impolitesses, grossièretés, cagoterie. C'étaient des femmes du monde.

Dès qu'il la vit disparaître dans le bruit léger de ses talons, Luis alla vers l'épinette et replaça le feutre sur les touches. Marlatteira, debout à la porte de la cuisine, le regardait : « Ell' est belle comm' une Madone » dit-elle. Elle tenait le plat avec le gâteau et l'on comprenait qu'elle aurait volontiers posé quelque question sur cette visite ; mais le coup sec du couvercle qui se refermait la lui arrêta sur les lèvres.

Le jour où le bruit se répandit de nouveaux cas de choléra dans la province, Gavriel partit avec la charrette pour ramener Pietro-Giuseppe à la maison. Ç'avait toujours été Gavriel, quand Luis n'en avait plus trouvé le temps, qui était monté chaque semaine à la ferme où l'enfant était en nourrice, et il s'était amusé à le faire sauter sur ses genoux, il l'avait regardé faire ses premiers pas.

Ils arrivèrent à la maison vers le soir. Pietro-Giuseppe dormait dans un couffin et la Limasa était assise près de lui avec les jambes qui pendaient de la charrette ; sans attendre que la jument s'arrête, elle descendit d'un bond et tourna avec curiosité son regard autour d'elle : pour la première fois, elle franchissait le seuil d'un *propriétaire*. Elle était pieds nus et ne portait jamais que la robe qu'elle avait sur elle, et dès qu'elle vit les culottes étendues sur le pré elle se mit à rire car elle ne savait pas ce que c'était. Elle se grattait la tête et elle mangeait ensuite ce qui reste collé sous les ongles.

Ce fut l'habitude la plus difficile à lui faire perdre.

Les paysans qui l'avaient adoptée lui avait donné le surnom de Limasa, ce qui veut dire escargot, parce qu'elle faisait tout avec une lenteur tenace, invincible. Ni les hurlements ni les coups n'avaient pu la secouer mais Gavriel avait pourtant deviné les possibilités cachées dans cette lenteur à se mouvoir, ces pas traînants. Il avait admiré la promptitude avec laquelle elle évitait la main levée pour la frapper et l'éclair d'intelligence qui avait lui dans ses yeux strabiques dès qu'elle avait compris que Gavriel était de son côté. Et elle ne l'avait plus quitté d'une seconde, répétant de manière obsédante, dans un dialecte touffu presque incompréhensible : emmène-moi avec toi, emmène-moi avec toi.

Elle avait treize ans et pendant les premiers jours elle ne parla avec personne. Sa tâche était de s'occuper de Pietro-Giuseppe et dès l'aube elle était à l'étable, attendant qu'on lui donne du lait pour l'enfant. Elle le lavait dans une cuvette de zinc dont elle contrôlait la température avec sa langue et elle le changeait plusieurs fois par jour, démontrant un grand amour pour la perfection ; et quand elle l'endormait en le berçant de litanies, sa main chassait les mouches comme si dans le berceau, au lieu du fils de Luis, il y avait eu le Dauphin de France. Chaque fois qu'elle le prenait dans ses bras on aurait dit qu'elle allait crouler sous le poids mais elle allait et venait, infatigable, les pieds glissés dans une vieille paire de savates. Quelquefois elle le chargeait sur son dos et trottait en tous sens dans l'allée, Pietro-Giuseppe riait et elle riait avec lui. La vérité était que l'enfant lui avait plu dès le premier instant alors que la maison et les *propriétaires* l'avaient déçue. Ils étaient pareils que les autres, au fond, ils mangeaient, ils se curaient les dents avec les ongles, ils ronflaient et leur merde était vidée dans la fosse à purin avec celle de tout le monde. Et la maison, quand le vent soufflait du côté des étables, puait tout autant que la ferme où Gavriel l'avait prise.

En quelques années était sortie, de la fillette grêle et silencieuse de cet après-midi de juillet, une grosse fille à la chair aussi dure que si on l'avait pétrie dans le plâtre et au visage large, où les marques laissées par la variole s'étaient dilatées, semblables à de petits cratères. Sa voix forte et sonore ne se ménageait pas et elle avait remplacé les litanies par un répertoire qui allait du *Chevalier français** aux refrains de carnaval.

Quand Luis partit volontaire, en mars 1848, elle apprenait l'alphabet en même temps que Pietro-Giuseppe, le syllabaire ouvert sur la table dans la pièce où jadis sœur Geltrude Rosalia mangeait en regardant Teresina des Maturlin.

Pietro-Giuseppe est un enfant précoce et bien qu'il n'ait que quatre ans, il suit avec attention les lettres qui accompagnent les figures. Dans la pièce arrive, comme autrefois, le caquetage des poules de la cour mais ils ne lèvent pas la tête, acharnés à comprendre. Ronde celle de Pietro-Giuseppe, comme l'est celle de Gavriel son oncle et comme l'était celle de Sacarlott. Rasée à cause des poux, entre le châtain et le blond. De sa mère, il n'a presque rien et il ne la rappelle que par la voix, par la facilité à saisir tous les airs. Il lui suffit d'entendre une chanson une seule fois pour se mettre à la fredonner quand il joue, assis par terre.

Le matin où son père partit à la guerre il dormait, ainsi que la Limasa, et Luis s'en alla sans lui dire au revoir. C'était l'aube et la charrette de Zanzia, qui s'était offert pour emmener les volontaires jusqu'à Alessandria, attendait sur la place. Seul Gavriel était venu accompagner Luis, il n'avait pas de chapeau et l'air venteux de mars soulevait ses cheveux tandis

(*) *Il Cavalier franseis*, vieille chanson licencieuse du Piémont (N.d.T.).

que les coqs s'appelaient d'un poulailler à l'autre. Zanzia, qui faisait le transport gratis pour l'amour de la patrie, attendait de Luis quelque chose et il regardait ses mains restées enfoncées dans ses poches. Mais Luis avait bien d'autres pensées, il fixait son frère qui tremblait de froid au milieu de la place et ses yeux encore à demi fermés de sommeil lui demandaient de prendre soin de son fils et de la terre. De l'absoudre pour ce choix qui ne regardait que lui. Et tandis que commençaient à déboucher du fond de la place d'autres jeunes gens avec un ballot sous le bras, accompagnés par des mères et des sœurs, Gavriel avait fait un signe de la main : il promettait. Puis, avant que les autres volontaires n'arrivent, il fit demi-tour et remonta la côte vers la maison.

Maria était dans le cabinet de travail, trahie par ce départ de Luis qui abandonnait tout pour aller se faire tirer dessus par les Autrichiens, ces braves défenseurs de l'ordre. Les deux frères n'étaient même pas arrivés sur la place qu'elle était déjà là à fouiller parmi les papiers de son fils pour trouver un coupable, trouver qui et quoi l'avait poussé à un choix aussi subversif, laissant la maison et un enfant en nourrice à deux pauvres femmes seules. Parce que Gavriel, on ne pouvait jamais compter sur lui, toujours dehors avec son cheval, nuit et jour.

Mais les livres eux-mêmes ne l'aident pas, ils parlent tous d'agronomie et ils ont des illustrations claires et familières : blé, animaux, plantes. Où est-il allé chercher, Luis, cette envie de tuer et de se faire tuer, sûrement chez des ennemis venus du dehors, comme ces *Franseis* qui avaient séduit Pidrèn autrefois pour le laisser ensuite plus misérable qu'un valet. Et quand la Limasa apparaît à la porte, tenant Pietro-Giuseppe par la main, elle lui crie de couvrir l'enfant, qu'est-ce qu'il fait là pieds nus. La Limasa prend peur, Pietro-Giuseppe pleure et Fantina descend voir ce que c'est que tout ce vacarme. Il est parti, il est parti, crie Maria ; elle voit déjà la misère, les bêtes amaigries, les soirées sombres et froides.

La Limasa se sauve à la cuisine en tirant l'enfant derrière elle, elle lui enfile ses bas, deux tricots l'un par-dessus l'autre, puis ils mangent tous les deux de la polenta avec du lait pendant que les premiers rayons dorés du soleil glissent sur les marmites de cuivre suspendues aux crochets. Les larmes sèchent vite, ils rient et se donnent des coups de pied sous la table : « Arrête ! » dit la Limasa en tirant sa chaise en arrière. Ils jouent maintenant à se regarder dans les yeux, celui qui les ferme le premier a perdu, elle se dit qu'elle n'a jamais vu des yeux aussi gris et elle aimerait bien, Pietro-Giuseppe, l'appeler *Grison*. Mais Luis ne veut pas, il veut le nom en entier comme celui d'un roi. Et à présent Luis est parti, il va mourir, peut-être, et il ne reviendra plus : « Mon beau *Grison* ! » lui dit-elle en claquant un baiser sur sa bouche barbouillée de polenta.

Maria et Fantina sont restées pour ramasser les papiers de Luis qui ont glissé sur le carrelage, de Luis qui croit qu'il existe une Italie à recoller ensemble, morceau par morceau. Les mains de Maria se meuvent en tremblant, elles entassent pêle-mêle les livres et les cahiers, Fantina ramasse une feuille, remet en place une plume, un tampon d'encre. Elle ne ressent aucune peine pour sa sœur, peut-être au contraire un plaisir âcre et subtil cependant que son regard semblable à une fente voit les cheveux en désordre, les rides autour de la bouche, les mains qui tremblent. Qu'est-ce qu'elle veut, qu'est-ce qu'elle cherche encore, Maria, comme au temps où elle était sûre de sa beauté et que personne ne savait lui résister ? Les biens de Fantina sont autres et elle les garde en sûreté, ainsi que le violon dans sa boîte doublée d'un tissu rouge que les mites ont dévoré jusqu'à le rendre impalpable ; et sous son front pâle et charnu, un front gras, si tel peut être un front, ses pensées grouillent comme dans une ruche, elles accumulent, elles travaillent dans un va-et-vient incessant.

Luis est déjà loin, plus loin que le cimetière où est enterrée sa jeune épouse vêtue de la robe qu'elle portait ce jour-là à Ivrea, quand elle s'était avancée au milieu des lumières colorées de la nef et que les lueurs des bougies avaient tremblé sur sa bouche. Cette même robe qui avait été froissée par toutes ces mains qui l'avaient serrée à la taille, mouillées de sueur, et l'ourlet avait été arraché ; quelqu'un, dans la fougue de la danse, avait marché dessus. Il ne s'est pas fait la barbe, Luis, et il ne se la fera plus et quand il reviendra, Pietro-Giuseppe aura du mal à le reconnaître ; et tandis que les chevaux ralentissent en montant la côte de San Salvatore, le froid aigu de l'aube laisse place à un premier soleil tiède, les pigeons blancs s'envolent des toits pour aller picorer dans les champs. D'autres volontaires montent à San Salvatore, Castelletto, Val Madonna et au lieu d'aller à la guerre on dirait qu'on va à une foire, les jeunes gens chantent *Dame de Lombardie, / Epousez-moi, épousez-moi**... et à chaque halte les femmes offrent du vin, des œufs, des pommes, et on ne comprend pas pourquoi mais c'est surtout à Luis qu'elles tendent leurs dons. Le soleil est haut et l'on aperçoit au loin la terre qui émerge à peine de la neige et porte déjà çà et là le premier blé, fin comme un duvet. Le clocher et sa coupole en bulbe ont disparu derrière les collines, on voit encore, avec le grand orme tordu, la ferme des Maturlin, qu'un fabricant d'Alessandria a achetée pour faire des briques avec sa terre argileuse.

Elle était de dos, Teresina des Maturlin, la première fois où Luis était allé là-haut. Le bruit avait couru que les six sœurs avaient besoin d'argent et

---

(*) *Donna Lumbarda* : vieille chanson piémontaise (N.d.T.).

vendaient tout pour presque rien, il était monté en croupe sur le cheval derrière Gavriel et tandis que son frère descendait vers les vignes il avait marché en direction du porche. Elle tournait le dos, une image en contre-jour sur laquelle le soleil se réverbérait, comme si c'était déjà un présage et qu'elle s'en allait vers l'inconnu et vers la nuit. Rien n'avait commencé encore et l'adieu était déjà là, dans ce porche encombré de brancards de charrettes, de roues aux rayons brisés et de herses rouillées ; tellement l'incurie des sœurs Maturlin avait été grande pendant des années (six filles superbes qui ne pensaient qu'à danser, s'habiller, se friser les cheveux au fer, jamais une seule qui trouvât une heure pour s'asseoir à une table et faire les comptes. Pas même la dernière, celle qu'une tante d'Ivrea avait prise avec elle, pour qu'elle au moins soit sauvée de cette ruine). Mais ensuite Teresina s'était retournée et Luis avait vu son visage au milieu de la blondeur de ses cheveux, elle lui avait adressé la parole en l'appelant *Monsieur*, décidée à jouer son rôle du mieux possible, vendre la terre et payer ceux à qui l'on devait de l'argent. « Monsieur... » elle lui montrait, elle qui ne comprenait rien à la campagne, les champs et les vignes rabougries, l'orme et tout cela, reflété dans son regard, devenait magnifique ; si grand avait été l'amour de la vie chez la dernière des Maturlin, du temps où elle étudiait la musique et jouait à quatre mains. Avec elle, il s'était senti un géant. Leur vie allait être longue et pleine, un roc où chaque événement marque une époque différente, leur maison serait pleine de voix, des fleurs rouges de la *salvia splendens* et de pas qui courent. *Monsieur...*, revenir en arrière jusqu'à ce moment, recommencer à partir de là. Une fois encore, même juste un instant. Un seul.

Quelle sorte d'amour peut-on porter à un fils qui a coûté une séparation aussi soudaine et aussi totale ? Qui a séparé le bonheur d'*avant* du malheur d'*après*.

V

BRAIDA

La guerre de 1848 fut une bénédiction pour Rosetta du Fracin. Quand ce n'était pas pour les bersagliers de Lamarmora*, c'était pour les fantassins de Ramorino*, ou mieux encore pour la Cavalerie royale ; les pièces de tissu, Camurà n'avait même pas le temps d'aller les chercher que déjà il en fallait d'autres tellement il y avait de gaspillage d'uniformes, de brûlures par des coups de fusils pris de biais ou par la simple usure de la selle. Mais surtout tellement le nombre de bersagliers, de fantassins et de chevau-légers avait augmenté.

Camurà ne parvenait pas à rester chez lui deux jours d'affilée et dès son arrivée c'étaient les comptes à revoir et les visites de ceux qui avaient déjà décidé de l'absoudre de ses péchés. Des messieurs corpulents viennent lui parler de la filature de la soie, d'autres veulent l'intéresser au bétail ou demandent sa participation pour la restauration d'une chapelle ; et tous admirent les poêles de faïence, la tiédeur des pièces, le chêne, la belle épouse. Camurà est Matté de leur intérêt, et même s'il tape quelquefois du pied par terre avec impatience, il lui reste bien peu de temps pour sa femme et il ne peut guère lui accorder d'attention. Chercher à deviner ses pensées, à savoir

(*) Lamarmora, Ramorino : généraux de l'armée sarde (N.d.T.).

où vont ses espérances, quand elle reste pensive à regarder dehors par la fenêtre ou qu'elle rêvasse en fixant le néant.

Et puis c'est un passage incessant de troupes et d'altesses royales avec leur suite, de messagers à cheval qui soulèvent un tel brouillard de poussière que la route disparaît. Des convois de ravitaillement, des soldats qui demandent à boire ; qui pourrait remarquer le cheval de Gavriel, le bruit de ses pas sur le gravier la nuit ? Ce que Rosetta du Fracin a désiré pendant si longtemps, ce qui semblait impossible, peut maintenant arriver. Elle peut dire demain, mercredi, samedi. Elle et Gavriel ensemble une nuit entière, faire l'amour et dormir, se réveiller et faire l'amour et puis dormir encore et dans le sommeil se retourner et baiser une main, un bras, la bouche. Dans le grand lit en noyer de Camurà, la nuit a un temps différent, très long et très bref, bref au point de presque ne pas être, et dans les premières lueurs de l'aube elle se lève pour entrouvrir les volets et elle regarde la tête bouclée de Gavriel sur l'oreiller, son corps abandonné dans le sommeil. Ce corps, quand elle le touche, a un sursaut, l'effroi d'un animal surpris dans sa tanière et elle rit, sa bouche est légère, un peu froide dans le petit matin.

Maria a raison, personne ne peut compter sur Gavriel car il est prêt, pour une de ces nuits, à vendre son âme. Il oublie Pietro-Giuseppe, la terre, sa mère ; et Maria a le cœur qui cogne quand elle l'entend au crépuscule avec ses bottes impatientes sur les briques du sentier, sa voix qui donne en hâte un ordre à Gerumin qui jamais ne l'exécutera, tellement il est clair pour tout le monde que plus rien n'importe à Gavriel et que sa pensée précède déjà le cheval sur la grand-route. Il est déjà là-bas dans la nuit, dans le lit de Camurà. Maria penche la tête sur sa patience et trompe son angoisse par la superstition : bon, si l'as de deniers sort maintenant, Gavriel rentrera dès qu'il commencera à faire jour, si par contre la carte qu'elle retourne est un valet alors ce sera plus tard. Mais si c'est la dame d'épées qui vient, alors c'est qu'il va lui arriver quelque chose et ses mains ne peuvent se retenir de trembler, elle prie Dieu qu'il fasse disparaître cette carte-là du jeu, elle blasphème un peu, ainsi qu'il est et a toujours été dans la nature des deux sœurs de Moncalvo. Dieu et les cartes doivent avoir pitié maintenant de son fils de jour en jour moins prudent, comme si la guerre pouvait tout permettre, confondre ce qui est permis et ce qui ne l'est pas.

Parfois, dans le lit de Camurà, Gavriel s'éveille les doigts encore croisés dans ceux de Rosetta du Fracin et il repense à la nuit de l'inondation, quand il l'avait sauvée en la portant sur son dos et qu'à travers ses vêtements gorgés d'eau il avait senti son corps pour la première fois. Il lui parle doucement, la bouche contre son oreille, il lui parle de ce courant qui voulait les emporter, du froid qui rendait encore plus difficile de tenir bon, ils avaient tous peur de les voir disparaître d'un moment à l'autre mais eux, ils se sentaient tellement vivants, c'est là que ça a commencé... Elle se retourne et dans son visage noyé sous ses cheveux ses yeux s'entrouvrent, ils le regardent à la lueur de la veilleuse, pleins de sommeil. Mais les mots n'existent pas pour dire l'arbre qui a planté ses racines dans la poitrine de Gavriel et les larmes coulent le long de ses joues car elle est tout pour lui, Rosetta du Fracin.

Leur histoire est un nœud coulant, elle est née sans espoir et sans avenir, et bientôt, dans ce lit que Gavriel aura tout juste quitté, reviendra Camurà, infatigable pour faire de l'argent comme pour faire l'amour. La jalousie est là qui l'attend dès qu'il monte sur son cheval et elle le suit, perverse, à chacun de ses pas. A travers les pièces de la maison, dans les champs, et le soir elle est là encore qui le torture quand il s'assied près de Fantina dont les yeux brillent à cause du vin et que Maria aligne les cartes sur la table en parlant toute seule. Il pourrait boire, Gavriel, comme sa tante qui certains soirs sort du salon en titubant et chantonne comme si elle devait encore aller border les couvertures du Giaï, peigner ses petites boucles fines. Mais Gavriel est sobre en nourriture comme en vin, les années passées avec Mandrognin lui ont appris à se nourrir de peu, à se contenter d'un demi-verre. Il ne veut pas oublier, lui ; et même s'il est jaloux de Camurà, c'est pareil, il ne veut pas, parce que le sentiment qui est né et qui a grandi en lui pour Rosetta du Fracin est son souffle même. Est-ce qu'on peut vivre sans respirer, sans sentir l'air entrer dans ses poumons, même si cet air brûle comme celui de certains glaciers ?

Pendant ce temps-là c'est Goito, Peschiera, Pastrengo*, Camurà n'a pas un instant de répit et il va de Biella à Crémone où il achète pour sa femme un costume de soie moirée et un peigne en écaille de tortue. Il est à Milan, à Pavie, et de chaque voyage il rapporte des cadeaux de plus en plus riches, des cocardes et des rubans vert, blanc, rouge**. Le temps de dormir une nuit, de regarder sa femme essayer le costume de soie et rassembler ses lourds cheveux fauves sous le petit peigne d'écaille de tortue. La guerre finira vite, vite et mal parce que l'armée est pauvre et qu'il y a une grande confusion de gens, des Toscans, des Napolitains, des langues qui ne se comprennent même pas entre elles alors que les Autrichiens qui descendent de Vérone ont des uniformes rutilants, des armes qui partent au premier

---

(*) Victoires des Sardo-Piémontais sur les Autrichiens (N.d.T.).

(**) Les trois couleurs symbolisant alors l'unité italienne et qui deviendront celles du drapeau italien (N.d.T.).

coup et des feld-maréchaux couverts de cicatrices glorieuses. Le Piémont et son roi sont des insectes qui salissent le revers de leur veste, des insectes à chasser d'un coup sec et bien ajusté. Mais lui, pendant ce temps-là, il fait de l'argent et encore de l'argent, et sa femme, il aura tout le temps d'en profiter après, dès que les Autrichiens auront mis de l'ordre dans cette nouvelle Babel. Et même alors il faudra de nouveaux uniformes et la mode changera, lui, il est déjà prêt, en contact avec les importateurs de laine anglais ; des *casimirs** si légers qu'on ne les sent même pas sur le corps. Rosetta est une heureuse femme, où trouve-t-on un mari qui arrive à chaque fois avec des cadeaux de toutes sortes, des costumes qui reflètent la couleur du ciel, des châles de soie larges comme des draps. Et un jour il l'emmènera vivre à Alessandria dans un hôtel particulier avec un balcon qui donne sur les jardins, elle, la fille de ce forgeron anarchiste qui n'arrivait à se faire de l'argent ni avec les royalistes ni même avec les curés et qui avait fini par ne s'en faire avec personne.

Mais ne pensons pas pour l'instant à ce qui sera plus tard, qui peut connaître le destin, savoir comment et où les événements viendront se superposer aux images rêvées ; la vie change de couleur et laisse apparaître ce qui était caché. En bas, près de la rivière. Rosetta du Fracin caresse le cheval, c'est un été chaud et le maïs a poussé haut, ils descendent là où les hérons font leur nid, où l'eau s'ouvre sur les pierres en mille petits ruisseaux, la touffeur de l'air donne le vertige. Ils entrent dans l'eau et les pieds de Rosetta du Fracin sont larges et roses alors que ceux de Gavriel ont des ongles épais comme les sabots de son cheval. Des pieds à faire honte, mais l'intimité entre leurs corps est profonde, elle ignore la pudeur et leurs pieds se touchent, se poursuivent, se

(*) En français dans le texte.

caressent tandis que le courant limpide se brise contre leurs chevilles. Rosetta du Fracin est gaie et Gavriel la suit docilement, elle se mouille les jambes, le visage, le cou. Elle se déshabille, ses vêtements forment un petit tas sur les pierres. Oui, c'est ça, ils ont ce que bien d'autres n'ont jamais eu, que n'ont pas eu Fantina et le Giaï ni même Pidrèn. Ni sœur Geltrude Rosalia qui, épuisée par la chaleur, avait ôté son voile et regardé de loin son frère qui dansait à Braida.

Luis, à la guerre, mérita une médaille pour avoir tué deux uhlans et mis en fuite le troisième. Cela se passa à Valeggio, quand il se retrouva avec trois Autrichiens en face de lui, il en transperça deux avec sa baïonnette, le troisième se sauva en courant vers le Mincio. Il le poursuivit mais sa jambe plus grêle le fit trébucher et le uhlan disparut parmi les broussailles de la rive.

C'étaient les premiers hommes que Luis tuait et il l'avait fait comme il aurait tué des moineaux à la fronde, mais quand il se releva plein de rage parce que le troisième lui avait échappé et qu'il les vit à terre, ils lui semblèrent tout à coup irréels. Irréelle la journée et le soleil haut derrière les arbres. Son premier mouvement fut de s'enfuir pour ne plus les voir ; mais il était caporal et ses soldats attendaient un ordre. Si bien que Luis les envoya chercher le troisième uhlan ; puis il s'appuya contre le mur d'une maison et il pleura à cause de la peur qu'il avait eue. De l'horreur de ces corps éventrés.

Le général d'Arvillars, qui passait par là avec ses lieutenants et qui de loin avait tout vu, retint son cheval devant la maison où Luis était en train de pleurer appuyé contre un mur. Il voulait savoir ses nom et prénom, régiment et pays d'origine, il ne vit pas les larmes ou feignit de ne pas les voir et il lui promit la médaille. A ce moment-là les soldats remontaient de la rive bredouilles, la trace du troisième uhlan s'était perdue, il était peut-être déjà de l'autre côté de la rivière. Et la joie de Luis fut si grande qu'il embrassa un des soldats. Du haut de son cheval, le général d'Arvillars souriait avec bienveillance, persuadé que cette joie était pour la médaille promise.

C'est ce que Luis écrivit, entre autres, dans une longue lettre à son frère. Gavriel prit Pietro-Giuseppe sur ses genoux et la lui lut lentement, mot à mot. Fantina voulut écouter elle aussi et derrière Fantina, Maria s'installa également pour entendre, le visage caché dans sa main. Quand il eut fini de lire, Gavriel amena son neveu devant la grande carte géographique étalée sur la table de la grande salle et Pietro-Giuseppe planta un petit drapeau vert, blanc, rouge sur Valeggio et un autre sur Goito.

Après cette lettre, on ne sut plus rien de Luis pendant de nombreuses semaines ; les nouvelles qui arrivaient, contradictoires et confuses, parlaient de troupes autrichiennes qui descendaient de plus en plus nombreuses et les petits drapeaux avancés avec tant de hardiesse commencèrent à se planter toujours plus en arrière sur la carte. Et quand sœur Geltrude Rosalia arriva pour les vacances cette carte disparut car elle ne voulait pas entendre parler de guerre. Tous des francs-maçons, des carbonari et des brigands, Luis compris.

Pietro-Giuseppe l'appelle la *Magna Munja*, ce qui veut dire la tante bonne sœur, et d'elle il n'accepte même pas qu'elle le touche. Sœur Geltrude Rosalia a en revanche pour son neveu un amour semblable à celui du chien pour son maître, un amour servile et aveugle. Mais si Pietro-Giuseppe reste assis sur la petite chaise qu'elle lui a installée près de son chevalet, c'est uniquement par peur ; et lui toujours si loquace, il reste muet, ses grands yeux gris en alerte. Plus sœur Geltrude Rosalia cherche à le caresser et plus il se fait petit, froid, insignifiant. Il ne regarde même pas ce qu'elle peint et même les couleurs qu'elle lui met dans les mains, rouge carmin, bleu, vert, jaune d'or, demeurent inertes entre ses doigts, la feuille blanche abandonnée sur ses genoux. Pauvre titou, lui dit sœur Geltrude Rosalia qui prend son mutisme pour une tristesse d'orphelin. Pauvre titou, et elle le serre contre sa poitrine.

C'est son odeur qu'il ne supporte pas, l'odeur de la chair qui ne voit jamais la lumière et accomplit son cycle dans le noir. Une odeur liée à celle des fleurs qui pourrissent dans les vases devant la tombe de Teresina des Maturlin où chaque jour sœur Geltrude Rosalia l'emmène prier et entonne, à genoux sur le sol, le *De profundis*. La couronne de métal posée sur la tombe est ternie par la poussière et les guêpes qui ont fait leur nid dans un angle de la grille se posent sur le voile de sœur Geltrude Rosalia, il lève les yeux là-haut vers les étoiles que Sacarlott a fait peindre sur le bleu de la voûte. Il les regarde et les regarde encore pour empêcher ce nœud qui lui serre la gorge de se transformer en larmes. Mais parfois elles coulent tout de même, désespérées, le long de ses joues et la Magna Munja alors interrompt ses prières et se penche pour le consoler en l'étouffant dans son voile. Son odeur l'aveugle de rage, il serre les poings et il l'éloigne avec une force concentrée, pleine de colère.

Les éclairs jaillissent derrière les grilles, les portes battent et l'eau se déverse en torrent dans les gouttières qui n'arrivent plus à l'évacuer. La guerre touche désormais à sa fin, l'armée du roi de Sardaigne est en déroute et les soldats rentrent chez eux sous un orage qui fait voler les tuiles, un de ces orages d'août qui se déversent dans les fossés à sec et les engorgent, rendant la rivière dangereuse. A Milan, la foule a insulté Charles-Albert et des pierres ont été lancées contre le palais où il s'est enfermé. Le roi est parti la nuit dans le silence des étoiles, juste le piétinement des sabots sur les routes vides et le roulement sourd des roues des voitures. La peur est maintenant une vague de crue, elle emporte ceux qui restent et ceux qui partent, peur de la mort qui vient de passer et de celle qui est encore à venir. Et comme bien des années auparavant, du temps de la Révolution qui envoyait à la mort prêtres et souverains, Maria veut cacher les semences, les sacs de blé. Emmurer le vin.

Le général Salasco a signé l'armistice et les Autrichiens de Radetzky sont de retour à Milan, ils sont à Modène, à Reggio Emilia. Garibaldi s'est retiré au-delà du Tessin et une fois le grand orage passé, l'étouffante chaleur d'août est revenue ; mais de Luis toujours pas de nouvelles. Certains disent l'avoir vu à Milan et d'autres encore qu'il a suivi Garibaldi de l'autre côté de la rivière. Des fantassins de San Salvatore, passés une nuit par la maison de Zanzia, ont dit que Luis a traversé la frontière, qu'il est en France. Peut-être à Paris, dit sœur Geltrude Rosalia en regardant Pietro-Giuseppe dans les yeux, tu le sais, mon beau titou, où est Paris ? Et sa main éloigne Luis, l'envoie se perdre au-delà des Alpes voilées par les brumes de la journée. Mais le soir, quand la Limasa le met au lit, Pietro-Giuseppe lui demande combien de jours encore la Magna Munja restera en vacances, combien de jours encore avant qu'elle ne retourne au couvent. « Elle sent pas bon, dit-il à la Limasa qui le gronde, elle sent pas bon... »

Le mois d'août n'est pas encore achevé qu'un après-midi la Limasa arrive en courant, hurlant que Luis revient, on l'a vu sur la route d'Occimiano, il est peut-être déjà arrivé dans le pays. Elle lave la figure de Pietro-Giuseppe tandis que Maria prend son parapluie pour se protéger du soleil et court vers la place ; et tout en passant, à droite et à gauche, elle dit aux femmes qui la regardent, si peu habituées à la voir : « Luis est revenu ! Il est revenu... » Puis elle devient rouge de honte mais aussi de joie. Et de peur de le voir revenir avec une jambe en moins, la tête cassée.

Mais Luis est revenu entier à la maison et il est assis sous le noyer avec une barbe de plusieurs jours et un visage marqué par le soleil, le corps aussi sec que s'il l'avait plongé dans le sel, l'uniforme décousu. Il a rapporté en cadeau pour son fils deux cosaques de bois, peints aux couleurs du tsar Alexandre. Ils ont des vestes avec de la fourrure et des bonnets à poil mais Pietro-Giuseppe ose à peine les toucher. Jamais il n'a eu de cadeau aussi beau, les cosaques lèvent et baissent les bras, ils avancent un pied puis l'autre.

A la famille réunie Luis raconte les trois jours à Somma-Campagna sans eau et sans manger, quand les soldats tombaient à terre épuisés, la bouche tordue par la soif. D'autres, raconte-t-il, quand le soleil se couchait, devenaient fous et couraient à la rencontre de l'ennemi, les canons autrichiens les balayaient au milieu de la poussière et de la fumée. Personne ne venait chercher les blessés qui appelaient et appelaient sans cesse pendant que leurs camarades pleuraient à côté d'eux. Lui, il a sucé l'herbe qu'il réussissait à arracher à la terre, il a creusé avec ses ongles pour trouver un peu de fraîcheur. A présent, il presse les doigts sur ses tempes, le soleil, dit-il, le soleil... Gavriel, Fantina, tous le regardent. Maria est rouge du bonheur de le voir là sain et sauf, elle ne pense à rien d'autre.

Un soleil qui, dès le matin, recommençait à monter et à cogner sourdement dans les veines, les blessés qui n'étaient pas morts pendant la nuit gémissaient de plus en plus doucement, on leur mettait un mouchoir sur le visage pour qu'ils ne soient pas tourmentés par les mouches. Une armée pauvre, avec des convois de ravitaillement qui se perdaient en route, qui se retrouvaient Dieu sait où à remplir la panse des embusqués et des voleurs.

Sœur Geltrude Rosalia s'est levée, son large dos blanc et son voile ondoient sous la treille dans le vert tendre des sarments puis disparaissent dans l'obscurité des pommiers. Elle ne veut pas rester pour écouter Luis, son couvent a été saccagé par les « rebelles » et parmi eux il y avait aussi les soldats du roi ; qui sait si son frère n'était pas lui aussi quelque part à voler, qui sait où il les a pris, ces deux jolis soldats de bois, deux cosaques, un jouet de petit prince. Qui sait où ; et elle, maintenant, même à la maison elle ne se sent plus en sécurité.

Mais elle se trompe, la guerre a fait oublier à Luis bien des choses et elle lui en a fait revenir d'autres à la mémoire. Il est encore jeune et s'il se regarde dans un miroir, il voit un homme qui ne fait pas ses trente ans, grand, frêle, avec une barbe clairsemée où affleure une bouche mince, changeante et vive. Nul ne saurait expliquer ce qui rend Luis si intéressant même pour les femmes mariées, ce qui provoque une telle attente dans les bals où il a recommencé d'aller, ses chapeaux fantaisistes posés en arrière sur ses boucles.

Il a de nouveau, Luis, une fiancée ici et une autre là, leurs noms ne sont pas prononcés à la maison, ainsi qu'il convient pour des filles qui suivent les bals de village en village et ne font pas de difficulté à parler avec le premier venu. C'est mieux comme ça, dit Maria, mieux que les grandes amours qui n'amènent que de la perturbation et de la souffrance. Mais sœur Geltrude Rosalia, devenue désormais pour tous la Magna Munja, un titre qui la place sur un trône comme un roi carolingien, a le cœur qui se serre quand elle voit Pietro-Giuseppe apprendre à compter avec le bénéficier à la longue soutane noire criblée de taches. Elle a mal d'entendre cette voix qui prend un ton de stentor pour faire la leçon à ce petit enfant assis devant le boulier. Tous, ils ont appris à compter avec leur père ; vraiment, quelle honte de voir ça.

Cette trahison de Luis à l'égard de son fils lui semble une double trahison, parce qu'elle efface chaque dernière trace de sa jeune épouse, chaque ombre, chaque signe. Chaque ruban poussiéreux resté au fond des tiroirs. Un coup en plein cœur chaque fois que le bénéficier ouvre l'épinette et pose ses gros doigts sur le do, le sol, le fa dièse, prétendant, lui, pauvre fils de valets, enseigner cette chose merveilleuse qu'était la musique qui sortait des doigts de Teresina des Maturlin. Alors sa voix se fait encore plus aiguë, elle domine toutes les autres et par la force de l'habit qu'elle porte, elle commande à droite et à gauche. Même au bénéficier qui, à cause de ce bénéfice dont il jouit et pourrait ne pas jouir demain, se laisse facilement terroriser par les cris des maîtres.

Car la Magna Munja est en train de gravir l'un après l'autre les degrés du pouvoir ; elle n'a pas trente ans qu'elle est la dauphine de la Supérieure et quand il la reçoit au presbytère, le prévôt enfile sa soutane des grandes occasions. L'exercice du pouvoir est parvenu à transformer jusqu'aux sujets des tableaux qu'elle peint dans ses heures de loisir. Plus de grues, de hérons aux ailes roses ou de cygnes à l'œil cerclé de noir mais des raisins, des pêches, des grenades aux graines de feu, et dans les rotondités des fruits son âme, lieu secret et intense, déferle comme un fleuve tumultueux. Mais elle est candide aussi, cette âme, et elle, ignorante, elle peint avec volupté en respirant par les narines, en gémissant, cependant que la couleur se met en place, moelleuse et vive. Et si on l'interrompt, elle lève un regard mouillé, perdu sous les paupières.

Des tableaux destinés à troubler des cardinaux et des évêques à l'identité inconnue car on ignore quels sont les heureux prélats qui déferont les grandes enveloppes de toile, une épaisseur après l'autre, avant d'arriver à ces fruits où semble perler un suc légèrement amer. Même Fantina ne connaît pas leurs noms, peut-être la Magna Munja les susurre-t-elle à l'oreille de Pietro-Giuseppe : celui-ci est pour l'archevêque Romilli, celui-ci pour le cardinal de Bianzè. Celui-ci, le pape le verra, et de plaisir sa voix tremble.

L'hiver qui suivit fut très froid, les rivières gelèrent et la neige fit s'écrouler le toit de l'étable, une vache et deux veaux restèrent écrasés et l'on entendit longtemps leurs gémissements dans la nuit.

Ce jour-là mourut également le dernier fils du Fracin, le beau-frère de Camurà. On le trouva le lendemain matin encore sur son cheval, avec de la neige jusqu'au ventre, et il fallut lui briser les jambes pour le mettre dans le cercueil tellement il était devenu dur. Camurà fit savoir que sa femme ne pouvait pas venir pour l'enterrement, les routes sont trop dangereuses, envoya-t-il dire par Tambiss qui circulait toujours en vendant des culottes. Et Tambiss parla à tout le monde de la lingerie à dentelles, des *dessous intimes* en soie qu'à chaque fois Camurà lui commandait pour sa femme.

A l'enterrement, il y eut peu de monde, le gel avait bloqué les gonds de la grille et le cercueil fut déchargé à l'extérieur du cimetière en attendant une journée plus favorable. Le bénéficier, car à présent le prévôt assistait rarement aux enterrements, s'échappa en hâte sous le prétexte de la leçon de Pietro-Giuseppe et, à peine entré dans la maison, se colla contre le poêle avec sa soutane qui fumait. Seul Mandrognin resta près du cercueil pour surveiller que les renards ne viennent pas à la tombée du jour. Il avait été ami avec le Fracin dans sa jeunesse, et le mort, il l'avait tenu dans ses bras, enfant ; et tandis que le soleil se retirait peu à peu en une bande livide à l'horizon, il se mit à chantonner comme au temps où il le faisait galoper sur ses genoux. Et Tambiss, qui rentrait chez lui sur sa charrette, prit peur et le menaça de loin avec son fouet. Mandrognin ne bougea pas ; et quand il fut certain que les renards ne viendraient plus, il enfila les grosses raquettes qu'il s'était fabriquées avec de la corde et du bois et il commença à remonter vers Lu.

Il lui est facile, à Mandrognin, de marcher sur la neige, là où les autres enfoncent il reste à la surface, les gens dans les maisons peuvent le voir aux heures les plus inattendues voguer avec sa cape noire sur l'océan blanc des champs. Il n'est plus sellier et il vit du rafistolage des marmites en terre, les femmes l'appellent dès qu'elles le voient passer et il s'assied dans les cours pour travailler, en penchant sa grosse tête encore pleine de cheveux. Dans ces cheveux, les poux montent et descendent comme des grillons le long des épis. Il les laisse faire, il ne se gratte pas et tandis qu'il recoud les poteries avec du fil de fer, les femmes et les enfants regardent émerveillés sa grosse tête argentée briller comme la couronne de laiton du roi Hérode. Des poux aussi gros, on n'en a jamais vu, ils ont peut-être à voir avec le démon disent les femmes, quelque diable qui habite la maison de Mandrognin tout là-haut sur ce sommet où le figuier se dresse, plus haut encore après chaque gelée. Ce même diable qui lui a conservé toutes ses dents, et quoi qu'on lui offre à manger il le fait disparaître en un instant, pas une seule miette ne reste dans sa barbe. Mandrognin, lui demandent parfois les femmes, qu'est-ce que tu fais tout seul dans cette maison du diable ? Je danse, je chante et je fais la fête, répond-il en levant des yeux qui sont restés d'un bleu de ciel comme dans les peintures. Mais les enfants ont peur et s'éloignent. Peur de Mandrognin et de ses poux, de son amour fou pour Maria dont il n'approche plus la maison, à chaque fois c'est un grand détour pour l'éviter. Et si vraiment il doit passer devant, il se couvre le visage de ses mains pour ne pas voir et ne pas se souvenir. Ne pas se souvenir du temps où il voulait construire un traîneau et emmener Maria sur la neige comme une reine.

Mais cet hiver-là, Maria ne dépassa pas le seuil de la maison et même à la messe on ne la vit pas. Si le prévôt me veut, disait-elle, il n'a qu'à venir la dire ici, la messe. Dieu chez elle, parce qu'elle chez Dieu, il y faisait trop froid et elle s'y trempait les os. Le front appuyé à la vitre, elle regardait partir les autres et la Limasa la dernière, tenant Pietro-Giuseppe par la main. Elle les suivait du regard jusqu'à ce qu'elle ne voie plus voleter dans l'allée la longue écharpe colorée de l'enfant : et avec sa respiration qui embuait la vitre, seule dans la grande maison vide avec les portes qui grinçaient et s'ouvraient à chaque souffle de vent, elle attendait leur retour.

C'est ainsi qu'un dimanche, entre les branches squelettiques, elle vit Sacarlott qui tenait Gioacchino par la main. Sacarlott avait son plus bel habit, avec la chaîne en or en travers du gilet, et il lui faisait des signes de la main pour l'inviter à sortir. Les mains tremblant de joie, elle ouvrit la fenêtre et elle entendit la voix de Gioacchino : « Maman, lui disait-il, va me chercher mes chaussures... » Elle s'était aperçue alors que l'enfant était pieds nus : « Attends là, lui avait-elle répondu, je les ai, moi, tes chaussures ». Mais dans son émotion sa voix ne produisait aucun son, les mots restaient dans sa bouche comme de la ouate. Elle avait couru en haut et elle avait fouillé dans les tiroirs jusqu'à ce qu'elle trouve les grosses chaussures cachées au fond d'une armoire, mais tandis qu'elle redescendait en courant, en les serrant sur son cœur elle les avait senties sèches et dures à ne pas pouvoir les enfiler. Aussi était-elle allée à la cuisine prendre de la graisse pour les enduire, mais quand elle était revenue à la fenêtre Sacarlott et Gioacchino étaient partis. Alors elle avait commencé à les chercher en suivant leurs traces sur la neige, elle avait avancé entre les pommiers, s'enfonçant jusqu'aux genoux, le visage brûlant de l'angoisse de les avoir perdus.

Ils l'avaient trouvée au retour de la messe, les vêtements tout mouillés, serrant contre elle les grosses chaussures, huileuses et luisantes de graisse. A l'étage au-dessus, le désordre avait rendu les chambres méconnaissables. Personne n'avait voulu croire à son histoire et Fantina, avec un sourire voilé de compassion, l'avait presque arrachée de force à la fenêtre où elle continuait d'attendre.

Luis en revanche avait eu pitié de sa mère, il avait tourné autour des pommiers dénudés et sous la treille, semblable à une toile d'araignée tendue entre les piliers bleuâtres de vert-de-gris. Il avait traversé l'allée jusqu'aux étables où Gerumin sortait le fumier et il s'était arrêté devant la grange. Si Gioacchino était revenu, ce devait être là d'où il était tombé en volant, un lointain dimanche de juin, dans cette paille jaune qui se gonflait sous l'épaisse toiture de neige. Et tout à coup il s'était souvenu qu'il avait été jaloux de son petit frère, jaloux des attentions et de l'amour de son père, jaloux parce que tout le monde aimait Gioacchino et que Gioacchino ne marchait pas mais s'en allait toujours sautillant, tellement il avait le bonheur à ses trousses. Alors il l'avait appelé doucement, une fois, deux fois, et Gerumin qui passait avec sa carriole fumante emplie de fumier s'était arrêté : « J'l'ai vu moi aussi, avait-il dit, il était avec son père. » Et il avait fait un geste comme pour dire qu'ils s'en étaient allés. Partis, loin, en bas, par la route.

Quand le mois de mars arriva, et la neige formait encore des croûtes dures sur la terre, le roi Charles-Albert traversa Alessandria avec ses troupes. La guerre recommençait ; mais Luis n'eut pas le temps de repartir. Une fièvre des viscères (douteuse et dangereuse, dit Bigiot en lui palpant le ventre) le tenait au lit, épuisé. Le choléra était réapparu dans les villages le long du Scrivia et les soldats le répandaient peu à peu à travers les cours d'eau. Le phlébotomiste tourna avec consternation son regard vers Maria et Gavriel puis il prit un ton de commandement pour faire sortir de la chambre Pietro-Giuseppe qui jouait, assis par terre, avec ses deux cosaques ; et il demanda de l'eau pour se laver les mains. Il fallait faire venir un professeur de Casale, dit-il, et pour le moment personne ne devait sortir afin de ne pas contaminer le village.

Le roi fut battu à Borgo San Siro, à Gambolo, à la Sforzesca, à Mortara. Mais Luis guérit, quelques saignées avaient suffi pour faire descendre la fièvre et remettre de l'ordre dans ses viscères. Pietro-Giuseppe et la Limasa recommencèrent à sortir et à se montrer dans les boutiques, Maria envoya Marlatteira chez le prévôt afin qu'il sonne les cloches en remerciement du malheur évité.

Le prévôt ne voulut pas : le roi avait abdiqué et le général Passalacqua était mort avec des centaines de soldats. Le drapeau, le drapeau tricolore*, avait fini entre les mains des Autrichiens. Le prévôt pleure et le bénéficier le regarde, interdit, jamais il n'aurait imaginé dans ce vieux prêtre un ami des carbonari et des francs-maçons. Marlatteira se sauve et s'arrête à toutes les portes pour dire que le prévôt pleure parce que la guerre est perdue. Et quand enfin elle arrive à la maison et qu'elle raconte toute l'histoire, Luis, assis sur son lit pour manger une écuelle de riz, les cheveux collés à la tête par les longues suées, écoute en silence. Il ne dit pas s'il l'a connu, ce général, il ne demande rien. Il ne proteste même pas quand Marlatteira raconte que les soldats en fuite volent et font pire encore. Maria répète le récit de Sacarlott sur la mort du général Desaix mais à mesure qu'elle parle

(*) Vert, blanc, rouge, cf. p. 129 (N.d.T.).

ce récit lui semble maintenant une fable. Fable, qu'il ait pu y avoir un Sacarlott qui s'appelait Pidrèn et que ce Pidrèn ait pleuré, assis sur un banc, la mort de son général. Cette mort avait couronné une victoire, elle avait été pleine de sang mais aussi de gloire et de soleil ; et la souffrance, au lieu d'affaiblir, avait redonné du courage. Dans la pâleur de cette journée de fin d'hiver, Luis, assis sur le lit, le ventre sec comme si à la place il avait un trou, refuse la mort, la souffrance. Abhorre la gloire.

Les Autrichiens poussèrent jusqu'à Casale et la frayeur fut grande. Les jours de vent arrivait l'écho des coups de fusil et les vieux recommencèrent à raconter l'époque où Napoléon était venu et où on ne savait plus quoi était à qui. Les semences furent enterrées et Fantina cacha ses broderies ainsi que douze cuillers d'argent qui servaient dans les grandes occasions. Même la tabatière offerte par *Monsieur La Ville* fut serrée entre deux draps et l'on mura la malle sous l'escalier, de peur de voir apparaître d'un moment à l'autre les uniformes blanc et rouge des soldats de Radetzky.

Gavriel partit retrouver Rosetta du Fracin. Camurà avait traversé les lignes et négociait déjà à Milan, avec les Autrichiens, le nouveau *drap** rouge, lisse comme un velours. Gavriel resta clandestinement pendant trois jours dans la maison enclose par les aubépines qui commençaient à bourgeonner, et chaque matin Rosetta du Fracin descendait à la rivière donner de l'avoine à son cheval. Les volets fermés, parmi les dizaines de bibelots que Camurà avait rapportés de ses voyages en souvenir, les poêles qui brûlaient en continu et brillaient même la nuit, Gavriel, étourdi et épuisé, se serrait étroitement contre Rosetta du Fracin, l'embrassait en dormant, belle et chère à son cœur comme elle ne l'avait jamais

(*) En français dans le texte.

été : et après avoir fait l'amour sans pudeur, elle semblait sur les oreillers une jeune fille innocente.

A l'aube du quatrième jour elle l'accompagna jusqu'à la rivière, c'était une journée limpide et après tout ce brouillard on recommençait à voir les collines au loin avec leurs maisons une à une. L'eau scintillait entre les pierres et dans les peupliers les oiseaux se réveillaient avec de longs cris. Gavriel aurait voulu faire encore une fois l'amour, non parce qu'il en avait envie mais parce qu'il lui semblait qu'ainsi elle l'oublierait moins, que seul le faire et le refaire encore pourrait étouffer la jalousie qui empoisonnait son âme. Mais Rosetta du Fracin glisse de ses bras, elle a froid et elle ne sent dans l'air du matin qu'un grand désir de partir. Elle caresse en soupirant la croupe du cheval : et ses yeux qui peuvent communiquer à Gavriel tant de gaieté peuvent aussi créer une distance infranchissable, faite d'impatience et de cruauté. Il ne reste à Gavriel qu'à remonter en selle et à s'en aller lentement avec son cheval, tandis que de l'autre côté de la rivière des soldats égarés lèvent les bras pour demander de l'aide. Ils ont faim, ils veulent du pain.

Luis, encore convalescent, est allé à Braida où campent quelques soldats en déroute après Vignale. Il a emmené Pietro-Giuseppe avec lui et il marche à grands pas sans se soucier des jambes courtes de son fils, de la pluie qui a recommencé à tomber. Dans la cour du château règne une grande confusion, les enfants jouent pieds nus dans les flaques d'eau, les doigts meurtris par les engelures. Il y a longtemps que Luis n'est pas venu jusqu'ici et les murs d'enceinte et les étables sont mangés par la ruine. Dès qu'elle apprend son arrivée la Chevalière l'envoie chercher et il laisse Pietro-Giuseppe effrayé avec les autres enfants, pomme ronde et mûre au milieu de toutes ces petites pommes véreuses.

La Chevalière se repose étendue sur sa *dor-*

*meuse** avec sa cape de martre qui traîne sur le sol, son regard myope le fixe en aveugle, l'odeur de ses linges trempés dans le vinaigre se répand à travers le grand salon nu et le froid est tel que Luis a l'impression que dehors ou dedans c'est la même chose. Dès qu'il entre, elle lui fait signe d'approcher et il ne peut même pas dire la raison de sa visite que la Chevalière commence à parler, et elle parle si continûment qu'aucun mot ne peut se glisser entre une phrase et une autre. Elle parle, la Chevalière, des Autrichiens et des Français du temps où ils passaient par là, des Russes qui combattaient Napoléon. Elle parle de malheurs et de splendeurs, et elle demande à Luis ce que font à présent les soldats du jeune empereur des Habsbourg qui vient de monter sur le trône. Mais avant que Luis ne puisse répondre elle est déjà plus loin et la réponse, elle se l'est faite toute seule, sa bouche petite et gracieuse agite les larges plis de graisse de ses joues. Ses mains restées menues et pâles au milieu de toute cette abondance sans mesure lissent le vieux poil rongé de la cape et sa voix monotone est presque une musique.

Quand il parvint à se libérer, Luis se rendit dans les étables où cinquante soldats mangeaient du pain et des saucisses autour d'un feu allumé avec les mangeoires. Le toit s'était en partie écroulé et l'eau gouttait dans leur dos mais ils continuaient à griller leurs saucisses, les yeux larmoyant dans la fumée. Ils mangeaient en silence, et les valets autour d'eux regardaient chacune de leurs bouchées. Dès qu'ils virent Luis, ils s'écartèrent mais les soldats ne levèrent même pas la tête et répondirent à ses questions par des haussements d'épaules : il n'y avait plus d'armée, il n'y avait plus de roi. Les Autrichiens ? Peut-être déjà à Turin, à Asti, à Vercelli... Dans leurs dialectes, l'un de Ligurie, l'autre de Cuneo, ils juraient contre

(*) En français dans le texte.

les généraux, la pluie, contre la faim. Debout parmi les valets, Antonia écoutait avec attention, si frêle que pendant un instant Luis, dans l'obscurité de l'étable, la prit pour une fillette. Elle regardait les soldats puis elle regardait Luis, attendant qu'il dise quelque chose. Mais Luis la déçut ; les soldats mangèrent jusqu'à la dernière saucisse de la maison et Antonia se faufila et disparut dans le silence de sa robe sombre.

Lorsqu'il fut dehors, Luis dut chercher Pietro-Giuseppe qu'une des servantes de la Chevalière avait emmené faire un tour à travers le château. La nuit était presque tombée quand il prit avec l'enfant le chemin du retour, marchant sur les planches jetées par-dessus la boue. C'était comme si Antonia et lui ne devaient pas se rencontrer, ni maintenant ni jamais, mais tout à coup elle apparut en face de lui de l'autre côté de la passerelle et ils se retrouvèrent si proches qu'Antonia sentit contre son visage l'odeur du vin que Luis venait de boire. Ses mains la retinrent pour qu'elle ne tombe pas : Antonia était maigre, et il ne pouvait en être autrement dans une maison où l'on mangeait peu et mal, mais dans sa maigreur elle avait des courbes douces et pleines. Les bras de Luis se refermèrent d'instinct pour la garder et elle se laissa étreindre en souriant, sans l'ombre d'une timidité. Puis les bras la libérèrent et Luis descendit dans la boue pour lui laisser le passage, tenant bien haut l'enfant.

Avant de disparaître dans la cour, Antonia se retourna comme si elle voulait dire quelque chose mais la seule parole qui sortit finalement de ses lèvres fut *merci*. Luis lui aurait volontiers répondu en français lui aussi mais il ne le connaissait pas et, tenant l'enfant par la main, il prit la route qui longeait le torrent. Il ne pleuvait plus et il voulait montrer à son fils l'écluse où l'eau se précipitait dans un bouillonnement blanc.

Les rêves d'Antonia avaient été bien différents. Les récits que sa mère lui avait faits de sa jeunesse avaient projeté en elle des images semblables à celles d'une lanterne magique. Sur les enduits délavés, qui portaient encore les traces de l'inondation de 1839, son imagination avait donné vie aux histoires de la Chevalière et l'amour s'était illuminé de la flamme de mille bougies, son corps s'était abandonné à la danse dans les salons à colonnes de marbre, son cœur avait palpité en montant les grands escaliers où les traînes resplendissaient en battant les marches une à une.

Des rêves destinés à rester des rêves car elle, qui avait la peau si brune, personne ne serait venu la chercher dans cette cour où l'on était toujours en chasse pour un œuf et où l'on risquait à tout moment de se rompre le cou sur les degrés en ruine. Ce soir-là, après que Luis s'en fut allé, elle monta voir sa mère et lui raconta, la tête appuyée contre la fourrure de martre, la rencontre de l'instant d'avant sur la passerelle. La Chevalière lui caressa les cheveux et sa main en descendant vers ses yeux les sentit baignés de larmes. Antonia pleurait.

Luis non plus n'aurait jamais pensé reprendre femme, ni en reprendre une aussi pauvre, et sans terre, sans même des draps neufs à mettre dans le lit car le trousseau pour sa dernière fille, la Chevalière l'avait mélangé à ce qui restait du sien. Des pièces de lin brodées d'armoiries mais toutes rapiécées et des serviettes en toile des Flandres si élimées qu'on y voyait au travers. Une honte, avait dit Maria. La Limasa elle-même n'aurait pas osé se présenter ainsi dans une famille. Même les draps de Marlatteira étaient brodés à jours et d'un coton si robuste qu'on avait du mal à les plier. Pour une fois au moins, Fantina était d'accord avec sa sœur et elle disait que quand elle voyait Antonia il lui semblait voir la Vierge de Crea, qui avait foncé avec les intempéries.

Pourquoi Luis avait-il été si pressé de la demander en mariage, personne ne se l'expliquait ; lui, il continuait sa vie de tous les jours et deux fois par semaine seulement, le soir, il allait à Braida où la Chevalière le recevait étendue sur sa *dormeuse* et lui racontait sa jeunesse à Moncalieri* et à Turin, lui racontait Rome où son mari était allé comme ambassadeur extraordinaire et le pape l'avait béni trois fois avant de le nommer chevalier du Saint-Sépulcre. Elle racontait les fêtes, les cérémonies, le voyage dans la suite du roi jusqu'à Paris et elle lui parlait de ses cinquante bagues, avec chacune une pierre différente. Opale du Japon, zircon du Pérou, cornaline de Sibérie, saphir de Ceylan ; et une aigue-marine qui avait appartenu à la femme de Pierre-le-Grand, d'un bleu profond semblable alors à la couleur de ses yeux. Et dans la demi-obscurité du grand salon, les pupilles de la Chevalière fixaient Luis comme s'il y avait encore à l'intérieur la flamme d'une bougie.

Antonia, assise sur un tabouret, était glacée et sa peau brune devenait grise avec le froid. Une haleine blanche sortait de ses lèvres entrouvertes et elle écoutait, fascinée, les mains croisées autour de ses genoux maigres. Quand Luis s'en allait elle l'accompagnait dans les escaliers obscurs en se tenant à distance ; et si Luis tentait de lui effleurer la main, il la sentait glacée. Et pourtant ces doigts effilés, fins comme des rameaux bruns, parlaient un langage à eux, un langage rare. Ils promettaient beaucoup de choses, et ils juraient fidélité et amour.

Antonia était ignorante. La Chevalière n'avait jamais voulu envoyer ses enfants à l'école mais quand le moment des études était venu pour la dernière, même le bénéficier ne se serait pas contenté de ce qu'elle était disposée à payer. Si bien qu'Antonia

---

(*) Résidence des rois de Piémont-Sardaigne, tout près de Turin (N.d.T.).

avait appris à lire dans les livres sauvés de l'inondation, des *mémoires* en français du dix-septième, dix-huitième siècle, qui racontaient les aventures de Mme de Maintenon et de la du Barry, les intrigues de Mazarin, d'Henriette d'Angleterre, du duc de Guise. Mais elle ne connaissait rien d'autre et quand Luis parlait, elle l'écoutait en fronçant les sourcils et s'efforçait de comprendre, qu'il s'agit de la législation sur le bail à ferme ou des batailles de Napoléon. Elle suivait avec la même attention une poésie publiée dans le *Gazzettino Letterario* et le traité de botanique de Candolle. Ses yeux, fixés sur la bouche de Luis, étaient prompts à saisir chaque détail. Et quelquefois, si quelque chose lui semblait drôle, elle riait. Elle mettait alors la main devant sa bouche, qu'elle pensait trop grande ; et ce mouvement, sans qu'elle le sût, était plein de coquetterie.

Luis était impatient de l'épouser, poussé par la curiosité et par le désir que chacun de ses gestes réveillait en lui. Sa manière même, à présent que l'été était venu, de se promener pieds nus comme elle avait toujours fait depuis son enfance, était d'une liberté si naturelle qu'au lieu de la rendre vulnérable elle devenait une force. Et il n'y avait personne, homme fait ou jeune homme, qui osât lui manquer de respect même si parfois, pour un mouvement plus brusque, luisait l'éclair de ses mollets lisses et bruns. Une peau qui avait perdu avec le soleil sa pâleur grise de l'hiver, cependant que l'odeur de sa transpiration donnait à Luis des frissons.

On racontait beaucoup d'histoires sur Antonia, on disait qu'elle était le résultat d'un amour tardif de la Chevalière pour un soldat de Saint-Domingue, descendu en Italie à la suite de Napoléon et resté après la chute de l'Empereur pour soigner les nobles de toutes sortes de maux. Un métis, qui avait enduit de ses onguents le dos perclus de rhumatismes de l'ambassadeur extraordinaire que le pape avait béni trois fois. Et le contact de ses doigts avait tellement fait merveille que la Chevalière avait voulu en faire l'expérience elle aussi, de ce jour, l'ex-soldat de Saint-Domingue était devenu le second maître. Et quand l'ambassadeur était mort, la Chevalière, déjà avancée en âge, était enceinte de trois mois et le métis français se promenait dans Moncalieri avec un attelage à quatre. Mais en l'espace de quelques mois les dettes avaient mangé l'hôtel particulier, les voitures et les chevaux, les cinquante bagues avec chacune une pierre différente, et Antonia était née dans ce désordre général qui suit les grands bouleversements, entre un déménagement et une saisie d'huissier, au milieu des pleurs, des portes claquées avec fracas. Car l'ex-soldat de Napoléon avait disparu avec les derniers bijoux, y compris cette aigue-marine qui avait appartenu à la tsarine Eudoxie, et il n'était resté en souvenir de lui que la baignoire de zinc dans laquelle il prenait chaque jour son bain et où la nourrice faisait maintenant dormir l'enfant. Grande, sonore, bordée de frises de cuivre, la seule vue de cette baignoire avait donné à la Chevalière d'atroces douleurs aux tempes. Ces douleurs qui, quelque temps après, l'avaient reléguée sur la *dormeuse*, des linges imprégnés de vinaigre sur le front.

La Chevalière à présent voudrait hâter les noces mais il n'y a plus une seule lire à Braida, même pour organiser la plus modeste des cérémonies. L'argent, ainsi qu'il en est désormais depuis toujours, est sorti avant même de rentrer et la Chevalière envoie chaque jour demander si la somme promise par l'aîné de ses fils, capitaine dans l'armée du roi, est arrivée. La seule à ne pas être pressée, c'est elle, Antonia, éperdument amoureuse de Luis. Elle a peur. Chaque fois qu'elle se regarde dans le miroir elle tremble à la pensée de se montrer à lui si brune, un corps qui, aux endroits les plus secrets, devient sombre comme une forêt. Et la main devant son visage, elle regarde son reflet à travers ses doigts, atterrée par cette image qui lui semble exprimer quelque chose d'animal.

Cet été-là, en juillet, mourut Charles-Albert. Les troupes allemandes s'étaient désormais retirées depuis longtemps, après avoir restauré l'ordre, des impôts et une série impressionnante d'interdictions que le nouveau roi s'était engagé à respecter. Même la brève parenthèse de la République romaine avait été fermée et le scandale des larmes du prévôt pardonné. Asti, Turin, Casale, avaient été épargnés et tout semblait redevenu comme autrefois. Pietro-Giuseppe avait attrapé la varicelle mais après bien des angoisses pour sa santé on l'avait vu reprendre un matin ses jeux avec le chat ; et quelques jours plus tard le bénéficier était réapparu, avec sa soutane noire et ses chaussures qui agaçaient tellement Maria quand elles allaient et venaient à travers la pièce. Et la Limasa, tout à coup, s'était aperçue qu'elle n'arrivait plus à faire caracoler l'enfant sur son dos, grand et anguleux comme il était devenu.

Un après-midi du mois d'août, vers le soir, la charrette qui transportait la Magna Munja tourna de nouveau le coin de l'allée. Pietro-Giuseppe cessa de manger et la regarda descendre avec ses toiles encore vierges. La Magna Munja était devenue, si c'était possible, plus grande encore, plus grand son visage encadré par sa guimpe, et sa chair plus consistante ; et quand elle se pencha pour l'embrasser, Pietro-Giuseppe sentit tout son poids, comme des quintaux et des quintaux qui lui coupaient la respiration. Mais cette fois il ne ferma pas les yeux et, immobile, il la fixa comme les anciens peuples hébreux fixaient les Golem pour les dompter. Mais le soir, quand la Magna Munja rassemble la famille pour le rosaire, la fièvre le prend et il reste étendu sur son lit comme mort, les poings serrés, tandis que la Limasa lui baigne le front.

La rencontre entre la Magna Munja et Antonia eut lieu un après-midi où il faisait si chaud que les feuilles pendaient, inertes, et que l'herbe crépitait sous les semelles. Quand la Magna Munja la vit arriver dans l'allée, seule et sans chapeau, elle feignit de la prendre pour une gitane et fit le signe de la croix. Antonia s'était arrêtée sous les pommiers et Pietro-Giuseppe avait couru à sa rencontre, il aimait Antonia, il aimait son rire frais même s'il était rare, il aimait son silence et son grand calme. Ses baisers, rares eux aussi, qui ne soufflaient pas une haleine chargée comme ceux de Fantina ou de la Magna Munja. Cet après-midi-là il la prit par la main et la conduisit vers sa tante qui peignait sous le noyer. Alors seulement la Magna Munja montra qu'elle avait compris qui elle était et elle laissa échapper son pinceau en signe de surprise. Une haine soudaine, totale, avait décoloré ses lèvres.

Voilà, c'était elle : elle s'assiérait sur le tabouret devant l'épinette, elle prendrait le frais le soir au jardin dans le petit fauteuil d'osier comme s'il était le sien depuis toujours, elle donnerait des ordres à la Limasa et à Marlatteira. C'était *celle-là* que Luis, dans son inconscience oublieuse et misérable, dans son infidélite stupide, allait leur imposer à eux tous.

Elle allait toucher, utiliser, jeter le peu qui restait encore, effaçant de son obscure présence les traces fugitives et solaires de Teresina des Maturlin. Dans une intuition grossière et infaillible elle comprit ce qui avait attiré Luis. En un instant elle vit les courbes, la peau, elle dépista l'animal sous la toile fanée de la robe. Elle se pencha pour ramasser le pinceau à terre ; et elle avait déjà établi une stratégie.

Une fois redressée, elle leva un regard distrait et ses paupières tombèrent légèrement en signe de salut, puis elle revint avec son pinceau sur la toile cependant qu'Antonia qui allait s'élancer était restée les mains tendues, la bouche déjà prête au baiser. Le silence grandit entre la jeune femme debout et la religieuse assise devant son chevalet. L'une trempait son pinceau dans la couleur et l'essayait sur la palette comme si rien d'autre au monde ne comptait, l'autre debout dans l'ombre du noyer tentait de dire quelque chose à propos des fruits peints sur la toile et ses paroles tombaient dans le vide. Mortes, inaudibles pour les oreilles de la religieuse, elles sombraient dans le bourdonnement d'une guêpe, entre les pétunias fanés, les géraniums nains.

Pietro-Giuseppe fixait un lézard immobile sur le gravier : tzac ! et la langue éclair capturait un insecte invisible. Pietro-Giuseppe avait un haut-le-corps : « Maman, disait-il en tirant la main d'Antonia, maman... » La haine de la Magna Munja le frappa lui aussi, comme un coup de fusil. Antonia, tremblant sous l'offense, sentait les larmes lui serrer la gorge mais elle se serait clouée sur le gravier plutôt que de se soumettre, l'effort pour faire sortir sa voix avait commencé à la faire transpirer. « Ce sont des portugaises ? » avait-elle demandé en tendant le doigt vers la toile où étaient peintes quelques oranges. Ses yeux brûlaient et la Magna Munja pouvait en sentir l'intensité même sans la regarder, mais elle ne répondit pas : Antonia n'existait pas, elle n'était pas là. « Regarde, des portugaises », avait dit alors Antonia en se tournant vers l'enfant anéanti par le regard de sa tante ; et avant que Pietro-Giuseppe ne puisse lui répondre elle s'était mise à appeler d'une voix très forte : « Luis, criait-elle, Luis, *viens voir**, des portugaises... » et sa voix était cassée par les larmes.

Elle se mariait, elle se mariait tout de suite. Sans une lire, sans même une robe neuve, même pas la robe blanche. Elle se mariait plus pauvre que Maria tant d'années auparavant quand Pidrèn était revenu de la guerre. Sa sœur de Vigevano lui envoyait sa

(*) En français dans le texte.

robe de mariée, elle était longue et elle serrait à la poitrine mais elle ferait en sorte que ça aille, quitte à étouffer. Tout de suite, Luis, tout de suite : les mains fines, mouillées de sueur, se croisent dans celles de Luis, c'est comme de se lancer la tête la première, la bouche ne peut plus sourire. L'offense de la Magna Munja l'a touchée à l'endroit le plus fragile, celui qui relie les uns aux autres tous les fils de son existence, et l'orgueil est à présent un fer qui la brûle. Luis n'ose pas encore la serrer dans ses bras et ses mains remontent jusqu'à ses cheveux tirés sur les tempes, elles défont une épingle, les cheveux retombent, lourds et sombres, Antonia reste immobile : maintenant Luis va se sauver, il va avoir honte d'elle. Mais les mains de Luis restent comme prises dans ses cheveux ; ses yeux la regardent, ce qu'il attend d'elle est bien plus que ce qu'elle croit, que ce qu'elle craint de ne pouvoir donner, il veut la force qu'il sent dans son corps, son obstination et son intelligence, le calme de ses pas et son sourire rare. Tout le reste ne compte pas, ni la Magna Munja ni la terre disparue sous les hypothèques ni l'histoire du soldat de Saint-Domingue.

Le mot amour n'a jamais été prononcé entre eux et même maintenant Luis ne le dit pas, elle serre les paupières pour ne pas le désirer. Ni maintenant ni jamais.

Du mariage de Luis et d'Antonia, on parla longtemps. On en parla jusqu'à Moncalvo, Lu, Giarole, car un mariage pareil ça ne s'était jamais vu. Dans la cour, quand Antonia descendit avec sa robe blanche, les valets et quelques paysans s'étaient rassemblés, curieux de savoir comment les choses allaient se passer. Pour l'accompagner à l'autel, l'aîné des petits-enfants de la Chevalière était venu, un grand garçon blond tellement ahuri de se trouver là qu'il semblait transformé en bout de bois.

La Chevalière ne descendit pas, ce jour-là non plus elle ne quitta pas sa *dormeuse* parce qu'elle n'avait plus de chaussures à se mettre aux pieds, et elle donna sa bénédiction à sa fille dans le salon, de sa petite main devenue avec les années faible comme une feuille. Elle lui tint la tête serrée contre sa poitrine et Antonia plongea son visage dans la soie de la robe qui avait gardé, intactes, les odeurs familières depuis l'enfance. De sa mère affaissée sur la *dormeuse*, elle adorait cette senteur âcre de grand cétacé abandonné à la dérive sur une dernière plage et elle demeura muette, la bouche pressée contre l'étoffe. Jamais il n'était arrivé que la Chevalière la serre contre elle aussi longtemps et son cœur, comprimé par la robe blanche, commença à battre des coups désordonnés.

Personne de sa famille n'était venu, à l'exception du jeune petit-fils qui jouait à présent du violon dans un coin de la chapelle, tandis que la famille de Luis, au grand complet, s'amassait sur les deux bancs branlants à gauche de l'autel. Serrés les uns contre les autres, en habits de fête avec grande abondance de taffetas et de rubans qui, s'ils avaient fait leur effet au mariage d'Ivrea, soulignaient maintenant la différence d'époque et de saison, ils transpiraient ; et les pigeons qui avaient fait leur nid dans la niche au-dessus de l'autel entraient et sortaient par les fenêtres sans carreaux. Sur les bancs vides, inutilement préparés pour les parents de la Chevalière, les valets s'étaient glissés petit à petit, timidement, et ils regardaient d'un air extasié le jeune éphèbe blond faire vibrer l'archet, les joues empourprées par l'embarras. Le prévôt n'arrivait pas à trouver les instruments pour dire la messe et les enfants de chœur, atteints par l'atmosphère de la journée, couraient après les oies qui venaient de la cour faire une apparition sur le seuil. Pietro-Giuseppe les suivait d'un regard qui frémissait du désir de se joindre à eux mais la Limasa le tenait solidement par la main, prête à s'émouvoir si seulement l'occasion lui en était présentée.

Mais l'occasion ne vint pas. Le discours du prévôt fut bref, sec, quelques phrases qui exhortaient à la fidélité et à la crainte de Dieu qui voit tout, même *une fourmi noire dans une nuit noire sur une pierre noire...* Et chez tous ceux qui étaient là, à qui cette mariée comprimée dans sa robe blanche semblait plus brune encore, l'allusion à la *fourmi noire* suscita un certain malaise. Les yeux du prévôt s'étaient arrêtés sur Luis : ce qu'il lisait sur son visage lui semblait de nature peu rassurante. Et puis il s'agissait d'une seconde épouse. Tout était en règle : mais s'il devait jamais entrer au paradis, auprès de qui Luis prendrait-il place ?

La seule triomphatrice de la journée, majestueuse dans son habit immaculé, c'était la Magna Munja, qui supportait sans un battement de cil la chaleur, les oies, le chahut des enfants de chœur. Cette cérémonie était la juste punition de Dieu et un sourire méprisant l'isolait du reste de la famille, la mettant à l'abri de cette comédie honteuse. Et pourtant son cœur se faisait petit et amer, une tristesse irrépressible transpirait de cette chapelle, des fresques défigurées par l'humidité, de l'autel rongé par la maladie de la pierre. La pensée de la mort dominait cette stratification des événements qui finit par rendre méconnaissable ce qui avait été vivant et resplendissant. Même Pietro-Giuseppe, il lui semblait le voir avec des yeux différents : transitoire, fugace. Et tandis qu'elle le regardait se tortiller avec impatience pour se libérer de la main de la Limasa, elle ne parvenait pas à effacer cette pensée que dans peu de temps cet enfant ne serait plus là. Elle voyait l'enfant puis l'homme. Pietro-Giuseppe était éphémère, comme avait été éphémère la jeune religieuse qui s'était promenée au crépuscule en parlant de Dieu et de Mozart, éphémère Luis, qui avait serré par la taille sa femme enceinte alors que l'enfant pas encore né bougeait dans son sein. A côté d'elle sa mère pleurait doucement. D'émotion, de honte ? Ou de quoi d'autre ? C'était presque un piaillement et si la Magna Munja avait été une bonne religieuse, encline à la pitié chrétienne, elle aurait pris entre les siennes cette main qui s'appuyait sur le banc, lasse et déformée par l'arthrite. Mais la Magna Munja ne pouvait pas pardonner ; et puis ce violoniste faisait vibrer son archet sur les dernières notes d'une musique qui ressemblait atrocement à celle qu'elle avait écoutée dans ces soirées d'été à présent lointaines.

Il n'y eut pas de voyage de noces pour Luis et Antonia, il y avait le maïs à récolter et à battre, les vendanges qui arrivaient. Ils s'en allèrent seulement trois jours, durant lesquels nul ne sut jamais où Luis avait emmené sa nouvelle épouse ; Maria, malade, se mit au lit pour ne parler avec personne du mariage à Braida et la Magna Munja prolongea le rosaire du soir par la récitation de tout le chapelet.

Quand Luis et Antonia revinrent, on aurait dit un jour comme tous les autres, chaud et infesté de mouches. Chaque chose suivit son cours normal et Antonia prit place à la table à côté de Maria comme si elle avait toujours été assise là, devant la fenêtre aux volets tirés derrière lesquels on entrevoyait les pommiers. Personne ne se rendit compte que ce jour-là quelque chose changeait profondément, de même que personne ne s'était jamais aperçu pendant toutes ces années que la maison allait de l'avant toute seule, de son propre mouvement, comme une barque poussée par le courant. Depuis longtemps Maria ne s'occupait plus de rien et Fantina, quand elle ne parlait pas avec les ombres, restait silencieuse ; et quand elle buvait, ses propos comme ses désirs s'en allaient bien au-delà des murs de la maison.

L'autorité d'Antonia surgit, inattendue. D'autant

plus incontestée qu'elle était discrète. Son ton paisible ignorait les incertitudes, elle ne chancelait jamais, même dans les moments les plus difficiles. Elle parlait un dialecte entrecoupé de phrases d'un français recherché, limpide. *Fourmi noire dans une nuit noire*, Dieu peut-être l'avait vue mais Luis aussi.

Il avait choisi pour eux la grande chambre donnant sur le noyer et Antonia se retrouvait pour la première fois entre des murs peints de frais, dans un lit si grand et si confortable qu'on pouvait s'y enfoncer les bras étendus ; et jamais il n'y avait eu dans ses rêves de beaux lanciers du roi de moments aussi intenses. Luis lui mettait la main sur la bouche pour étouffer ses cris car au moindre grincement du lit la Magna Munja entonnait des oraisons à voix haute afin que l'archange Michel mette en fuite le diable qui se nichait dans la maison.

VI

LE DRAGON JUNOT

Antonia et Luis eurent quatre enfants, et si ce n'avait été à cause de Luis, Antonia aurait aimé en avoir quelques-uns de plus. La grossesse ne dérangeait pas ses rythmes, son appétit, son alacrité. Son corps mince et solide se rassemblait pour faire bloc autour de son ventre et elle portait ce poids comme, jeune fille, elle avait porté les seaux d'eau jusque chez sa mère et le dernier jour encore, infatigable, elle montait et descendait les escaliers, mettait de l'ordre, aidait Luis dans ses comptes. Les enfants naissaient tous avec des cheveux sur la tête, qui brun, qui châtain, qui encore de ce blond fragile qui avait été celui des seigneurs de Braida. L'un avait la peau claire et l'autre mate, avec des yeux doux comme des châtaignes. Aucun ne fut jamais mis en nourrice ; comme une sauvage, disait la Magna Munja, elle se les accrochait au sein et ne les en décrochait plus jusqu'au moment où ils montaient les escaliers tout seuls. Tous pareillement vociférants dès le premier instant de leur existence ; et dans les étables, quand on entendait le premier cri de l'enfant à peine venu au monde, on savait que Madame avait accouché une nouvelle fois.

Car en peu de temps la jeune fille brune et souvent pieds nus, qui l'été portait ses cheveux rassemblés sous un fichu comme une paysanne, était devenue *Madame*. Un titre qui n'avait jamais été conféré à

Maria mais qui lui avait été donné à elle, très vite, comme une investiture. C'était sa voix, ses gestes, son pas. Son regard qui joignait à l'intelligence une gentillesse immémoriale, liée aux fastes de sa famille. Les seigneurs de Braida avaient été croisés, gouverneurs de Milan sous les Espagnols, certains avaient fréquenté la cour de Gonzague, d'autres celle des Valois. Dans la manière dont Antonia remettait un œuf à Marlatteira ou faisait passer le peigne dans les cheveux ébouriffés de Pietro-Giuseppe, quelque chose différenciait son geste de celui des autres. Même sa patience avait le sceau de l'ancien temps, faite d'attente et de certitude, ainsi qu'avait dû être celle des souverains de jadis. Et quand elle donnait un ordre elle était obéie avec élan, comme si elle en avait plus que les autres le droit et que sa voix était destinée à commander par un pouvoir suprême. Mais surtout Madame ne demandait jamais ni l'inutile ni le stupide.

Ces enfants qui grandissaient autour d'elle, aussi différents physiquement l'un de l'autre que des chatons blancs, noirs, tigrés, avaient tous en commun sa grâce. La misère, les épreuves de sa vie de jeune fille, avaient enlevé toute arrogance au charisme de sa naissance, ne laissant intact que ce fil brillant qui semblait la parcourir comme de l'or.

Elle aurait dû être heureuse, peut-être à certains moments le fut-elle. Mais à d'autres moments, quand la fatigue creusait en elle un vide soudain, elle avait coutume de faire un geste mécanique qui la trahissait. De l'ongle de l'index, elle grattait tout objet qui se trouvait à portée de sa main, même le plus délicat. Irrésistiblement elle éraflait le vernis, arrivait au bois, au plâtre, jusqu'à saigner. Surprise, elle s'animait immédiatement pour faire oublier sa faute. Mais cet effort lui coûtait une fatigue terrible, ses lèvres devenaient blanches, ses yeux semblaient s'engloutir dans la pâleur grise de son visage. Souvent, par la petite fenêtre au bout du couloir, elle regardait en rêvassant le clocher et sa coupole en forme de bulbe recouverte de cuivre. A quoi pensait-elle, personne n'arrivait à l'imaginer, tellement ce comportement contrastait avec sa manière habituelle, calme, pratique. Bien loin des rêves. On aurait dit qu'elle attendait le battement des heures qui seul pourrait l'arracher au cercle fermé de sa peine, cependant que son ongle grattait le mastic sec qui maintenait la vitre et que le rebord de la fenêtre se tachait de petites gouttes de sang.

Et pourtant Luis était un bon mari et si parfois en chemin son regard, échappant à tout contrôle, suivait encore une jolie fille, il n'allait plus aux bals et il ne voulait pas tromper sa femme.

Cela arriva une fois, une seule. Ce fut durant la guerre de Crimée quand la cousine Monette vint avec son enfant, Tomà, qui avait besoin de l'air doux des collines. Elle était la femme d'un neveu éloigné de Maria, un lieutenant de vaisseau qui devait s'embarquer pour Sébastopol et voulait confier sa petite, sa précieuse famille à ses parents les plus proches car sa femme était étrangère, venue d'un pays lointain appelé Nouvelle-Calédonie. Le cousin partit presque tout de suite et sa femme et son enfant s'installèrent à la maison.

La cousine Monette avait des cheveux fins et blonds qui lui descendaient jusqu'à la taille et ses robes de mousseline nécessitaient un grand soin au moment du repassage. Idéales pour l'été, elles laissaient libres son cou et ses bras ronds et dorés. Elle arriva dans la maison comme un vent d'une nature inconnue, de bananiers et de cocotiers peut-être, de palmiers hauts dans le ciel, ou peut-être au contraire de volcans de lave noire, incandescents dans la nuit : personne ne connaissait la Nouvelle-Calédonie et même Luis avait du mal à la situer sur la carte du monde.

Elle parlait un italien laborieux qui l'obligeait

souvent à recourir au français et son fils Tomà montait à califourchon sur les chèvres, se hissait dans le noyer en grimpant le long des branches jusqu'à la cime et se promenait la nuit en petite chemise à travers la maison, surgissant des endroits les plus inattendus, malade d'un mal mystérieux qui lui rendait le sommeil impossible. Il avait, Tomà, une voix modulée, aiguë, assourdissante, qui reproduisait tous les cris des animaux et ceux qui commandaient aux bêtes ; mais quand il se mettait en colère il parlait dans une langue inconnue, saccadée. Puis, se repentant, il s'agenouillait aux pieds de sa mère et baisait l'ourlet de sa robe.

Pietro-Giuseppe et ses frères et sœurs, habitués à l'ordre calme de la maison, le regardaient avec stupéfaction, éblouis et émerveillés. Tomà était un enfant très beau mais son corps mince et en apparence privé d'articulations faisait peur car il semblait à chaque moment sur le point de se plier en deux et de se flétrir. Poussé lors d'un jeu, même par un des plus petits, il était projeté sur le sol à des mètres de là sans se faire aucun mal, tellement il était léger. Si léger que le jour où il tomba du noyer, quand tout le monde s'attendait à du sang et des hurlements, Tomà se releva d'un seul coup : « *Pardon* »*, dit-il, à cause de la branche qu'il avait cassée.

La cousine Monette brodait du tulle, se servant en guise de fil de ses longs cheveux, et elle s'asseyait à l'épinette, muette depuis si longtemps. Elle jouait de vieilles chansons françaises que les colonisateurs avaient apportées avec eux de leur lointaine patrie et qui peut-être ne se chantaient même plus en France. A son chant, par moments, elle mêlait des sons différents, frémissants, obsédants, qui enlevaient tout plaisir à l'écouter. Seul Tomà s'en réjouissait et battait des mains, heureux, joignant parfois sa voix à celle de sa mère.

(*) En français dans le texte.

Mais la grande passion de la cousine Monette était les tarots. Elle avait toujours avec elle un vieux jeu qu'elle disait avoir appartenu à sa bisaïeule, une pâtissière condamnée à mort pour avoir attenté par des beignets empoisonnés à la vie du grand Condé. Elle les battait, ces tarots, en faisant bruisser les cartes graisseuses et défraîchies entre ses mains potelées, si courtes que sur l'épinette elles devaient faire un saut pour passer du do au sol. Elle tirait les cartes à Maria mais aussi à la Limasa et à Marlatteira. A la Limasa, elle prédit un mari boiteux et riche, avec deux dents en or. A Marlatteira, un fils général. A Luis un *foh*.

« Un feu ? Quel feu ? » Luis rit dans l'ombre du noyer, le parfum de la cousine Monette est un mélange qui va si bien avec la blondeur et la finesse de ses cheveux, avec sa peau dorée. C'est sans doute l'odeur des noix de coco et des mangues, des fleurs qui s'ouvrent dans la forêt tropicale.

« *Peut-être ici* »*, dit-elle en mettant la main sur son cœur, le sein rond enfermé dans sa paume sous la mousseline claire. Dans son va-et-vient entre les enfants et la maison, Antonia passe, elle sourit à sa nouvelle cousine dont le mari est sur un brigantin voguant toutes voiles déployées vers la mer Noire. Elle ne sait pas grand-chose de la guerre, de la Crimée ni des Turcs, mais elle connaît bien le français et elle perçoit au passage ce courant de parfums et de regards sous l'ombre du noyer.

Elle ne sera pas jalouse Antonia, ou en tout cas elle ne le laissera pas voir ; et quand l'évidence sera par trop criante elle regardera ailleurs. Même le jour des vendanges, quand ils monteront tous ensemble à la ferme de la Grue et que la cousine de Nouvelle-Calédonie semblera s'être évanouie dans le néant, disparu également Luis avec son petit chapeau de

(*) En français dans le texte.

paille et le bâton du Grand Masten, et elle, seule avec Gavriel, à surveiller tous ces enfants qui sautent entre les rangs de vignes, font des dégâts, tombent, pleurent.

Quand finira donc cette malheureuse guerre ? Des bateaux qui font naufrage, les Russes, les Français, le choléra. Quand, Gavriel ? Gavriel lui sourit, bientôt, dit-il, bientôt, et en réconfort il étreint sa main tout à coup découragée, rugueuse, à cause de tous ces enfants. Un des petits tombe, Antonia se lève pour lui porter secours, elle le prend dans ses bras, nettoie sa bouche barbouillée de terre, un soleil grisâtre se couche dans les vapeurs roses de la journée, les vignes vendangées ont quelques feuilles déjà rouges, les bœufs s'acheminent sur la route en brinquebalant, le raisin emplit les charrettes jusqu'au bord. La terre est si belle en cette saison, avec le vert clair des roseaux le long des fossés, les pêchers et les cerisiers disséminés en bordure des vignes, le maïs déjà couleur de paille et la luzerne qui luit dans le jour qui s'en va. Là-bas, entre les roseaux, quelque chose bouge ; un lièvre, qui sait, un chat sauvage. *Peut-être ici*, a dit la cousine Monette en montrant son cœur. Mais il est tard, il faut penser à rentrer, mettre les enfants au lit, la Limasa est pire qu'eux et elle s'amuse à se cacher sans penser à la nuit qui tombe, Marlatteira est déjà prête qui attend avec une corbeille pleine de raisin sur la tête. Aux lèvres de Tomà, le sang s'est retiré, il saute comme un fantôme entre les sillons.

Le soir Zanzia est venu, il a perdu toutes ses dents dans sa jeunesse et joue d'un instrument de son invention : violon, harmonica et grosse caisse. Il en sort une musique qui donne une envie irrésistible de se déchaîner et les enfants sautent à bas de leurs lits, Pietro-Giuseppe est déjà au milieu de la cour qui danse, et il tourne et il tourne, avec ses cheveux qui ruissellent de sueur, ses pieds nus noirs de poussière, personne ne peut l'arrêter et ses frères et sœurs autour de lui frappent dans leurs mains, ils essaient de l'attraper par sa chemise. Danse le fils de Gerumin avec sa patte folle, danse Marlatteira et dansent les femmes venues pour les vendanges. La Limasa a pris Pietro-Giuseppe par la taille et pieds nus elle aussi, elle danse, on dirait une sorcière jaillie du tronc du noyer. Le raisin fermente sous la dernière lune de septembre, on n'a jamais vu de soir comme celui-ci, un brouillard de chaleur et de poussière s'élève dans l'air, Zanzia rit de toutes ses gencives vides et il joue avec de plus en plus de frénésie en agitant sa tête, affolé par sa propre musique. Fantina et Maria, immobiles, sont assises sur des chaises, semblables à deux totems dans les vapeurs de la nuit, quelques monosyllabes suffisent pour ce qu'elles ont à se communiquer et même maintenant elles restent silencieuses comme si elles étaient au théâtre, cependant que les enfants se sauvent de tous côtés, poursuivis par Marlatteira le balai à la main.

Gavriel est parti à cheval et il reviendra quand le soleil sera déjà haut et que Luis se sera résigné à se passer de lui. Antonia est allée à Braida où la Chevalière l'a fait appeler parce qu'elle se sent mourir. Elle n'a même pas vu le début de la fête ni Zanzia et l'instrument de son invention et, agenouillée aux pieds de la dormeuse, elle pose maintenant la tête dans ce giron où sont enfermées toutes les odeurs d'un univers qui s'enfuit. Elle pose sa joue contre ce qui fut, dans les traîneaux silencieux sur la neige, entre les torches des valets, dans les foyers des théâtres, un célèbre manteau de martre, et elle scrute le visage de sa mère, large et blanc dans la pénombre : comme un gâteau défait qui aurait perdu tout souvenir des ingrédients exquis d'autrefois. Un visage aimé qu'elle voudrait reconstituer et rendre à sa dignité perdue. Elle pleure son impuissance, Antonia, et les doigts de la Chevalière entremêlés dans ses cheveux glissent et tombent. Une caresse, une encore. La dernière.

Et Luis, et la cousine Monette ? Les bougies sont allumées de chaque côté de l'épinette mais la grande salle est vide, il plane un air de fin septembre, chaud et lunaire, les moustiques filiformes s'agrippent aux rideaux. Bien peu ont entendu la vieille chanson française interrompue à la moitié, étouffée par la musique de Zanzia, par le vacarme de la danse. La Limasa apparaît à la fenêtre sur le jardin, Pietro-Giuseppe la tire par le bras, il veut encore danser. Elle le repousse d'un coup sec, laisse-moi, dit-elle, laisse-moi, et elle regarde avec curiosité, sans savoir si elle doit ou non entrer pour souffler les bougies. Et pendant qu'elle regarde il lui semble entendre un cri étouffé, un gémissement provenant de l'ombre, et aussitôt surgissent dans sa mémoire les histoires à propos du Giaï qui revenait après sa mort jouer du violon, elle attrape Pietro-Giuseppe et elle se sauve en courant, elle trébuche, elle tombe de tout son long sur le pré. Très Sainte Vierge, quelle peur ! Peur des loups-garous qui errent les nuits de lune, des morts qui ne trouvent jamais le repos. Elle serre très fort Pietro-Giuseppe contre elle et elle le sent chaud, trempé de sueur. Couchés, ils regardent ensemble la lune et ses figures qu'on dirait dessinées dans la glace. Zanzia veut m'épouser, dit-elle, si je l'épouse il m'achète une robe et une paire de chaussures comme celles de la cousine Monette. Il te plaît ? demande Pietro-Giuseppe en la serrant encore plus fort. Non, répond-elle, je veux un beau garçon. Alors attends-moi, quand je serai plus grand je t'épouserai, moi. La Limasa rit, il l'étreint plus bas, là où il pense qu'un homme étreint une femme, elle le repousse en le faisant rouler dans l'herbe puis elle se relève et les doigts croisés, immobile, elle fixe la lune. Qui sait ce qu'elle demande, ce qu'elle promet, cependant que ses lèvres ânonnent des paroles incompréhensibles.

Pietro-Giuseppe resta couché sur le pré et s'endormit, un bras sous la tête. On ne sait pas qui laissa tomber, en passant, un mouchoir sur son visage, car dormir sous la lune fait venir l'épilepsie et des maladies incurables. Il eut l'impression, lui, que c'était la cousine Monette avec sa robe légère qui effleurait l'herbe et il essaya de l'appeler mais elle marchait comme dans un rêve et elle mordait dans une pomme, elle en avait d'autres serrées dans son bras contre sa poitrine et elle ne se retourna pas. « Cousine Monette ! » cria-t-il plus fort en ôtant le mouchoir. Les pommes roulèrent à terre et elle se pencha pour les ramasser tandis que sa robe laissait entrevoir son corps nu.

Alors Pietro-Giuseppe se rappela ce que son père avait dit sur les habitants de la Nouvelle-Calédonie, qui se promenaient sans vêtements et se peignaient le corps. Il avait raconté aussi que pour chasser ils se servaient, ces hommes et ces femmes, d'un morceau de bois recourbé qui, lancé sur la cible, revenait à son point de départ. Le petit Tomà avait dans sa chambre un de ces morceaux de bois, gravé de signes étranges. « Cousine Monette ! » appela-t-il une nouvelle fois, mais déjà elle s'en allait, emportant dans ses jupes les pommes ramassées. « Cousine, cousine... » et tout à coup il crut sentir l'odeur du cimetière, quand il y allait avec la Magna Munja, et son cœur fit un bond. D'excitation mais plus encore du désir que cette nuit-là, pour lui mettre un mouchoir sur le visage, sa mère fût passée près de lui. Teresina des Maturlin.

Maria et Fantina restèrent debout jusqu'au dernier moment, les mains croisées dans leur giron et un parapluie noir au-dessus de leur tête pour se protéger de l'humidité de la nuit. Elles ne bougèrent même pas quand la Magna Munja ouvrit toute grande la fenêtre et se mit à bramer qu'ils devaient en finir avec tout ce vacarme et tous ces péchés : Dieu les avait reconnus les uns et les autres et il les punirait tous, Gavriel et Luis, la cousine Monette, la Limasa et Zanzia, les valets qui volaient le vin. Elle criait si fort que même Zanzia en eut des sueurs froides et il eut besoin de tout son courage pour continuer à jouer. Les enfants, déjà au lit, se cachèrent la tête sous les couvertures et se bouchèrent les oreilles pour ne pas entendre. Seules Maria et Fantina sous leur parapluie ne s'émurent pas : une fête comme celle-là, elles ne voulaient rien en perdre, Dieu seul savait si elles en verraient une autre.

Luis et la cousine Monette furent les seuls à ne pas entendre les cris de la Magna Munja. Les bougies de chaque côté de l'épinette avaient brûlé jusqu'au bout et les dernières gouttes de cire avaient coulé sur le chandelier. Quand tous s'en allèrent dormir, n'ayant plus la tête ni au vin ni à la musique, Luis passa fermer les fenêtres et ses pas résonnèrent dans le silence dévasté de la maison. C'était l'aube déjà, et ce n'était plus la peine d'aller au lit ; il regarda vers le jardin et dans les premières lueurs incolores où se dessinaient les pommiers il vit Pietro-Giuseppe recroquevillé sur le pré, le mouchoir sur le visage. Il essaya de le secouer mais Pietro-Giuseppe dormait si profondément qu'il se contenta de se retourner de l'autre côté, en frissonnant. Alors Luis le prit dans ses bras bien qu'il fût déjà grand et lourd, il ne l'avait jamais fait, et tandis qu'il fatiguait à monter les escaliers il éprouvait tout à la fois de la tendresse et de la peine. Il lui semblait que Pietro-Giuseppe était plus son fils que les autres, plus à lui, mais il sentait en même temps qu'il l'aimait moins.

La cousine Monette partit avec les premiers brouillards, les nouvelles arrivant de Crimée étaient de plus en plus incertaines et les fièvres intermittentes de Tomà avaient repris. Le choléra, qui avait tourné aux alentours pendant un an, était arrivé dans le village avec un étranger venu acheter du bétail. Tous avaient été saisis d'une grande peur et les portes se refermaient en hâte, les poulets qui s'échappaient sur la route étaient rappelés à grands cris. Une mélancolie était venue à la cousine Monette et quand Rosetta du Fracin vint en visite de condoléances pour la mort de la Chevalière et proposa de l'emmener avec elle, elle accepta avec joie. De chez Camurà, dit Rosetta, elle pourrait ensuite continuer pour Gênes ou Tomà aurait l'air de la mer et elle des nouvelles fraîches de Crimée.

Jeune fille, quand son père allait à Braida pour quelque travail à faire, Rosetta du Fracin avait joué avec la petite Antonia. Elles s'étaient amusées à se cacher dans le labyrinthe des corridors, parmi les hautes étagères de livres, et souvent Antonia était montée sur son dos, heureuse de se promener comme en voiture, s'accrochant aux cheveux roux de l'unique fille du Fracin. La belle femme de Camurà est assise maintenant dans la grande salle et, vêtue de dentelles et de taffetas, fait la connaissance des enfants de Luis l'un après l'autre ; et celle qui lui plaît le plus, c'est Sofia, qui a les yeux foncés de sa mère et la peau claire de Luis. Elle la prend sur ses genoux et lui chante la chanson du *Cochon qui boite*.

Debout, les bras croisés, Gavriel la regarde et l'amour est si évident dans ses yeux que les mots tremblent sur les lèvres de Rosetta et quand elle arrive près de la porte pour dire au revoir, elle éclate en larmes. Tout le monde pense que c'est à cause de la Chevalière qui lui offrait des rubans de soie lorsque, jeune fille, elle allait au château. Mais Gavriel sait quelle est la vraie raison et lui qui était heureux de cette visite, il devient acerbe avec sa belle-sœur, à cause de tout ce qu'ils ont, elle et Luis, et qu'eux deux n'auront jamais. C'est à ce moment-là que Rosetta du Fracin a retrouvé son courage, essuyé ses larmes et, regardant Antonia au fond des yeux, a offert d'emmener la cousine Monette avec elle.

La cousine Monette arriva à Gênes en décembre et apprit que son mari avait été blessé par un coup de canon tiré d'une goélette turque : mais les tarots lui disaient qu'il était déjà mort. Elle l'écrivit dans une lettre adressée à toute la famille, cette lettre était d'une belle calligraphie mais composée de tant de langues différentes qu'elle était difficile à déchiffrer. Elle remerciait tout le monde et elle regrettait ; elle écrivit *regrette** et seule Antonia comprit ce qu'elle voulait dire. Les autres pensèrent aux vendanges, à la fête et aux belles journées pendant lesquelles la cousine Monette, à l'ombre du noyer, avait brodé du tulle avec ses longs cheveux.

Luis lut la lettre à voix haute plusieurs fois, s'arrêtant sur chaque mot, les enfants assis par terre jouaient avec le chat et Sofia berçait la poupée que Rosetta du Fracin lui avait envoyée et qu'elle avait cousue de ses propres mains. Pietro-Giuseppe étudiait avec le bénéficier dans la pièce sur la cour et l'on entendait la voix de stentor du prêtre, qui allait et venait, les mains croisées dans son dos, Antonia en deuil raccommodait un pantalon. Par les fenêtres on ne voyait que le brouillard et les vitres étaient sillonnées d'eau ; les vendanges, la fête et la grosse caisse de Zanzia se perdaient dans le lointain, scellées par cette dernière image des deux femmes qui s'en allaient, l'une blonde et l'autre rousse. Si différentes et pourtant d'une certaine manière semblables, avec leurs jupes larges et leurs capes qui effleuraient les briques du sentier. Entre elles deux, léger comme un papillon, le petit Tomà.

Le mari de la cousine Monette était mort en septembre dans un hôpital de Balaklava. Il avait souffert de la soif et de la chaleur, il avait été tourmenté par

(*) En français dans le texte.

les mouches et par les puces qui se glissaient sous ses bandages, il n'avait pas cessé de penser à la femme qu'il était allé se chercher dans ce pays du bout du monde. Avec elle, il avait été heureux pendant quelques années, trop peu d'années. Il dicta quelques lettres à son voisin de lit et il appelait sa femme des noms les plus tendres, il lui disait que chaque nuit il rêvait d'elle et que dès qu'il serait de retour, ils prendraient une maison dans les collines et vivraient là avec le petit Tomà, sans plus jamais se quitter. La dernière lettre, il la dicta avec une forte fièvre. Il délirait et son voisin de lit avait du mal à transcrire. Peut-être oublia-t-il quelques mots, ou bien il en confondit certains avec d'autres.

On ne revit plus au pays la cousine Monette. Elle se remaria avec un Portugais qui faisait commerce de diamants et elle fit le tour du monde sur un brigantin à vapeur. Elle mourut de la variole à Athènes et son fils Tomà, demeuré à Gênes, reçut en retour par mer sa malle avec ses robes de mousseline claire et son jeu de tarots. Et par l'intermédiaire d'une personne secrète et de toute confiance, un petit sac de saphirs bleus de Ceylan qui devaient servir à payer ses études.

Le grand événement des années qui suivirent fut la guerre de 1859, quand Victor-Emmanuel II établit son quartier général d'abord à San Salvatore puis, pour quelques jours, à Occiminiano, qui se trouvait à quatre kilomètres à peine.

La guerre commença au printemps ; la neige avait disparu depuis peu et au matin les arbres se fondaient encore dans le brouillard, la Limasa devait passer allumer les poêles pour que les enfants ne prennent pas froid en se levant.

Elle n'avait épousé personne, la Limasa, pas plus un beau garçon qu'un mari riche et boiteux avec deux dents en or. Ses amours commençaient dans la cour devant les étables et se terminaient dans les meules de paille avec le garçon qui venait vendre des carpes et des brochets pêchés à Pomaro ou avec Catagrata qui passait avec sa carriole de fromages. Aux prêches de Fantina sur la vertu de la pureté, elle opposait une résistance hostile, son regard s'assombrissait et dans son visage large que le silence rendait plat, son nez se dressait, plus pointu encore. La virginité de Fantina ne l'intéressait pas, et quant à la prudence, elle en savait plus long qu'elles toutes. La Ciapa Rusa lui avait tout appris quand, petite fille encore, elle allait, pour une écuelle de millet, lui laver les linges qu'elle avait souillés avec les hommes.

Mais cette année-là, cela tourna mal pour elle. Tout commença avec le premier dragon français qui apparut sur son cheval tout en haut de la grand-route. Son casque brillait sous la pluie et il regardait autour de lui en faisant tournoyer son panache ; finalement il décida de descendre, chevauchant lentement entre les flaques. D'autres le suivaient, et les enfants se précipitèrent dehors pour les voir et derrière les enfants les femmes, les jeunes gens, les chiens qui aboyaient sans troubler un instant le pas solennel et cadencé des étalons. La Limasa arriva quand ils défilaient déjà sur la place, elle portait Duardin sur un bras et tenait Sofia par la main tandis que Pietro-Giuseppe la suivait, les mains dans les poches, avec un petit chapeau tout avachi par la pluie.

Les dragons remontèrent la rue par la côte, disparaissant deux à deux avec le postérieur lisse et rebondi des chevaux, leurs flancs puissants. Le dernier dragon arrêta son cheval et descendit devant la boutique du boulanger. La boutique était petite et elle semblait ne pas pouvoir le contenir, par la porte restée ouverte la Limasa voyait scintiller les brandebourgs. Pour un dragon comme celui-là elle aurait tout donné, Duardin, Pietro-Giuseppe et les années à venir.

Elle avait vingt-huit ans, la Limasa, et une âme de petite fille même si elle était passée entre beaucoup de mains, toujours et uniquement par amour. Il lui semblait à présent qu'elle était prête pour donner son cœur et quand le dragon, sortant de la boutique avec un cornet de biscuits, lui demanda où il pouvait trouver le *phlébotomiste**, elle se sentit s'évanouir. Duardin lui glissa des bras : « Qui ? » demanda-t-elle dans un filet de voix, aveuglée par la splendeur de l'uniforme. Ce fut Pietro-Giuseppe qui lui expliqua que le phlébotomiste c'était Bigiot, qui venait tirer le sang. Le regard fixé sur les miettes qui parsemaient la moustache du dragon la Limasa avait du mal à comprendre. « *Phlébotomiste* », répéta patiemment le dragon, et il enleva son casque et une tête fauve de lion resplendit au-dessus des brandebourgs.

Un éclair traversa l'esprit de la Limasa, elle confia les enfants à Pietro-Giuseppe et, se désignant elle-même du doigt, fit signe au dragon de la suivre. Pâle, tremblante, elle traversa la place à ses côtés. Elle trébuchait sur les pierres et chaque fois qu'elle était sur le point de tomber, le dragon la soutenait de sa main noueuse couverte de poils rougeâtres. Le cheval suivait derrière sans avoir besoin d'être guidé par les rênes et elle sentait les postillons sur sa robe.

Ils défilèrent à travers tout le village et la Limasa marchait en regardant droit devant elle tandis que ses pieds s'enfonçaient dans les flaques, et chaque fois qu'elle manquait glisser, il lui semblait que cette main prête à la soutenir la contenait tout entière, âme et corps. Bigiot n'était pas chez lui et ils restèrent dehors assis sur un banc pour l'attendre jusqu'à ce que la nuit tombe, le dragon lui parlait de son village et de sa vie, elle ne connaissait pas le français

(*) En français dans le texte.

mais qu'importe, elle comprenait tout, et elle riait ou elle pleurait selon que le récit était gai ou triste. Quand elle pleurait, le dragon essuyait ses larmes avec ses gros doigts. Il ne fit rien de plus c'était un dragon qui n'aimait pas les femmes et il venait d'un village d'Auvergne qui s'appelait Le Puy, un village avec sept rochers et sept châteaux, un au sommet de chaque rocher.

Quand Bigiot arriva il avait cessé de pleuvoir, le dragon le fit monter sur son cheval et ils disparurent tous les deux dans la nuit. La Limasa rentra à la maison sans avoir aucune peur de marcher seule dans l'obscurité et à peine arrivée se fit écrire par Pietro-Giuseppe le nom du dragon et de son village. Elle cousut en hâte un petit sac et mit à l'intérieur la bande de papier où était écrit à l'encre de Chine : Junot Julien, Le Puy. Elle le suspendit à son cou et fit vœu de ne plus jamais l'enlever.

Le dragon Junot passa trois autres fois par le village et à chaque fois la Limasa était sur le bord de la route qui se tenait bien droite et agitait la main. La pluie glissait sur le casque du dragon, s'égouttait des épaulettes et trempait le drap de l'uniforme, la peau de selle en mouton noir, le cheval retenu par les brides hennissait, et le dragon passait si près que la Limasa aurait pu toucher sa belle botte brillante.

Quand le régiment fut transféré, la Limasa se joignit aux femmes et aux enfants qui montaient chaque jour à San Salvatore dans l'espoir de voir le roi. Il y avait presque sept kilometres, la plus grande partie en montée à travers champs, et la Limasa enlevait ses sabots pour ne pas glisser. Ses pieds se blessaient, ses talons s'ouvraient et saignaient mais rien ne l'arrêtait, et le bonheur de ce mois de mai lui semblait différent de tous ceux qu'elle avait jamais ressentis. Un bonheur qui allait si bien avec cette pluie légère qui s'arrêtait en gouttelettes dans les cheveux et pénétrait, fraîche, entre les lèvres. Pour elle c'était le Père éternel qui l'envoyait chaque jour : une rosée, fine, d'un vert de prairie.

Un mois de mai qui part tout en eau, le blé à peine levé retombe aussitôt sur la terre marécageuse, les femmes qui montent voir le roi à la ferme des Poma se couvrent la tête avec des sacs et au retour les vêtements sont si trempés qu'ils collent aux jambes. Pietro-Giuseppe suit la Limasa dans toutes ses sorties, il grimpe derrière elle jusqu'à San Salvatore et sur le chemin du retour il est tout content, parce qu'elle n'a pas vu le dragon Junot. Dans la descente, il se laisse glisser, il chante avec la belle voix qui lui vient de sa mère, les femmes s'arrêtent pour l'écouter, il devient rouge de honte mais dans le crépuscule personne ne s'en aperçoit. Il n'y a qu'elle, la Limasa, qui reste indifférente, elle ne l'entend même pas ; elle n'a pas vu le dragon Junot mais elle est heureuse quand même, parce que demain certainement elle le verra. Et sinon demain, sûrement après-demain.

Mais le jour où la nouvelle arrive que les Français sont à Valenza pour arrêter les Autrichiens, la Limasa ne se contente plus d'aller jusqu'à San Salvatore. Elle veut monter dans la charrette de Zanzia qui emporte du vin à vendre aux soldats. Il y a sous les nuages bas un grondement sourd, on ne comprend pas si c'est le tonnerre ou le canon qui tire au loin, la Limasa rassemble ses jupes et se hisse en s'agrippant à la ridelle jusqu'à ce qu'elle se trouve sur la charrette au milieu des tonneaux de vin noirs. Pietro-Giuseppe saute derrière elle dans un bond et ils se mettent à l'abri sous la grande toile tendue pour protéger le chargement. La charrette part dans un cahot, la pluie a recommencé à tomber plus fort, elle frappe la toile et Zanzia jure parce qu'il voudrait être à la place de Pietro-Giuseppe, au chaud près de la Limasa. Et ils roulent et ils roulent, bien plus loin que la ferme des Poma, qu'est-ce que tu as promis à

Zanzia pour qu'il t'emmène, lui demande Pietro-Giuseppe, rien, rien, répond la Limasa en se tirant plus en arrière sous la toile, je le jure. La charrette brinquebale et ralentit, la route est comme du savon, et les coups, c'est sûr maintenant, ne sont plus des coups de tonnerre, c'est le canon. La Limasa met ses bras autour de ses jambes et reste silencieuse, les yeux pleins de lumière et d'attente.

La nuit est tombée et l'on est sans nouvelles de la Limasa et de Pietro-Giuseppe. Luis a envoyé regarder sur la grand-route de San Salvatore mais les derniers revenus ont dit qu'il n'y a plus personne là-haut, les soldats ont chassé tout le monde parce qu'on a besoin des routes dégagées pour les troupes. Les Autrichiens ont passé le Pô et les soldats arrivent de tous côtés pour les arrêter. Dans la cuisine où le linge sèche près du feu, les enfants pleurent, Marlatteira les console en les serrant contre sa poitrine, ils cessent une minute et ils recommencent aussitôt après. La charrette de Zanzia est arrêtée dans la boue, il ne sait plus s'il doit continuer ou tenter de faire demi-tour, la pluie tombe si dru qu'elle empêche de voir. Des éclaireurs à cheval passent et disent que les Autrichiens avancent, ils ont traversé le Pô a Frassineto. Et tout à coup ils se mettent à hurler contre les civils qui gênent les opérations, qu'est-ce qu'ils font là, cette femme et ce garçon, allez, allez, rentrez chez vous, les sabots des chevaux envoient des éclaboussures de boue, la Limasa pleure, elle a peur, Pietro-Giuseppe serre les dents de rage, lui non, dit-il, il n'a pas peur, et maintenant qu'ils sont arrivés jusqu'ici il veut continuer, voir les Français, les canons, les Autrichiens. Il a presque quinze ans, il est grand, robuste, ses cheveux s'échappent de son bonnet ; et Zanzia le regarde en se demandant s'il doit l'écouter, la Limasa n'ose plus rien dire.

Gavriel a fait seller son cheval, Maria s'est réveillée de la torpeur qui la prend vers le soir et elle le supplie d'attendre, ce sont des enfants, dit-elle, la Limasa n'a pas de tête elle non plus depuis qu'elle l'a perdue pour le dragon, ils sont peut-être déjà en train de revenir, ils se sont peut-être abrités dans une ferme, aller les chercher dans le noir, c'est du temps perdu. Attends, attends, tu vas voir qu'ils vont revenir... Elle le retient par la manche, ses doigts serrent fort, elle revoit l'hiver qu'elle a passé avec Gavriel dans la maison de Mandrognin, il lui semble sentir à nouveau l'odeur de cuir des selles, entendre les bruits de ces matins limpides et lumineux. Attends, attends encore un peu... à Gavriel, à sa tristesse, elle est liée dans le secret de son cœur.

La nuit est venue et le Pô a envahi les champs, il a soulevé la charrette de Zanzia et le flot l'a entraînée au loin, les éclaireurs à cheval ont oublié la Limasa et Pietro-Giuseppe et ils ont disparu dans la lueur des torches qui fument sous la pluie, l'eau engloutit les munitions, emporte la paille pour les chevaux, charrie des buissons et des animaux. A l'aube, Luis est monté derrière Gavriel sur le cheval et ils ont grimpé péniblement jusqu'à San Salvatore. A la ferme des Poma, une lumière jaunâtre filtre à travers les fenêtres mais les soldats ne laissent pas les civils approcher. Nul ne sait rien de la Limasa et du garçon, on ne sait pas grand-chose non plus de ce qui s'est passé là en bas, vers le Pô, des soldats sont morts, d'autres ont été blessés. D'autres encore ont disparu et peut-être se sont-ils noyés. Les chiens hurlent à la mort sur les marécages et les bêtes qu'on a sorties des étables inondées gênent le passage des Français venus chasser les Autrichiens.

Luis se sent mal et Gavriel le laisse à l'auberge pour monter au sommet de la tour construite par Napoléon à l'époque de la bataille de Marengo. Il fait jour maintenant et de là-haut il peut voir la plaine jusqu'à Alessandria, la courbe lente et argentée du Tanaro entre les rives de peupliers. Mais il ne voit pas de charrette, personne qui ressemble à la Limasa ou au garçon.

Luis s'est jeté sur un banc, il a la barbe en désordre et les cheveux ébouriffés. Il tremble de froid. Un soldat l'a recouvert d'une capote et a donné l'ordre à l'aubergiste de lui apporter à boire. Mais Luis a une forte fièvre et il n'arrive pas à desserrer les dents, le vin coule sur la capote. Il délire et c'est comme si à la place du soldat il avait devant lui une femme, tu es toute mouillée lui dit-il comment vas-tu faire maintenant pour entrer dans le lit, tes mains, tes pieds sont glacés. Ses yeux se perdent dans les yeux du soldat penché sur lui ; et le soldat se précipite dehors en appelant Gavriel à grands cris parce que son frère est en train de mourir.

Est-il possible de dormir toute une nuit et le jour suivant sans jamais se réveiller, dans une zone battue par des voltigeurs, des sapeurs, des zouaves, des turcos*, des clairons et des lanciers ? L'après-midi, une vivandière passa et elle laissa près de la Limasa un quart de miche de pain, ils la mangèrent en dormant, distinguant vaguement les pantalons qui dépassaient de sous ses jupes, ils mâchèrent sans ouvrir les yeux. Pietro-Giuseppe rêva longuement, certains rêves étaient terrifiants, d'autres au contraire inoubliables de félicité.

Quand il les raconta à Marlatteira, elle fit beaucoup de conjectures sur son avenir mais bon nombre de ces rêves étaient alors devenus confus dans l'esprit de Pietro-Giuseppe et le seul dont il se souvenait clairement, c'était une aiguille de feu qui ouvrait dans sa chair des trous ardents ; mais ensuite une langue passait sur sa peau, fraîche et légère, et parcourait tout son corps et ce feu devenait une tiédeur

---

(*) Soldats de l'armée coloniale (N.d.T.).

semblable à celle de l'herbe de Juin et sa peau, de plaisir, se couvrait de plumes. A ce moment-là, Marlatteira le regarda bien en face, elle vit sa barbe encore clairsemée, ses grands yeux gris et les cernes, une pomme d'Adam naissante, comme un os de poulet dans son cou ; et un sourire qui n'était pas un sourire mais plutôt un froncement dubitatif de sa bouche passa comme une ombre entre elle et le garçon. Puis elle se tourna vers les fourneaux en marmonnant quelque chose à propos de ceux qui dorment à la belle étoile. Les chênes, dit-elle aussi, sont l'endroit où les sorcières se rassemblent, jamais s'arrêter la nuit sous les chênes. Avec les sorcières, il y a souvent le diable sous la forme d'un chat, d'un âne ou même d'un cheval.

Il s'était passé que lorsque la charrette de Zanzia avait été entraînée par l'eau, Pietro-Giuseppe et la Limasa avaient eu le temps de sauter, et ils avaient vu la charrette se balancer, se cogner en tous sens et finalement se renverser, et Zanzia avec, qui s'en était sorti en s'agrippant à une branche. La Limasa semblait transformée en pierre tandis que l'eau tourbillonnait autour de ses jambes, et elle jurait que si elle avait la vie sauve elle se comporterait comme Fantina voulait. Plus rien, avec aucun homme. A ce moment-là, Pietro-Giuseppe était parvenu à l'agripper et à l'entraîner vers une petite colline bordant la route puis, son souffle retrouvé, il avait couru en la tenant solidement. Un soldat d'Occiminiano qui passait par là les avait reconnus et leur avait hurlé de s'arrêter, qu'il les ferait monter sur son mulet. Mais personne désormais n'aurait pu arrêter Pietro-Giuseppe ; et quand la Limasa ne fut plus capable de courir tellement ses pieds étaient abîmés, il la chargea sur ses épaules. La Limasa était raide, inerte, mais il avait continué à monter en pensant à tous les récits de l'inondation de 1839. Quand il la laissa tomber, épuisé, au pied du chêne, il ne pleuvait plus et quelques étoiles apparaissaient çà et là entre les nuages. Le chêne avait un feuillage si épais que la terre dessous semblait sèche et ils s'étaient endormis enlacés comme lorsque Pietro-Giuseppe, enfant, entrait dans le lit de la Limasa pour se réchauffer. A la différence de Pietro-Giuseppe, la Limasa ne rêva pas.

Elle ne se rappelait même pas avoir mangé le pain et quand un zouave commença à la gifler sur les deux joues pour la réveiller, elle s'assit d'un seul coup, effrayée. Ses vêtements étaient défaits et le zouave commença à lui palper les jambes.

Mais Gavriel ne crut pas à l'histoire du chêne et des sorcières, Luis était encore au lit, malade, et il se chargea lui-même de punir Pietro-Giuseppe. Il alla chercher le fouet et celui qui était son préféré parmi ses neveux fut fouetté pour la première et unique fois de sa vie.

Même Sacarlott en son temps n'avait jamais osé une chose pareille, et Maria et Fantina bouleversées se penchèrent sur l'aîné des enfants de Luis et par-dessus son corps s'embrassèrent et se parlèrent comme autrefois. Pietro-Giuseppe s'ébroua pour échapper à leurs caresses et il s'en alla dehors dans le pré où se trouvaient ses frères et sœurs et se mit à jouer avec un corbeau apprivoisé, aussi calme que si rien ne s'était passé. Par moments, il regardait la Limasa qui courait en portant Evasio sur son dos. Ce visage lui était cher ; plat, ravagé par la variole, un nez semblable à celui de ces poupées de pain qu'on vend dans les foires, il en voyait toute la laideur sans pour autant l'aimer moins. Il ne se repentait de rien et si elle s'était arrêtée un instant, il lui aurait souri. Mais la Limasa semblait avoir oublié le canon qui tirait à Valenza, la charrette de Zanzia et l'eau comme un torrent sur la route, la longue nuit passée enlacés sous le chêne. Elle criait parce que les autres enfants s'accrochaient à ses jupes pour prendre la place d'Evasio, et elle les chassait du pied.

La Limasa ne renonça pas au dragon Junot et Pietro-Giuseppe continua de la suivre à chacune de ses sorties. Les Autrichiens arrivèrent jusqu'à Casale et comme dix ans plus tôt on prit des dispositions pour tout, au cas où les hussards et les uhlans feraient leur apparition dans le village. Mais cette fois-là encore, les Autrichiens ne vinrent pas et nul ne vit les grenadiers hongrois tellement redoutés ; on racontait d'eux que quand ils possédaient les femmes, ils leur arrachaient les oreilles d'un coup de dents.

En revanche Napoléon III passa dans une calèche découverte et ils allèrent tous le voir, y compris Maria et Fantina, abritées sous le parapluie noir ; mais, tenues à distance par le piaffement énorme des chevaux, la poussière, les projections de cailloux, elles ne virent presque rien. Il y avait aussi, galopant derrière l'Empereur, le dragon Junot en grand uniforme et la Limasa chercha à l'apercevoir au milieu des autres Ce n'était pas facile mais à un moment le dragon se détacha de ses camarades et quand il passa à côté d'elle, il laissa tomber à ses pieds un petit bouquet d'épis encore verts. Ce ne fut qu'un instant, puis la calèche de l'Empereur disparut sur la grand-route d'Occiminiano et il ne resta plus des dragons qu'un mouvement indistinct d'hommes et de chevaux, un horizon scintillant semblable à un mirage.

Pendant tout le temps où le quartier général du roi demeura établi dans la villa des marquis de Passano, la Limasa et les enfants allèrent à Occiminiano chaque après-midi. Il y avait un peu plus de trois kilomètres, tout en plaine, et Marlatteira qui connaissait beaucoup de chansons venait avec eux. La terre sentait encore la pluie et les chaussures se crottaient, les orties piquaient les jambes, ils marchaient sur les bords herbus et la Limasa chantait elle aussi, les enfants attentifs écoutaient. Pietro-Giuseppe qui ne voulait pas se mêler à eux marchait derrière les mains dans les poches. Mais quand un soldat passait et que ses frères et sœurs se retournaient, il disait : « Zouave » ou bien « Lancier, artilleur ».

A Occiminiano, Marlatteira sortait la polenta du panier et ils s'asseyaient sur les bancs de la place pour goûter, tandis que les soldats allaient et venaient, que les roues des voitures faisaient résonner les pavés et que des lieutenants et des généraux passaient dans un grand fracas de chevaux. Les enfants regardaient bouche bée, les jambes pendant du banc, un jour ils virent le roi et le trouvèrent très beau, bien qu'il ne le fût pas. Il avait le visage troué de variole et la Limasa en fut contente. Moi, comme le roi, disait-elle en se touchant les joues. Les soldats plaisantaient avec elle, qui avait oublié le serment fait quelques jours auparavant. Ils plaisantaient même avec Marlatteira et ils insistaient pour poser leurs mains sur elle et sentir ses deux cœurs. Pietro-Giuseppe, debout à l'écart, mordait dans sa tranche de polenta et il ressentait de la honte pour elles. Et en même temps que de la honte, de la colère et du mépris.

Ils rentraient à la maison avant la nuit et en chemin Evasio s'endormait dans les bras de la Limasa, Marlatteira tenait par la main les deux autres qui se laissaient traîner, les yeux lourds de sommeil. Personne ne chantait plus et les hirondelles volaient bas pour gober les insectes du crépuscule. On sentait le printemps, humide, soudain, intense.

Montebello, Palestro, Magenta, Melagnano*. Trop de soldats, trop de chevaux, trop de Français qui mangent et boivent gratis. Même si les batailles sont gagnées et que des villes qui semblaient si lointaines deviennent soudain à portée de la main, le chiendent prend facilement dans les champs négligés et les

---

(*) Sanglantes victoires sur les Autrichiens (N.d.T.).

roues de l'artillerie écrasent dans les sillons le maïs à peine levé. Les sabots des chevaux dévastent les vignes. Les taxes emportent les économies. Les boucles de Gavriel ne sont plus serrées comme autrefois, quand on le regarde de dos, on voit affleurer un crâne qu'on dirait sculpté dans du bois de châtaignier, plus carré que rond. Il passe désormais toutes ses soirées à la maison et personne n'ose lui demander quoi que ce soit.

Il ne rêve plus depuis des années, Gavriel, il a cessé d'imaginer, et ses pensées, comme la chaîne d'un puits, font toujours le même grincement. Rosetta du Fracin a quitté la maison avec le chêne et le jardin empli de fleurs, elle n'habite plus les pièces au plafond bas encombrées des objets souvenirs de Camurà, qui annonçait du dehors son arrivée en faisant claquer son fouet. Elle a déménagé dans un hôtel particulier d'Alessandria où les plafonds sont hauts et couverts de fresques et où les meubles ont des reflets d'ambre. Camurà traite d'égal à égal avec des financiers et des industriels, industriel lui aussi puisqu'il a toujours assez d'argent pour en investir dans toutes sortes d'entreprises. Quand Gavriel est entré avec sa pèlerine, le chapeau à la main, Rosetta du Fracin est venue à sa rencontre dans la splendeur intacte de sa maturité, ses cheveux aux reflets de feu dénoués sur la blancheur immaculée de son cou. Elle jure qu'elle l'aime comme autrefois mais dans cette maison, ce n'est plus possible de se rencontrer, deux femmes de chambre grandes et vêtues de noir traversent les vastes pièces pour allumer les lampes et l'appellent *Madame* à la française, en inclinant leur tête surmontée d'une petite coiffe. Elles regardent avec hostilité les bottes crottées de Gavriel, sa pèlerine trempée de pluie. Camurà a cessé d'aller de par le monde et il reste assis dans un bureau en face de la gare où six employés attendent ses ordres. Certains matins, saisi par la nostalgie de cette femme dont il a si peu profité, il rentre à la maison bien avant midi.

Ce n'est pas possible, ni à la maison ni dehors, tout le monde connaît les deux chevaux pommelés de la voiture de Camurà. Car il a fait les choses en grand, l'ex-marchand ambulant de tissus, il veut que dans la province tout entière jusqu'à Turin on parle de son argent. Alors, où ? Elle hoche la tête, pensive, elle se concentre en tenant son front dans sa main, comme sa bouche charnue est belle, et belles ses épaules, et le mouvement de son dos tellement fait pour l'amour. Où ?... Elle a laissé retomber sa main sur la poitrine, elle le regarde avec tellement de douceur maintenant et elle évoque des souvenirs de cette fois-là, en bas à la rivière, et puis cette autre encore et la première, tu te souviens, la première. Un frisson la parcourt ; mais elle ne dit pas où, il n'y a plus de *où*. C'est impossible, tu vois ?

C'est un mois de juin tritste aussi pour la Limasa. Le roi et Napoléon III s'en sont allés, leur entrée à Milan a été un triomphe, les illuminations ont éclairé la nuit et les gens ont dansé dans les rues sur la défaite des troupes de l'exécré Radetzky. Même Alessandria a eu son heure de gloire quand l'Empereur des Français est apparu au Théâtre royal avec toutes ses décorations, et celui qui applaudissait le plus fort, c'était Camurà qui, gamin, tirait sa charette dans les marchés et qui a maintenant une loge rien que pour lui, où il prend place à côté de celle qui était autrefois la fille du forgeron anarchiste.

La Limasa a cherché le dragon Junot dans les camps, elle a interrogé tous les soldats qu'elle rencontrait. Aucun ne pouvait lui répondre jusqu'au jour où elle a trouvé un zouave de Kabylie qui à sa question s'est mis à rire, il l'avait vu oui, le dragon Junot, et comment qu'il l'avait vu, ça n'arrive pas tous les jours de voir un dragon courir à toutes jambes sans pantalon, poursuivi par un grenadier qui veut lui tirer dessus... Le zouave de Kabylie est bas sur pattes, râblé, il a une paire de moustaches qui lui tombent dans le cou et un nez qu'on dirait de bois tellement il est dur et décharné, grand, recourbé, un nez qui fait de l'ombre à ses joues, tantôt à droite, tantôt à gauche. Il allonge la main pour toucher la Limasa, pour voir si elle est vraie, si consistante, si bien faite de corps. Elle se sauve et le zouave l'attrape par son tablier, la Limasa tire un grand coup et le tablier reste dans les mains du zouave. C'est un tablier neuf, dit-elle, rends-le moi. Elle pleure. Le zouave le lui jette par terre, elle lui fait peine, avec ses marques de variole, autrement son visage serait peut-être même beau. Ton dragon, lui dit-il, il est... Ce mot-là, la Limasa ne le connaît pas et elle croit que c'est un endroit, une ville. Elle prend le tablier et elle demande où se trouve donc ce..., il est tard, elle doit rentrer à la maison. Pourquoi tu ne reviens pas demain, lui dit le zouave, comme ça je te l'explique, je suis pas un dragon mais pour certaines choses, je te jure que je suis bien mieux. Essaie et tu verras.

Le zouave de Kabylie buvait : bière, vin, cidre, n'importe quoi pourvu que cela eût un goût d'alcool. Ce fut la faute d'une bouteille d'eau-de-vie de pomme, débouchée pour fêter la victoire Une eau-de-vie qui avait rendu la tête de la Limasa transparente, elle voyait passer tous ses rêves comme s'ils se réalisaient les uns après les autres et son corps n'en finissait plus d'avoir envie. C'était vrai que le zouave pour certaines choses était doué, sûrement plus que le dragon qui n'aimait pas les femmes mais plus aussi que Catagrata ou que le garçon qui pêchait les carpes et les brochets à Pomaro, et son haleine était de feu. La Limasa oublia ce que la Ciapa Rusa lui avait enseigné à l'époque où elle allait lui laver ses linges pour une écuelle de millet ; et quand elle s'en souvint il était trop tard. Même la Madone-des-Neiges n'aurait pas pu faire le miracle.

Le zouave voulait l'épouser mais il n'avait pas de

maison et encore moins de terre, il n'avait que ses dons pour faire l'amour. Et pour ça il était toujours prêt. Mais il était laid et ne connaissait guère le savon, même l'eau-de-vie de pomme n'arrivait pas à chasser la puanteur. La Limasa passait la nuit éveillée à se tâter le sein et le ventre et elle décida un après-midi d'aller voir la Ciapa Rusa.

Quand elle poussa la porte elle ne vit personne, la pièce était très obscure et une chèvre était attachée à la cheminée, elle grattait le sol avec ses sabots. Puis, du lit, arriva la voix de la Ciapa Rusa. Elle était devenue si petite qu'on aurait dit une poupée de chiffon, ses cheveux rares et gris emmêlés formaient une crête. Elle lui dit depuis le lit ce qu'elle devait faire. On ne comprenait pas bien parce qu'il lui manquait des dents et il y avait de tels relents dans la pièce que la Limasa, au lieu de se faire répéter au moins ce que la Ciapa Rusa venait tout juste de dire, s'échappa après avoir posé deux sous sur le lit. Et jamais le ciel, les champs, le soleil qui se couchait dans une poussière d'or ne lui semblèrent aussi beaux.

La nuit, elle rêva qu'elle était au milieu d'une pièce et que des mains sortaient des murs et se tendaient pour l'attraper ; et quand à grand-peine elle réussit à ouvrir les yeux, elle se retrouva pelotonnée dans un coin, le visage baigné de larmes. Au matin, assise dans la cuisine, elle raconta son rêve à Marlatteira et elle avait une grande envie de vomir dans son assiette C'était une belle matinée de plein été et une lumière limpide frappait les casseroles de cuivre accrochées au mur, Marlatteira lui avait pris les mains et les tenait serrées dans les siennes, elle avait fermé les yeux et refaisait à l'envers le rêve de la Limasa. La Limasa regardait son front où les derniers cheveux poussés, gris, crêpus, laissaient passer les rayons du soleil et elle voyait briller dans ces cheveux de petites gouttes de sueur qui devenaient de plus en plus grosses. Puis Marlatteira lui lâcha les mains et ouvrit lentement les yeux, des yeux ronds, aux iris entourés d'un cercle plus noir : elle avait tout compris, la Limasa était enceinte et ce n'était pas le dragon. Elles se souvinrent toutes les deux de la cousine Monette qui avait prédit à la Limasa un mari boiteux et riche avec deux dents en or et à Marlatteira un fils général. La cousine Monette avait dû se tromper, dit Marlatteira, le mari boiteux et riche, c'était elle qui l'épouserait et la Limasa aurait le fils général. Cet enfant, elle devait le garder et envoyer le zouave au diable.

La Limasa pleurait et elle ne voyait plus rien, ni le front couvert de sueur de Marlatteira ni les casseroles de cuivre qui reflétaient le soleil. Aveugle, elle pleurait sur le dragon Junot qu'elle avait perdu pour toujours, parce qu'à présent si jamais elle le rencontrait elle aurait honte et elle se tournerait de l'autre côté. Mieux valait épouser Zanzia, disait Marlatteira, qu'un zouave qui l'aurait emmenée dans Dieu sait quel coin sauvage mourir de privations, elle et l'enfant.

Mais la Limasa ne voulait pas épouser Zanzia ni aucun autre, elle voulait rester fidèle au dragon Junot qui avait été contraint par la faute d'on ne sait quel malheur de s'enfuir sans son pantalon.

Des histoires comme celles de la Limasa, Antonia en avait entendu bien d'autres dans la cour de Braida, et quand elle lui raconta qu'elle était enceinte du dragon et qu'il était mort noyé dans le Tanaro, elle fit semblant de la croire et lui passa un mouchoir sur son visage inondé de larmes.

A Maria et Fantina, on raconta que la Limasa s'en allait pour épouser un soldat français. En toute hâte, parce que les troupes de l'Empereur avaient commencé leur retour, Gavriel la fit monter sur la charrette qui allait tous les mardis à Lu vendre du stockfish et encore une fois ce fut Mandrognin qui fut mis à contribution.

La Limasa s'asseyait sous le figuier, là où autrefois Maria s'était assise, et elle tressait de la paille pour en faire des paniers. La paix avait été signée à Villafranca et Napoléon III s'était embarqué à Gênes dans une girandole de feux d'artifice. Le zouave était rentré chez lui et il n'y avait plus un seul dragon français, ils s'en étaient retournés deux à deux avec leurs chevaux de l'autre côté des Alpes. De là-haut, la Limasa pouvait voir les paysans sarcler, piocher et faucher comme chaque année, sombres et lointains sous leurs grands chapeaux de paille. Les dernières voitures passaient dans un nuage de poussière et Catagrata avançait péniblement avec sa carriole sur la route qui s'arrondissait comme un ruban autour de la colline. Mandrognin ne parlait jamais, quelquefois seulement, quand il pétrissait le pain, il chantait. C'était toujours la même chanson : *La pauvr'Olanda / C'est la femm' d'un tambour / De tout'les tavern'ell' fait l'tour / Pour chercher son mari**... Les larges mains soulevaient et battaient la pâte et la Limasa le regardait avec hostilité parce qu'il lui semblait que la chanson contenait une allusion méchante ; mais Mandrognin pensait à bien autre chose et les poux sautaient dans ses cheveux. La Limasa, il ne lui parlait jamais, parce que sa grande faiblesse à lui ç'avait toujours été d'aimer de belles femmes et la Limasa, il ne voulait même pas la regarder.

Celui qui prit le plus mal les choses, ce fut Pietro-Giuseppe, qui ne crut pas un seul instant à l'histoire du mariage avec le soldat français. Il ne lui fut pas difficile de se faire dire la vérité par Marlatteira ; mais quand il l'eut connue il aurait voulu effacer chaque mot de cette histoire, tellement le monde en était changé de savoir que la Limasa avait fait un bâtard avec un zouave alors qu'elle aimait le dragon

---

(*) *La Pôvra Olanda* : vieille chanson piémontaise (N.d.T.).

Junot. La Limasa l'avait trompé, idiote, menteuse, infidèle. Il avait pu supporter son amour pour le dragon parce que d'une certaine manière il le trouvait légitime, mais cette monstruosité-là l'anéantissait.

Il allait à travers champs dans les premières vapeurs humides de l'automne, piétinant violemment les mottes de terre, trébuchant, se tordant les pieds, la gorge sèche d'avoir trop marché. Il s'asseyait, le dos contre un mûrier, et en regardant du côté de Lu lançait des imprécations contre elle et contre les enfants qui naissent du ventre des femmes. Il prenait à voix haute la défense du dragon offensé par la nullité des sentiments. Il tapait de la tête contre le tronc du mûrier, les paupières serrées pour retenir ses larmes, regrettant pour la première fois sa condition d'orphelin.

Un après-midi, à son retour, il trouva Gavriel qui l'attendait dans l'allée et dès qu'il fut à portée de voix, Gavriel commença à lui faire des reproches, il fallait que ça cesse, disait-il, toutes ces vadrouilles pendant qu'eux, ils étaient là à se rompre les os de fatigue. Luis, son père, après les fièvres qu'il avait attrapées en mai par sa faute, avait recommencé à souffrir de sa jambe et pourtant chaque matin à l'aube il était déjà dehors. Pietro-Giuseppe continua à monter l'allée sans lui répondre et Gavriel essaya de le saisir par le bras quand il passa près de lui, Pietro-Giuseppe tira un grand coup et s'arrêta plus loin, le regardant fixement de ses grands yeux gris. Gavriel sentit sa voix monter dans sa gorge et mourir, il jura en dialecte et il lui sembla le haïr, ce petit gars débraillé et costaud. Va-t'en, lui dit-il, tu n'es pas des nôtres, tu es de la race des Maturlin.

Pietro-Giuseppe fronça à peine les sourcils, l'offense l'atteignait en un point indéterminé dont il n'avait jamais évalué la vulnérabilité. Il tourna le dos et entra dans la maison, ses frères et sœurs coururent à sa rencontre et Sofia voulut être prise dans les bras.

Il se coucha par terre au milieu d'eux et, dans la lumière du feu de la cheminée, les joues colorées par l'air, il semblait redevenu un enfant, laissant Sofia aller et venir le long de ses jambes étendues sur le sol et Evasio jouer avec les boutons de sa veste.

Depuis qu'il a été fouetté, l'adolescence de Pietro-Giuseppe a pris fin, fini le temps de la tendresse et de l'abandon, est arrivé celui des jugements et les siens sont déjà sans pitié. Pas même pour toi, *Barba** Gavriel, qui a perdu l'une après l'autre les occasions de la vie. Il le regarde, assis à la table et faisant les comptes avec Antonia, et ses doigts lissent les cheveux de Sofia, le feu éclaire ses bas raccommodés au pied, raccommodés par la Limasa qui venait le soir près de son lit éteindre la lumière. Qu'est-ce qu'ils en savent, eux, de ce que la Limasa était pour lui, lui qui n'a pas eu de mère et presque pas de père, qu'est-ce qu'ils en savent de son odeur de blé et de lait qui depuis toujours le consolait du noir. De son rire semblable au vacillement d'une chandelle quand elle s'en allait en glissant, lui faisant palpiter la gorge.

« Pietro... » Gavriel l'appelle, il regrette ce qu'il lui a dit, Pietro-Giuseppe lève la tête, Sofia aussi, et Duardin et le petit Evasio. « Pietro ! » La voix de Gavriel s'est faite plus forte, c'est une voix brusque mais d'une certaine manière aussi, implorante, et Sofia se laisse glisser en bas des jambes de son frère, Antonia interrompt ses comptes. Pietro-Giuseppe, assis par terre, les cheveux dressés, ressemble à un grand pantin aux joues peintes. Tous attendent ce que Gavriel va dire et soudain la sensation du comique submerge la peine, la colère et même l'orgueil, et Gavriel rit. Il rit comme quand il était jeune, comme avant qu'Elisabetta ne s'en aille et que son père ne le chasse de la maison, avant que Gioacchino ne s'envole dans les battements d'ailes de sa petite veste marron.

(*) Oncle, en dialecte (N.d.T.).

Antonia rit, et les enfants aussi. Et Pietro-Giuseppe rit à son tour, d'un rire léger à peine voilé par l'embarras, sa main gratte dans ses cheveux souillés de terre et d'écorces d'arbre. Mais ce pardon que Gavriel attend, les yeux de Pietro-Giuseppe, comme distraits, le lui refusent.

La petite fille de la Limasa naquit au début du printemps. La sage-femme, dès qu'elle vit le chiffon rouge que Mandrognin avait accroché au figuier en guise de signal, grimpa le long du sentier plein de trous. Il y avait un grand vent là-haut, Mandrognin avait déjà fait bouillir l'eau et des linges étaient étendus près du feu, mais la sage-femme prit peur quand elle vit la Limasa : elle avait la peau violette et se tordait et grinçait des dents et dès que la sage-femme s'approcha d'elle, elle l'empoigna et lui planta ses ongles dans la chair. Mandrognin, immobile, attendait à la porte qu'on lui dise ce qu'il devait faire, indifférent à cette scène comme s'il l'avait déjà vécue bien des fois. La sage-femme l'envoya dehors parce qu'à le voir la Limasa s'agitait encore plus et Mandrognin sortit en claquant la porte sans se soucier du tremblement qui avait saisi la femme ; et celle-ci vit passer derrière les vitres embuées sa grosse tête blanche. S'il était vrai que le diable était ici chez lui, alors il était sûrement enfermé dans le ventre de la Limasa ; et au lieu de l'aider, la sage-femme commença à réciter des oraisons. Puis un coup de vent ouvrit toute grande la fenêtre et l'on entendit la voix de Mandrognin qui chantait *La pauvr'Olanda / C'est la femm' d'un tambour...* La Limasa lança un hurlement et la sage-femme n'eut pas le temps de tendre les mains que le bébé avait déjà passé toute la tête dehors.

C'était une petite fille grande et maigre avec des cheveux blonds sous lesquels on voyait battre les veines du crâne, mais son visage était rond et coloré et la sage-femme ne se souvenait pas d'avoir jamais vu un nouveau-né aussi gracieux. Elle se mit aussitôt à la laver et à la langer avec un grand soin, oubliant la Limasa qui était redevenue pâle, les trous de variole ressortant sur son visage tiré par la souffrance, le corps agité de frissons. Mandrognin apparut à la fenêtre et demanda ce que c'était, la sage-femme vint lui montrer le bébé sur le rebord. Mandrognin avait tout juste sorti le pain du four et il l'invita à venir le manger avec lui sous le figuier. La nuit tombait et le froid du soir piquait la peau, Mandrognin alla chercher du vin mais la sage-femme, après le second verre, se souvint de la Limasa et courut, effrayée, à l'intérieur de la maison. La Limasa n'avait pas bougé, elle n'avait même pas touché le bébé posé à côté d'elle dans le lit ; et si la sage-femme n'était pas revenue, elle se serait laissée mourir, vidée de son sang, les yeux fermés, froide comme si on l'avait couchée dans la neige.

Cette petite fille, la Limasa voulut l'appeler Olanda et nul ne put la faire changer d'idée. Sur les fonts baptismaux, le prêtre lui donna également le nom de Maria mais dès la sortie de l'église ce Maria était oublié. La Limasa se remit vite et deux jours après l'accouchement, elle était déjà à la fontaine pour laver ses linges, à l'aube, pour que personne ne la voie. Pendant un mois elle garda la petite avec elle et la nuit, quand elle pleurait, c'était Mandrognin qui la berçait et lui donnait à boire car une fois qu'elle l'avait allaitée, la Limasa ne la touchait plus. Ce fut encore Mandrognin qui choisit la paysanne chez qui la mettre en nourrice, elle devait être jeune et robuste et habiter dans la colline, pas trop loin. Quand il l'eut enfin trouvée, il lui promit que si la petite était bien tenue, il travaillerait pour elle sans compensation, un jour par semaine. N'importe quel genre de travail.

La Limasa revint habillée en deuil : son mari, le

soldat, était mort, dit-elle, et elle reprenait son service. Les enfants lui firent grande fête, ils ne cessaient de se serrer contre elle et de l'embrasser, de la tirer par ses jupes. Elle demanda quelque temps après au prévôt si elle pouvait quitter le deuil, qui attristait la maison. Le prévôt lui fit comprendre qu'elle pouvait toujours s'habiller comme elle voulait, ça ne changeait rien, pourvu qu'elle fasse pénitence de ses péchés. Et tout redevint comme avant.

Pas pour Pietro-Giuseppe. Quand la Limasa était descendue de la charrette qui la ramenait à la maison et que les enfants avaient couru à sa rencontre, il avait fait semblant de ne pas la voir et tandis qu'elle racontait avec force détails la mort du soldat son époux et sa brève, merveilleuse félicité, il s'était mis à lire et peu après, il était sorti de la pièce, agacé par le vacarme. Le soir, quand la Limasa ouvrit la porte pour lui éteindre la lumière, la chambre était déjà dans l'obscurité, et dans cette obscurité, une voix qu'elle ne reconnaissait pas lui demanda ce qu'elle voulait, elle eut un moment d'hésitation jusqu'à ce que cette même voix la priât de refermer la porte parce que lui, il voulait dormir.

Comme Luis et Gavriel, Pietro-Giuseppe était lui aussi maintenant du nombre des personnes qui intimidaient la Limasa. Quelquefois seulement, les yeux du garçon se posaient sur son visage et gris, pensifs, semblaient se demander ce qui avait bien pu arriver pour renverser de la sorte la signification des événements. Quelle force négative avait bien pu la pousser à vaincre les désirs de son cœur et à les sacrifier à ses impulsions. A trahir quand nous voulons être fidèles. A oublier ce dont nous voudrions nous souvenir jusqu'à notre mort. Alors, disait ce regard, mon enfance dans tes bras, ma main qui a grandi sur toi, notre vie, Limasa, rien ne vaut la peine de souffrir.

A l'automne, vint en visite l'aînée des sœurs Maturlin, celle qui avait emporté la fourrure de rat musqué avec le manchon et le bonnet à poil. Elle s'était mariée, et elle était assise sous le noyer, élégante comme toutes les Maturlin, belle encore, et encore magnifiques aussi ses grands yeux bleus et son sourire. Mais son charme, cette sorte de défi dans son visage à la fois délicat et brutal, ce mélange de vulgarité et de grâce qui frappait tant dans ses manières, tout cela s'était perdu dans la satisfaction placide de ses joues pleines, de ses traits détendus. C'était une dame mûre qui riait volontiers et caressait les enfants, si contente de la vie qu'elle trouvait chaque chose merveilleuse : le noyer, la maison, les gâteaux de Marlatteira. Elle s'éventait avec ses gants et les abeilles bourdonnaient autour de son chapeau débordant de fleurs, de fruits, d'oiseaux, et quand un enfant posait sa main sale sur la soie de sa robe, elle ne montrait aucun agacement. Elle avait beaucoup voyagé, elle était allée au Havre, à Marseille, à Vichy. Elle disait Vichy en traînant longuement les lettres, en les suçant presque entre ses lèvres. Mais de toutes ces villes, celle qu'elle avait le plus aimée, c'était Bordeaux. C'est à Bordeaux qu'elle avait connu son mari, un avocat, un grand avocat. Cette dernière phrase, elle la prononça dans un souffle comme si cela faisait partie d'un destin secret.

Elle fut invitée à s'arrêter pour la nuit et l'on renvoya la voiture de louage. Les enfants, excités par cette visite, ne voulaient pas aller dormir et Marlatteira ne cessait d'aller et venir depuis la cuisine pour écouter elle aussi les histoires sur Bordeaux et sur Vichy. Mais le regard de l'aînée des Maturlin, même si dans la conversation elle s'adressait à tous, revenait à chaque fois avec insistance sur Pietro-Giuseppe. Et entre un propos et un autre, elle s'enquérait de ses études et de ses préférences. Avant que le soir ne tombe, elle demanda à la Limasa si elle pouvait l'accompagner au cimetière.

Sur la route au milieu des champs, des chaumes qui

brûlaient en colonnes de fumée blanche, elles se parlèrent longuement, elle et la Limasa. A un certain endroit l'aînée des Maturlin demanda à la Limasa de lui cueillir de la menthe, qui lui rappelait sa jeunesse, et elle lui montra dans le lointain les collines qui avaient fait partie de leurs terres. Il était tard et le gardien du cimetière s'apprêtait à fermer, elle lui donna une pièce d'argent et dit à la Limasa de l'attendre, qu'elle ferait vite. Mais elle revint qu'on y voyait à peine, le gravier luisait, blanc, et la Limasa la vit pleurer, appuyée contre le mur où déjà les campanules bleues s'étaient refermées.

Le soir, à table, il était pourtant difficile d'imaginer son visage en larmes, elle bavardait sans se lasser et faisait preuve d'un grand penchant pour le vin. Elle parlait à présent de Gênes, où elle habitait, et elle vantait ses arcades, la place de Ferraris et la colline d'Albaro où elle allait respirer l'air pur, les bateaux de toutes sortes qui venaient mouiller dans le port.

Le lendemain matin, alors que la voiture attendait déjà pour l'emmener, elle proposa à Luis de faire venir Pietro-Giuseppe à Gênes. S'il s'y trouvait bien, il pourrait y finir ses études et aller ensuite à l'université. Ils n'avaient pas d'enfant, ajouta-t-elle, et ils donneraient à Pietro-Giuseppe une belle chambre rien que pour lui, avec la vue sur la place. Elle regardait Luis et tandis qu'elle attendait une réponse, elle souriait tranquillement mais une veine à son cou palpitait, de peur d'un refus.

Cette requête surprit Luis. Il voulait du temps pour y penser. L'aînée des Maturlin monta dans la voiture, la portière fermait mal et il fallut la claquer à plusieurs reprises ; penchée par la fenêtre, elle tint longuement serrée la main de son neveu. Puis la voiture descendit l'allée et les enfants reprirent leurs jeux avec leur petite carriole, Antonia rentra dans la maison et Luis la suivit. Pietro-Giuseppe s'agenouilla sur le sol pour apprivoiser le corbeau avec de petits morceaux de pain trempés dans du vin.

Ce soir-là, il parla à son père. Son plus grand désir, dit-il, était d'aller chez sa tante à Gênes. Il avait dit désir mais dans ses yeux levés vers Luis se lisait une détermination inébranlable. Sa voix basse, désaccordée, rauque encore de l'âge de transition, trahissait l'effort qu'il lui en coûtait de parler à son père. Rien ni personne n'aurait jamais pu le détourner de cette idée.

L'hiver suivant naquit le dernier enfant d'Antonia, Pia, en l'honneur de Pie IX. Luis, bien qu'il ne partageât pas la dévotion de sa femme à l'égard du pape, fut une fois de plus d'accord avec elle et Pia, appelée Piulott, devint en une semaine le nouveau grand amour de la Limasa.

C'était elle la fille jamais née du dragon et quand Antonia lui donnait le sein, elle restait en extase à la regarder, incapable de s'arracher de la pièce. Elle ramassait un linge, enroulait une bande, uniquement pour entendre le gargouillement du lait dans la gorge du bébé, jouir de chacun de ses instants. La nuit, elle la berçait même quand ce n'était pas nécessaire et ce qui lui avait coûté tant de fatigue avec les autres devenait avec Piulott la félicité. Le claquement de ses baisers s'entendait d'une pièce à l'autre et sa voix qui chantait le *Chevalier français** rendait Marlatteira folle à cause du nombre de fois par jour où elle était obligée de l'entendre.

Piulott commença à sourire presque tout de suite et à un an elle parlait, au grand émerveillement de toute la maison. C'était une enfant très menue, presque sans cheveux, et elle ne ressemblait à personne. Assise toute droite dans la chaise haute, elle

---

(*) *Il Cavalier franseis*: Vieille chanson licencieuse du Piémont. (N.d.T.).

tournait autour d'elle les yeux les plus intensément curieux qui se fussent jamais vus et elle hurlait et se démenait jusqu'à ce qu'on la fasse descendre. La Limasa lui avait cousu une robe rouge toute petite et Piulott se promenait, ainsi vêtue, à travers toute la maison, au risque d'être culbutée sinon même piétinée car elle était petite et rapide, et on se la retrouvait entre les pieds au moment où l'on s'y attendait le moins. La Limasa lui apprit très tôt à chanter et le vice-prévôt, venu un jour rendre visite à Antonia, dit que dans le pays d'étranges bruits couraient. Il voulait savoir s'il était vrai que la petite fille qui portait le nom de Sa Sainteté Pie IX s'en allait chantant le *Chevalier français*.

On fit venir Piulott qui, à peine eut-elle vu la soutane noire du prêtre, au lieu de chanter, commença à pleurer avec des sanglots qui ressemblaient à des hululements. Le vice-prévôt prit peur, la bénit et conseilla de l'emmener au sanctuaire de Crea. Et puis qu'est-ce que c'était que cette robe rouge ? Le rouge, c'était la couleur du démon.

La Limasa brûla la robe rouge dans le feu et lui en fit une autre, bleu clair, qui était la couleur de la Madone et des anges. Elle apprit à Piulott la chanson de *Sainte Marie-Madeleine sur la mer en tempête** ; mais les cheveux, sur la tête de la petite fille, formaient toujours une bourre légère semblable au duvet d'un oiseau et, robe bleue ou pas, elle cavalait avec la vélocité d'un rat après les poussins, les lapins, les poules qui piaillaient en ouvrant leurs ailes. Antonia décida donc de l'emmener à Crea. Elle était de nouveau enceinte et pour éviter tout malentendu elle consacrerait également l'enfant à naître.

Mais elle n'en eut pas le temps, Piulott eut la rougeole et pendant un mois la Limasa ne s'éloigna pas

---

(*) *Santa Maria Maddalena in dal mar an burrasca* : autre vieille chanson piémontaise (N.d.T.).

de son lit. La nuit elle regardait à la lumière de la lampe à huile la tête de Piulott devenir de plus en plus petite, le duvet collé à l'oreiller par la sueur, si noire qu'on aurait dit la tête d'un chiot. Un silence sans fond, obscur, oppressant, s'accumulait dans les angles, elle se mordait les ongles jusqu'au sang de peur de s'endormir et pendant tout ce temps-là elle repensait à sa vie, depuis le moment où Gavriel l'avait amenée dans la maison jusqu'à sa rencontre avec le dragon quand, assis sur le banc de Bigiot, il lui avait parlé de l'Auvergne et de son village, Le Puy. Elle caressait la main de Piulott, posée sans force sur le drap, et les doigts petits et bruns semblaient pétris dans la terre, prêts à s'émietter. Ce n'était pas la fille du dragon ni même celle de Luis et de Madame, c'était l'enfant née de son souffle et par son souffle maintenue en vie.

Antonia alla à Crea demander sa grâce et elle emmena les autres enfants avec elle. Ce fut un voyage épuisant, avec son ventre qui l'encombrait dans la voiture et les enfants peu habitués à rester tranquilles et qui se contorsionnaient sur les sièges. Une chaleur poussiéreuse, immobile, dans un souffle, lui faisait battre les tempes et aucun éventail ne parvenait à la rendre plus supportable. Des nuages noirs s'étaient accumulés sur l'horizon et restaient là, traversés d'éclairs au-dessus de la campagne jaune. Antonia s'agenouilla sur les dalles devant la Vierge de Crea et resta dans cette position presque une heure, les entrailles dures comme si elles se transformaient en pierre. Les enfants s'étaient égaillés dans l'église, attirés par les bougies et par le va-et-vient des pèlerins ; et tandis qu'Antonia devenait de plus en plus froide, ils transpiraient à force de se courir après entre les confessionnaux, poursuivis par le sacristain qui ne comprenait pas à qui pouvaient bien être tous ces *drôles*.

Ce qu'Antonia dit à la Vierge noire de Crea durant tout ce temps, ce qu'elle promit en ce jour de grande chaleur, nul ne le sut jamais ; elle devint toute glacée et pour dénouer ses mains croisées pour la prière, il fallut les plonger dans l'eau. Quand Luis, le soir, la vit revenir, aussi grise que la poussière qui recouvrait sa robe, il fut saisi d'une grande frayeur. Il ne vit même pas les enfants dodelinant de sommeil qu'on portait au lit comme des paquets. Il serra étroitement sa femme dans ses bras : son ventre poussait contre le sien et elle semblait s'amenuiser, n'être plus rien que ce ventre énorme, la peau mouillée de larmes de fatigue. Luis la serrait et il lui semblait que s'il ouvrait les bras même un seul instant elle glisserait loin de lui et qu'il la perdrait pour toujours. Elle va mieux, lui murmura-t-il à l'oreille, Piulott va mieux, la fièvre est tombée, elle dort... mais il sentait le corps d'Antonia s'abandonner de plus en plus cependant qu'un tremblement intérieur l'agitait, comme un dernier ressort qui vibrerait encore avant de lâcher entièrement.

Maria et Fantina regardaient cette étreinte sans souffler mot. Luis baisait le front de sa femme, ses paupières qui n'avaient plus la force de se soulever, mouillait de salive ses lèvres sèches : la vie sans elle, telle qu'en un éclair elle lui était apparue au moment où il l'avait vue se traîner vers la maison, lui semblait insupportable. Chaque plus petite partie de lui se rebellait à cette pensée. Allez, allez donc, dit-il à Maria et à Fantina et, prenant Antonia dans ses bras, il monta lentement les escaliers, marche après marche, il la porta dans la chambre, la déshabilla et la mit au lit en y employant un temps infini, si grand était son soin à composer ses mouvements, comme si elle devait se dissoudre au premier geste d'inattention.

Piulott guérit, la Vierge de Crea avait fait le

miracle. La Magna Munja, bien qu'elle trouvât Piulott peu sanctifiée, accepta de peindre le tableau qui irait à Crea remercier la Vierge éternellement.

Elle peignit une petite fille si brune qu'elle semblait née dans l'Afrique la plus noire tandis qu'Antonia était un petit tas de chiffons sur les dalles. Dans un angle, en haut, la Madone de Crea resplendissait dans la ouate des nuages et la Limasa, debout au pied du lit, avait les tresses enroulées tant de fois autour de la tête qu'elles lui faisaient une couronne. Et l'on aurait dit que c'était elle la miraculée, elle, la servante bâtarde mère d'une bâtarde, avec son regard pieux levé au ciel et le long de ses joues deux larmes semblables à des perles.

La Limasa baisa la toile, baisa les mains de la Magna Munja et supplia qu'on la chargeât d'aller porter le tableau à Crea. Antonia était encore au lit à cause de cet enfant né à sept mois et mort à un jour seulement : pour moi, tu peux y aller, dit-elle. Le regard fixé sur les feuilles du noyer qui brunissaient peu à peu. Ce tremblement, ce ressort intérieur que Luis avait senti vibrer en la prenant dans ses bras le jour où elle était rentrée de Crea, avait cessé, elle était calme à présent. Mais elle avait l'impression d'être entrée, après la naissance de ce dernier enfant, dans une autre dimension, dans un lieu où les impulsions et les désirs tombaient avant même de prendre forme. Je suis contente que tu y ailles, ajouta-t-elle, et son regard se déplaça des feuilles de noyer au visage de la Limasa : une nostalgie terrible du temps où elle était jeune fille et où elle courait pieds nus dans la cour de Braida.

Zanzia proposa d'emmener tout le monde dans sa charrette toute neuve, depuis que l'autre s'en était allée flottant sur les eaux du Pô, et Marlatteira prépara et remplit un panier de nourriture. Les dernières étoiles brillaient encore lorsque la Limasa monta dans la charrette avec les enfants encore ensommeillés et Piulott qui tentait de grimper toute seule, dans sa crainte d'être laissée à terre.

Ce fut un voyage inoubliable. Zanzia plaisantait avec la Limasa et faisait continuellement des soupirs et des allusions, avec sa bouche édentée qui faisait l'effet d'être nue. La Limasa lui répondait sur le même ton et ne cessait de sortir du panier des gâteaux, des figues, des tranches de polenta encore tièdes. Le cheval, fouetté par Zanzia, partait de temps en temps au galop au milieu des cris de jubilation des enfants et des hurlements de la Limasa qui, de peur qu'ils ne fussent éjectés, retenait par les vêtements tantôt l'un, tantôt l'autre, s'agrippant à son tour aux ridelles pour ne pas être projetée à terre. On était en octobre et l'on voyait resplendir au loin sur les sommets des Alpes les premières neiges, les chaumes brûlaient dans les champs, emplissant l'air des odeurs de l'automne. Plus la Limasa criait et plus Zanzia s'amusait à fouetter le cheval, et quand ils s'engagèrent entre les hêtres dans la montée du sanctuaire, les dévots de la Madone qui montaient lentement à pied dans un chœur de prières s'arrêtèrent, ébahis par le fracas de cette charrette, avec Zanzia en bas qui se remuait les fesses et agitait son fouet comme s'il partait pour la guerre.

Dès qu'ils furent arrivés devant le sanctuaire, le sacristain reconnut les enfants et leur interdit d'entrer, il ne donna la permission qu'à Piulott parce qu'elle était la miraculée et les autres descendirent en courant vers le bois avec Zanzia qui jouait de l'harmonica. La Limasa posa le tableau aux pieds de la Vierge et dans l'église il se fit un grand silence, tout le monde l'avait reconnue dans la femme représentée avec une couronne de tresses et même Piulott semblait pour la première fois une petite fille comme les autres, la tête recouverte d'un voile blanc, silencieuse et pensive, la main dans celle de la Limasa.

Ils rentrèrent à la nuit et la lune brillait haut dans

le ciel, Zanzia avait bu et il était devenu mélancolique, la poussière de la route se soulevait à peine sous les sabots du cheval. Les enfants dormaient sur la paille étendue au fond et la Limasa leur avait fait un abri avec une vieille couverture. Seule Piulott était éveillée et, agrippée à la ridelle, elle regardait la lune, les ormes immenses qui laissaient tomber une ombre noire sur les champs. Les maisons dispersées, claires dans la campagne où se levaient sur le passage de la charrette les aboiements des chiens. C'était la première fois que Piulott assistait au spectacle de la nuit et ses yeux se dilataient dans son visage long et déplumé. La Limasa l'avait enveloppée dans son châle et à chaque cahot de la charrette le châle glissait un peu plus, elle ne ressemblait plus maintenant à un chiot ou à un rat, c'était un petit vautour aux griffes plantées dans le bois. Muette, attentive, comme si elle était la seule à avoir compris la grande signification de ce spectacle, elle se tenait prête à rejoindre ses frères ailés. Immobiles, parmi les dessins des constellations.

En février, Mandrognin mourut. On le trouva quelques jours après, encore assis sur sa chaise ; le vent qui avait accumulé la neige contre la porte l'avait conservé intact, tout blanc, les poings serrés. Nul ne fut capable de les lui ouvrir et beaucoup rêvèrent de Dieu sait quelles pièces d'or, peut-être des napoléons de l'époque où l'Empereur était passé par là.

Quel âge il pouvait bien avoir, même Maria et Fantina n'étaient pas capables de le dire, elles l'avaient connu déjà adulte, portant encore la petite queue comme c'était l'usage alors. Quatre-vingt-dix, cent ans peut-être ; il était toujours resté droit, la tête folle mais lucide, et on l'avait encore vu après la dernière chute de neige déblayer le sentier à la pelle, la chèvre qui vivait avec lui trottinant dans son dos.

Luison, si elle avait été en vie, aurait pu raconter la jeunesse de Mandrognin, parler de ce surnom qui lui venait peut-être du village où il était né (mais cela non plus on ne le savait pas) ou encore du riche manteau de la chanson *Beau Galant où es-tu parti**. On trouva dans la maie, cousues dans un petit sac de toile, trois cents lires d'argent. Mandrognin avait écrit dessus, brodé au fil rouge : dot de Olanda dite la Suave.

C'était ainsi que Mandrognin appelait en effet la fille de la Limasa, quand il allait la trouver une fois par semaine chez la femme qui la gardait en nourrice. Il travaillait et la petite fille se pelotonnait auprès de lui, *suave*, comme il disait. Il n'osait pas la toucher et jamais on ne le vit lui faire une caresse ou la prendre dans ses bras. Mais il veillait à ce qu'elle ait des bas l'hiver et que sa robe soit toujours raccommodée.

La Limasa cacha les trois cents lires là où personne ne pourrait les trouver et elle alla reprendre l'enfant. La Suave n'avait pas de linge, elle n'avait pas de bagage, rien, et la Limasa l'emmena en la tenant par la main. Dans la dernière partie de la route, elle la prit sur ses épaules. L'enfant ne l'avait jamais vue et resta silencieuse pendant tout le trajet, la Limasa voulut lui raconter une histoire mais la voix lui mourait dans la gorge ; et lorsqu'elle essaya une chanson, les mains qui se retenaient à son cou tandis qu'elle la portait à califourchon restèrent dans la position où elles étaient, appuyées juste ce qu'il fallait pour ne pas tomber. Quand tu seras grande tu auras une dot, une vraie dot, lui répétait-elle, et ce mot lui emplissait les poumons, lui rendait la route légère ; mais la petite fille ne comprenait rien de ce que sa mère lui disait et quand elles franchirent la grille, elle commença à trembler. Le soir tombait et il y avait un grand silence que rompait seulement le mugissement

---

(*) *Bel Galant u s'è spartí* : vieille chanson (N.d.T.)

d'une vache, et la Limasa la prit sur son bras. Elle la sentit raide, étrangère, et sur son visage, dans son haleine, elle retrouva tout à coup, l'odeur du zouave.

Le jour où l'on sonnait la messe de Trentain pour Mandrognin, Maria fut trouvée morte dans son lit, la tête inclinée sur le drap. Ses cheveux encore bruns et fournis semblaient un scalp abandonné, tellement son visage s'était rétréci. On trouva sous l'oreiller la tabatière que lui avait offerte M. La Ville à Casale. Il n'y avait que de la poussière à l'intérieur, peut-être ce qu'il restait du pipeau que Gioacchino s'était fabriqué avec l'extrémité d'un roseau. Mais qui aurait pu le dire ? Comme personne n'aurait su dire lequel des trois hommes de sa vie avait été le plus important, du Giaï, de Pidrèn devenu ensuite Sacarlott ou bien de Mandrognin. Dans les derniers temps, elle ne parlait presque plus et elle avait cessé de faire des patiences, elle passait de longues heures à la fenêtre à regarder dehors, même quand le brouillard effaçait toutes les formes. Elle fut enterrée en dessous de Gioacchino comme elle l'avait toujours désiré et Gavriel alla à Alessandria acheter une croix de pierre sculptée avec des branches de lierre. Quelqu'un, au retour, lui tira dessus par-derrière, peut-être pour le voler ; mais certains parlèrent d'une vengeance de Camurà. Gavriel parvint à en réchapper en se couchant sur l'encolure de son cheval et la bête blessée laissa un long sillage de sang sur la neige.

Cet été-là, pour la première fois, la Magna Munja ne revint pas pour les vacances et sa chambre resta vide. Sa mère n'était plus là et Pietro-Giuseppe était désormais pour elle un étranger, bien proche de devenir cet homme auquel elle avait pensé avec appréhension le jour du mariage de Luis et d'Antonia.

Exact, obéissant, Pietro-Giuseppe se levait chaque

matin avant qu'il ne fasse jour et suivait son père, enfonçant avec ses bottes dans les mottes de terre, se trempant s'il pleuvait, transpirant s'il faisait chaud. Sans jamais se plaindre. Mais si Luis ou Gavriel se retournaient pour le regarder quand il marchait derrière eux, il n'avaient pas de mal à comprendre que maïs ou vigne, luzerne ou avoine, il observait tout avec le même détachement. Le même irrésistible ennui. Il passait dans les cannaies ou le long des rangs de vignes dans une campagne qui changeait continuellement de lumière, de couleur, d'odeur, sans que rien, ni un animal ni un arbre, n'attire son attention. Sans parler. sans sourire. Ils montaient à la ferme de la Grue et il restait sur l'aire, les mains croisées. Il n'aimait que le cerisier semblable à un grand parapluie qui, au printemps, se couvrait de fleurs blanches, puis de fruits d'un violet presque noir. Il les mangeait, ces cerises, pensif, en crachant les noyaux au loin.

Ce fut Antonia qui plaida pour lui. Pietro-Giuseppe embrassa ses frères et sœurs l'un après l'autre et resta longtemps la tête appuyée contre l'épaule de sa belle-mère ; puis il monta sur la charrette qui transportait jusqu'à Novi les meubles d'un déménagement. De là il poursuivrait vers Gênes. Dans un dernier mouvement de rancune, Luis avait jugé le chemin de fer trop cher pour son fils.

Cette nuit-là, la Limasa resta éveillée et elle entendit tous les bruits de la maison, des petits pas de Piulott qui se glissait dans le lit de la Suave aux ronflements de Marlatteira. Jusqu'à ce grincement léger qu'émettait Fantina dans son sommeil, semblable au crissement d'un ver à bois. Le départ de Pietro-Giuseppe la séparait sans retour de sa jeunesse. C'était comme si la jeune fille qu'elle avait été se tenait debout sur la plate-forme arrière d'un train qui disparaissait dans la campagne : sa jeunesse était là, dans le branle du dernier wagon, et elle devenait de plus en plus indistincte. Sur cette plate-forme s'en allaient la cousine Monette, le garçon qui pêchait les brochets et les carpes à Pomaro, le zouave et le dragon Junot, Pietro-Giuseppe qui la tenait enlacée sous le chêne. Le vent agitait les branches du noyer et les faisait battre contre les volets, la Suave gémissait parce qu'elle n'arrivait pas à dormir avec Piulott qui lui donnait des coups de pied dans le lit, la Limasa feignait de ne pas entendre, les yeux de l'esprit fixés sur ce train qui roulait de plus en plus vite, emportant avec lui le dragon et la cousine Monette mais aussi tous les hommes avec lesquels elle avait fait l'amour. Peut-être n'en avait-elle aimé aucun, peut-être, de ce train, n'aurait-elle voulu arracher, pour le garder, que Pietro-Giuseppe.

Zanzia fut tué la nuit du 7 février 1863. Il mourut étouffé dans la boue, en bas, au Petit Pont, et dans les maisons à l'entour personne ne déclara avoir vu ou entendu quoi que ce soit. Et pourtant il devait y en avoir eu, du vacarme, car le parapet du pont s'était effondré et il y avait partout du sang et des vêtements déchirés.

Ce n'était pas la première fois qu'un crime se produisait dans le village mais la mort de Zanzia glaça les os. Rien ne lui avait été volé et l'on retrouva dans l'eau son portefeuille plein ainsi que la montre que le roi Victor-Emmanuel lui avait offerte lorsqu'il était allé jouer à Occiminiano. Mais, depuis des années maintenant, Zanzia ne circulait plus avec son instrument, il était devenu riche et il s'était acheté une maison dans la via Barbecana, et il faisait scandale en gardant chez lui une fille du Haut Val Malenco.

On envoya chercher la fille et on l'emmena à Alessandria, elle ne parlait presque pas l'italien et quand on lui demanda comment ils faisaient pour se comprendre, Zanzia et elle, elle se mit à rire. Mais elle était majeure et elle avait tout à perdre avec la mort de Zanzia, et on la libéra en attendant de la réexpédier là d'où elle venait. Les gendarmes mirent sens dessus dessous la maison neuve de la via Barbecana, ils fouillèrent du haut jusqu'en bas à la recherche d'une preuve de la contrebande de sel qui avait rendu Zanzia riche, tout le monde le savait. Mais ils ne trouvèrent que des sacs vides et cet instrument, harmonica, grosse caisse et violon, qu'il s'était fabriqué et dont il jouait encore parfois pour son plaisir.

La nuit de sa mort, Marlatteira avait fait un rêve. Ni beau ni vilain, mais la route sur laquelle elle marchait au milieu des fleurs de trèfles rouges menait tout droit à l'ancienne maison du Fracin, là où autrefois le forgeron battait le fer incandescent, grand et fort avec ses moustaches tombantes. Et elle n'allait pas plus loin. Et pendant que les gendarmes fouillaient les pièces de la maison de la via Barbecana à la recherche de Dieu sait quelles richesses, elle, assise dans la cuisine, elle cherchait dans sa mémoire une femme, car elle était sûre que la mort de Zanzia était la vengeance d'un homme jaloux. Ou trompé, parce que Zanzia avait toujours embêté les femmes.

La Limasa pleure, Zanzia n'a jamais été méchant avec elle, ensemble ils riaient et ils plaisantaient, il voulait l'épouser. Elle se dit maintenant que si elle lui avait dit oui, des années auparavant, Zanzia n'aurait pas eu cette fin horrible, il n'y aurait pas eu tout ce sang. Les corneilles descendent en croassant sur les plaques de neige qui restent encore tandis qu'à travers les vitres embuées pénètre le son de la Trébondine, et jamais elle ne lui a fait autant de peine, cette cloche qui fête dans le ciel l'arrivée d'une âme innocente, pauvres nourrissons emportés par le *mal des enfants* sans plus de voix pour pleurer. Les garçons ont grandi et ils étudient dans la pièce à côté, la voix du bénéficier est toujours la même, ils ont la tête rasée et les pantalons sous le genou ; ils se disputent pour une plume, une feuille de papier. Sofia est au collège auprès de la Magna Munja et la Suave, bien qu'elle ait une dot, s'en va quand il fait encore nuit pour apprendre la couture, avec une demi-pomme et une tranche de polenta comme repas. Parfois quelques châtaignes sèches pour se faire les dents.

Et Zanzia... Les larmes emplissent les yeux de la Limasa. « Arrête donc, dit Marlatteira, c'était un cochon. »

La Limasa alla trouver la fille qui avait vécu avec Zanzia avant qu'on ne la renvoie on ne savait où, vu qu'elle n'avait pas de chez elle. Elle lui faisait de la peine, parce que personne ne voulait la toucher ou lui parler. La fille était belle et sale et elle mangeait des noisettes en les écrasant entre ses dents. La Limasa lui avait apporté deux saucisses et un morceau de galette et elle avait tout pris, bien que les provisions ne manquent pas dans la maison et que Zanzia eût rempli la dépense de toute sorte de nourriture. Elle ne dit même pas merci ; mais quand la Limasa fut à la porte pour s'en aller elle lui mit entre les mains un chandelier d'étain en forme de patte de poule. Ce chandelier, la Limasa en avait peur, cette patte lui semblait le pied du diable. Mais la fille insistait, elle avait des yeux ronds et bêtes, son village perdu au milieu des montagnes n'avait même pas de route, peut-être n'avait-il même pas de nom. « Toi ici, toi ici », insistait-elle en cachant le chandelier sous les vêtements de la Limasa afin que les parents de Zanzia, arrivés comme des mouches pour se partager ses biens, ne le voient pas.

Mais on n'a pas trouvé l'assassin. L'été est venu et Sofia est rentrée du collège, elle a retrouvé ses frères et sœurs et les a embrassés, et leurs voix emplissent la maison. Dans la cuisine, les larges taches humides laissées par la serpillière ne sont pas encore sèches qu'il faut déjà recommencer à salir pour le dîner. Marlatteira souffle du nez et les filles venues pour l'aider, des gamines de onze, douze ans à qui il ne semble pas croyable de pouvoir manger de temps en temps du poulet ou du lapin, s'échinent à faire briller les cuivres tout en écoutant ses histoires à propos de Fantina qui brodait la tête du Giaï sur la chasuble du prévôt, ou de Gonda, morte à l'église et montée tout droit au paradis. Son âme, ils étaient plusieurs à l'avoir vue monter au ciel, à la première messe, dit Marlatteira, légère comme une petite flamme de chandelle. Tandis que Zanzia, lui, il est sûrement allé en enfer, parce que si les gendarmes n'ont pas trouvé l'assassin, on sait bien, dans le pays, que celui qui a étouffé Zanzia en lui mettant la tête dans la boue c'est le second fils du Fracin, lui, et son frère aussi.

A ces petites filles, elle ne peut rien dire de plus. Elle peut seulement parler de son rêve qui la menait à la maison en bas, tout au bout du Petit Pont où l'air est malade et où l'été les moustiques ne laissent pas de répit. Personne ne parle volontiers de ce qui est arrivé à Zanzia, qui a mis enceinte une fille de seize ans, estropiée et avec un bec-de-lièvre mais avec deux seins durs comme des coings. Et qu'est-ce qu'il pouvait faire, un père, sinon l'écraser comme un ver. Et avec les gendarmes personne n'a pipé mot, ceux-là ils cherchent encore parmi les contrebandiers et celui qu'ils gardent en prison, c'est Navot, l'associé en affaires de Zanzia.

Pourtant dans ces maisons verdâtres d'humidité, aux fenêtres semblables à des trous, plus d'un s'est réveillé en sursaut cette nuit-là. Plus d'un a entendu les hurlements de Zanzia, le bruit du parapet qui s'effondrait et puis plus rien, tandis qu'à travers les vitres nettoyées en hâte on pouvait voir ses jambes se débattre de plus en plus faiblement. « J'sais rien moi, j'sais rien ! » disent-ils aux gendarmes en entrouvrant à peine la porte tous en train de dormir, aveugles et sourds.

De ces mêmes fenêtres d'où ils l'ont regardé mourir, ils l'ont vu d'autres fois, Zanzia, quand il descendait vers midi et qu'il appelait doucement la fille pour qu'elle vienne voir les cadeaux qu'il lui apportait, des colliers de verroterie, de petites bouteilles de parfum qu'il lui passait sous le nez en se frottant contre son corps, ventre contre ventre. Ce vieux cochon de Zanzia.

Et à présent le nouveau prévôt, un jeune belliqueux qui vient des monts du Biellese, tonne du haut de la chaire contre les sépulcres blanchis, contre ceux qui voient et qui ne parlent pas, qui ne préviennent pas un père des dangers que court sa fille. Qui regardent et s'amusent et puis le dimanche viennent à la messe battre leur coulpe. La fille a bu pas loin d'un litre d'infusion de persil et elle risque d'en mourir, mais quelle sorte de monde est-ce donc là ?

La Limasa cache son visage dans ses mains, elle ne peut pas croire à cette histoire. La fille a dû le provoquer... murmure-t-elle à Marlatteira. Tais-toi, imbécile ! Elle le sait, elle, que de ces fenêtres semblables à des trous les gens ont suivi toute l'histoire, ils ont vu quand Zanzia se glissait dans la maison dès que la mère était dehors aux champs. Un jour, la fille était apparue à la fenêtre, elle était nue et elle avait l'air folle, tout de suite Zanzia l'avait tirée à l'intérieur et ensuite on les avait entendus mugir et soupirer. Une fille de seize ans... Marlatteira regarde la Suave qui tournicote autour d'elles avec ses boucles longues jusqu'aux épaules ; et si quelqu'un le lui faisait à elle, dit-elle à la Limasa. La Limasa a un sursaut, la Suave est un être précieux, rare, qui l'intimide presque et si la petite fille n'était par nature sage et tranquille, elle ne serait jamais capable de la gronder comme elle gronde Piulott.

Dans les croisements de sang qui ont abouti à la Suave il devait y avoir un grand seigneur ou peut-être une Madame infortunée aux traits fins et à la peau de cire. Même si la Limasa l'avait faite avec le dragon, cette enfant n'aurait pas pu être plus belle. Tant de fois elle aurait la tentation de puiser dans les pièces de la dot et de lui acheter une robe neuve, un ruban pour attacher ses lourds cheveux sombres. Mais on ne peut pas, il ne faut pas.

La nuit, dans le noir, elle revoit Zanzia, elle le revoit qui entre dans la maison qui avait été celle du Fracin, en bas, au Petit Pont, et elle voit la fille au bec-de-lièvre. Un frisson la glace dans son lit et elle commence à réciter les prières des indulgences parce que Zanzia a peut-être eu une dernière chance, Dieu peut-être en a eu pitié, lui qui était sans dents depuis sa jeunesse ; et peut-être qu'au bout de mille, deux mille ans de purgatoire, il finira par le laisser entrer au paradis.

VII

LE VIOLON DU GIAÏ

L'été, Pietro-Giuseppe revenait pour les vacances et ses frères et sœurs ne le lâchaient pas, ils continuaient de le suivre au-delà de la grille, se disputant pour être près de lui jusqu'à ce que, fatigué, il élève la voix pour les renvoyer à la maison. Ils obéissaient à contrecœur en le suivant du regard tandis qu'il descendait la route poussiéreuse, les mains dans les poches, son chapeau de paille posé en arrière sur ses cheveux. Fascinés et intimidés par ce frère qui joignait maintenant au prestige de l'âge celui, plus obscur et plus exaltant, d'une ville qui s'ouvrait sur la mer et avait des hôtels particuliers, des théâtres, des navires au mouillage.

La vie de Pietro-Giuseppe leur apparaît comme ces lumières tremblantes qui signalent de loin en loin par leur intermittence une vie que l'obscurité rend plus fantastique encore. Car Pietro-Giuseppe ne raconte jamais rien de lui et quand il parle de l'arrivée d'un navire ou d'une représentation au théâtre, il élude toute question qui le concerne. Il y manque ses émotions. Où est-il, lui, dans sa redingote d'étudiant ou dans sa grande cape de drap noir, indispensable pour les froides soirées venteuses quand le vent de noroît souffle du port et fait osciller les mâts des navires ?

En revanche il n'est pas avare de détails sur *tante*

Marianne*, ainsi qu'il appelle sa tante, sur sa maison aux lourdes tentures où les pas ne font pas de bruit et où tous les après-midi montent de la pâtisserie des brioches chaudes que tante Marianne trempe dans son chocolat. Pour son service, tante Marianne a un *boy* qui l'accompagne quand elle sort et qui s'assied en bombant le torse à l'arrière de la voiture sur un petit siège spécial.

« Un quoi ? » demande Duardin. « Boy », répète Pietro-Giuseppe, laconique. Sofia ébahie se gratte l'oreille mais Piulott, la maigre, la brune Piulott, s'en va dans un coin parce qu'elle ne comprend pas. Pietro-Giuseppe la rappelle, il la prend sur ses genoux, un serviteur, lui explique-t-il, un petit noir que tante Marianne habille de soie voyante. Ses frères ouvrent la bouche toute grande d'étonnement cependant que Piulott s'appuie contre sa poitrine comme si elle, rien ne l'étonnait ; et de cette place privilégiée elle regarde d'un air provocant Duardin, Sofia, Evasio.

Elle possède même un violon à touches, tante Marianne, un instrument moderne et rare, *demoiselle Ginette*** joue pour elle les airs de l'*Italienne* à Alger, un opéra que tante Marianne aime passionnément et qu'elle écoute avec recueillement, le visage dans sa main, ses grands yeux qui brillent dans la semi-obscurité rougeâtre des tentures. Demoiselle Ginette est une « réfugiée », d'où s'est-elle enfuie et pourquoi, on ne le sait pas, c'est une jeune fille aux cheveux crépus hauts sur le front et aux yeux petits, très clairs, capables de fixer l'interlocuteur avec une intensité déconcertante. Pas belle, dira tante Marianne, mais avec beaucoup de personnalité.

Tante Marianne qui ouvre tout grand la fenêtre, et le soleil flamboyant du crépuscule hivernal fait irrup-

---

(*) En français dans le texte.
(**) En français dans le texte.

tion sur les divans capitonnés, les tables de faux marbre, les châles abandonnés sur les fauteuils. De la fenêtre elle fait signe à quelqu'un en bas sur la place tandis que cette lumière précoce de crépuscule illumine ses yeux bleus langoureux. Et quand elle se retourne et voit son neveu, elle a un sursaut, son visage devient pourpre. Le visage d'une jeune fille ; là, en bas, il y a les ex-amants de l'aînée des Maturlin. Ils viennent la trouver de toutes les parties du monde, de Vichy et de Bordeaux, d'Aversa ; et le premier, jamais oublié, de Bosco Marengo. Elle les avertit par la fenêtre quand la voie est libre parce que son mari n'aime pas les rencontrer, et ils s'assoient dans le rouge et l'or des fauteuils et lui parlent de leurs souvenirs communs, boivent du chocolat, charmés par son sourire qui remue encore les sangs. Ils lui apportent des gâteaux rares, des essences aux noms exotiques qu'elle fait jeter par le *boy* dès qu'ils sont partis ; si grand est l'amour de tante Marianne pour son mari et si grande sa peur qu'un rien puisse venir le troubler. Des fleurs insolites, comme les ancolies, un parfum différent de ce *Jasmin de Corse** de l'époque où il fit sa connaissance à Bordeaux et une semaine après, l'emmena pour qu'elle devînt sa femme.

Elle s'assied le soir près du feu préparé sur les chenets et elle parle avec son mari de la note du pâtissier, des événements de la journée, le visage rose de poudre et les mains tendues vers la flamme, son long rang de perles qui glisse dans le sillon entre ses seins. Son neveu, silencieux dans un coin, la regarde, subjugué par ses métamorphoses. Tante Marianne lui sourit mais c'est comme si elle ne le voyait pas, comme s'il était déjà sorti de son champ de vision et que ce sourire l'imaginait dehors, dans les escaliers éclairés par une lampe à gaz. Demoiselle Ginette a

---

(*) En français dans le texte.

refermé le violon à touches, un sourire la congédie elle aussi, les pieds de la jeune fille ne font pas de bruit sur le tapis et pendant un instant, tandis qu'elle se dirige vers la porte, le feu semble crépiter dans ses cheveux hauts sur son front, incendier ses joues pâles. Tante Marianne ramasse un tison échappé et dans ce geste elle glisse lentement sur son fauteuil, à genoux devant la flamme dans un grand déploiement de châles.

Que pouvaient bien faire une jeune réfugiée et le fils aîné de Luis à vingt ans à peine, poussés, encouragés à sortir de la pièce, de la maison, par le beau portail en noyer massif ? Ils s'en allaient. Le soir avec ses odeurs qui arrivaient de la mer leur plaisait à tous deux, ils étaient jeunes et ils ne sentaient pas le froid, le vent piquait les joues et demoiselle Ginette enfilait ses mains dans son manchon. Si celles de Pietro-Giuseppe étaient glacées, il pouvait les y glisser lui aussi. Ils s'en allaient et ils parlaient, ils descendaient vers les ruelles du port et s'ils rencontraient un ivrogne il la protégeait sous sa grande cape noire. Ils suivaient le bord de la mer et parfois les embruns mouillaient la cape, ils regardaient les lumières trembler sur l'eau et les mâts des navires se perdre dans le noir des nuages. Des tavernes autour de l'arsenal arrivaient les cris rauques des joueurs de dés, demoiselle Ginette masquait sa peur par de petits rires qui semblaient sortir des profondeurs de ses yeux.

Quand vint le printemps, ils commencèrent à pousser plus loin, vers la banlieue où demoiselle Ginette avait quelques amis. Là-bas, le soir, il n'y avait pas d'éclairage et il fallait regarder où l'on posait les pieds, les gens s'appelaient d'une maison à l'autre et les fenêtres étaient rafistolées avec du papier, on entendait des enfants pleurer. Le port était loin et les pêcheurs étendaient leurs filets le long du canal, l'odeur du printemps se mêlait à l'odeur de l'eau où pourrissaient les ordures. Ils pénétraient dans ce que demoiselle Ginette appelait les *Milieux**, il y avait là d'autres réfugiés comme elle et les lampes à pétrole sentaient mauvais, noircissaient les narines. Dans la ferveur de la discussion, demoiselle Ginette oubliait Pietro-Giuseppe et, debout sur une chaise, criait dans son français rauque du Sud.

Ensuite, s'il n'était pas trop tard, ils faisaient l'amour dans une barque amarrée sur le canal, à l'abri sous une toile cirée. Et cette même ferveur qu'elle avait apportée à la discussion, demoiselle Ginette l'apportait également à ces longues étreintes dans les oscillations de la barque.

L'été 1864, ses frères et sœurs trouvèrent Pietro-Giuseppe changé. Il avait perdu toute envie de sortir et si un ami venait le chercher, il refusait sous un prétexte. Il préférait rester à la maison, même seulement pour jouer à colin-maillard, un jeu qu'il avait détesté toute son enfance.

Souvent, le matin, il rassemblait ses livres dans un panier et montait à la ferme de la Grue où il s'asseyait pour lire et prendre des notes à l'ombre du cerisier, un tonneau renversé en guise de table. De la Grue, il vantait l'air et même la touffeur de certaines journées quand tout stagnait, immobile, et qu'autour de lui le silence régnait, juste le cri des oies qui descendaient boire. Les premières fois, ses frères et sœurs et la Limasa étaient venus avec lui, s'arrêtant à distance pour ne pas le déranger, mais ils avaient bientôt cessé car les petits avaient du mal à monter par une telle chaleur et les paysans dans leurs champs pouvaient l'apercevoir, seul là-haut sous le cerisier, les coudes appuyés sur le tonneau renversé, ses livres dont il tournait la page à un rythme régulier. Un grand cahier ouvert devant lui, sur lequel il penchait

(*) En français dans le texte.

par moments la tête pour écrire, la plume allant et venant du papier à l'encrier posé sur le tonneau.

Ces livres, une fois rentré, il les enferme dans sa chambre et ne les ouvre que rarement tandis qu'il sort de temps en temps le cahier pour y écrire quelque chose. Quoi, on l'ignore, et à chaque question il donne des réponses évasives. Ça a à voir avec ses examens, oui et non. Peut-être pas vraiment avec ses examens, pour ça il a le temps. Mais avec ses études oui, pour ses études c'est très important. Il fronce les sourcils, il gratte sa tête couverte de sueur. Il sourit de ses yeux gris.

Demoiselle Ginette, il ne l'a nommée qu'en passant et nul ne soupçonne que les lettres qui arrivent deux fois par semaine sont d'elle. Ce sont des enveloppes bleues barrées d'une calligraphie ferme, allongée, masculine. Pietro-Giuseppe les glisse dans sa poche sans les ouvrir comme s'il savait déjà ce qu'elles contiennent et aux questions de son père ou d'Antonia il lève un regard distrait, intrigué lui-même par la curiosité des autres.

Souvent, vers la tombée de la nuit, il reste à parler avec les valets et s'assied avec eux dans l'étable, penché pour les regarder traire. Mais ce n'est certainement pas pour apprendre : il compte les jours qui le séparent de son retour à Gênes et il s'est fabriqué un petit calendrier de bois sur lequel il les raye les uns après les autres. Un désir de repartir qui n'apparaît jamais ; et le soir il s'installe devant l'épinette et avec ce don extraordinaire hérité de sa mère, il retrouve les notes de l'*Italienne à Alger*. Ses frères et sœurs se mettent à danser et lui, joyeux, il frappe sur les touches ; la Suave arrive elle aussi, les bras ouverts, prête à prendre son envol.

L'odeur de l'herbe et du soir entre par la fenêtre et les enfants excités par la musique se croisent, se heurtent, crient. Les grands, plus gauches, dansent eux aussi. Antonia apparaît à la porte et ces garçons et ces enfants lui semblent faire partie de la nature au même titre que les pommes là dehors sur les arbres, que les lapins sauvages dans les champs. Pietro-Giuseppe est au sommet de sa splendeur, dans cet âge où les couleurs sont plus vives et les mouvements plus impétueux et où le corps possède une force qu'on croirait pouvoir toucher dans l'air.

Admirative, elle le regarde sans oser entrer. Un bonheur, le leur et le sien, qui en ce moment même réduit à néant tout ce qu'il peut y avoir de menaçant au-delà de ce coin de jardin sur lequel tombe la lumière du soir.

Pietro-Giuseppe la voit, immobile à la porte, et tourné vers elle, sans cesser de jouer, lui renvoie son sourire.

La nouvelle de son arrestation, en février, fit l'effet d'un coup de canon. On décida que Gavriel irait à Gênes, il y avait de la neige partout et il lui fallut trois jours, et quand il vit la mer pour la première fois il n'éprouva aucune émotion. Cette lointaine luminescence moutonnante et azurée lui parut sans intérêt. Il était fatigué ; et cette beauté trop vaste.

On ne le laissa même pas voir Pietro-Giuseppe, il avait été arrêté en même temps que six autres internationalistes et personne ne pouvait les approcher sans autorisation du juge. Dans la maison de tante Marianne, un grand silence régnait et l'aînée des Maturlin ne cessait, dans son effarement, de porter les mains à son visage. Le violon à touches était fermé : demoiselle Ginette était en prison, arrêtée elle aussi. Personne ne monta de la pâtisserie pour apporter des brioches chaudes et l'on servit du café, seule boisson capable de soutenir le cœur en un pareil moment. Le *boy* noir était assis dans l'antichambre, offensé, déprimé, semblable à une boule de chiffons. Gavriel le trouva horrible.

Cette nuit-là, il dormit sans se déshabiller sur un

fauteuil près du feu et quand il se réveilla au milieu de la nuit, les os glacés, il défit une couverture du lit et se pelotonna dessous. Un rai de lumière filtrait sous la porte et l'on entendait la voix de tante Marianne qui parlait à son mari, une voix de petite fille faite de chuchotis et de petits mots tendres. De temps en temps, par intervalles, comme jouée sur un instrument différent, arrivait celle de son mari. Un bouillonnement sourd, irrité.

Quand Gavriel fut enfin de retour à la maison, ce furent de longues conversations à portes closes. Antonia pleura et la Limasa monta plusieurs fois les escaliers pour tenter de saisir un mot qui l'aurait rassurée. Il a volé ? demanda-t-elle, il a blessé quelqu'un ? Une bagarre ? Un duel ?

Un duel, c'est ce que tante Marianne aurait le plus volontiers pardonné. Même une bagarre, pour peu que l'amour en eût été la cause. Mais ce qui était arrivé était au-delà de sa compréhension. Quand elle put enfin aller rendre visite à son neveu et qu'après avoir répandu les effluves de son *Jasmin de Corse* à travers les couloirs de la prison, elle le vit derrière les barreaux, la barbe aux joues et la colère qui sourdait encore de la pâleur de ses mâchoires, il fallut lui donner les sels. Il lui avait suffi de le regarder et toute la vérité avait éclaté, illuminant chaque recoin demeuré dans l'ombre ; demoiselle Ginette, les examens jamais passés, les livres, les sorties le soir.

Tante Marianne arriva un après-midi de la fin du mois de mars. La neige n'était pas encore entièrement fondue et elle avait fait un long détour pour éviter tout désagrément. Elle était grosse et elle eut peine à monter l'allée entre les tiges dénudées des asters. Luis la reçut dans le cabinet de travail et ils parlèrent longtemps, la Limasa frappa à la porte, un chocolat chaud à la main, et regarda avec anxiété le beau visage de l'aînée des Maturlin. Mais la vendange avait été mauvaise et la concurrence des vins français avait aggravé la situation : Luis n'était pas disposé à débourser une seule lire et son nez long et mince pointait dans la direction de tante Marianne, désignant en elle la coupable. Tante Marianne se concentra comme dans les pires moments de sa vie pour ne pas perdre le contrôle d'elle-même. Elle ne le perdit pas mais Luis ne céda pas. Il n'arrivait même pas à comprendre, lui dit-il, les raisons d'une telle démence. Il voulait quoi, Pietro-Giuseppe, la révolution, le roi sur l'échafaud, les valets qui commandent sur ses terres ? Tante Marianne le regardait en approuvant de la tête : la lumière grise, l'impossibilité d'entamer ce refus sec, sourd, cruel, l'oppressaient.

Comme la fois précédente on l'invita à rester. Au dîner, Antonia était la seule à converser avec elle, puis peu à peu les enfants vinrent autour d'elle et tante Marianne oublia ses peines. Elle commença à raconter des histoires du temps où elle et ses sœurs étaient jeunes filles et les enfants riaient, dans la bouche des plus petits des vides apparaissaient là où les dents étaient tombées. La Limasa avait repris assurance et elle allait et venait depuis la cuisine pour offrir à tante Marianne une nouvelle chose à goûter : des gelées de coings, des confits de fruits, des marmelades qui s'accumulaient sur la table, et tante Marianne faisait la distribution aux enfants en passant d'une bouche à l'autre avec la cuillère. Antonia était assise en face d'elle : de tante Marianne tout lui plaisait, même son embonpoint.

Il avait recommencé à pleuvoir et quand le matin suivant tante Marianne repartit, ils l'accompagnèrent tous en cortège jusque sur la place, les enfants qui se couvraient la tête de leur tablier. Seul Luis la salua à peine, et quand il vit Antonia de retour et lut sur son visage le désir de plaider la cause de son fils, il commença à monter les escaliers en boitant. Je ne veux plus en parler, dit-il à sa femme. Antonia s'arrêta, effarée, la main sur la rampe. Dans son esprit, une obscurité s'était faite, cet homme qui avançait marche après marche, l'homme qu'elle avait aimé dans la souffrance et dans la joie, lui semblait un étranger. Etranger, parce que c'était lui qui refusait toute appartenance là où il ne se reconnaissait pas ; il suffirait de peu, pensa-t-elle avec un frisson, et elle pourrait glisser elle aussi loin de lui, sortir à jamais de sa vie.

Pour payer l'avocat, tante Marianne vendit les couverts de *vermeil** qui avaient appartenu au khédive d'Egypte. Elle monta beaucoup d'escaliers et rencontra partout de la compréhension à l'égard d'un garçon qui n'était fiché par aucune police du royaume, orphelin de mère depuis sa naissance. Ses lettres émurent un grand nombre des amis qu'elle comptait parmi les puissants. Pietro-Giuseppe causa bien quelque préoccupation avec son comportement obstiné ; mais avant que l'été n'arrive, dans une ville parcourue des lueurs profondes et claires des premières chaleurs, Pietro-Giuseppe se retrouva libre, encore habillé de ses vêtements d'hiver. Tante Marianne l'attendait au coin de la rue dans un fiacre fermé.

Ce qu'ils se dirent là, à l'abri des rideaux baissés, nul ne le raconta jamais. Peut-être demanda-t-elle à son neveu une capitulation totale. Peut-être est-ce Pietro-Giuseppe qui, face à cette tante aussi attachée à la légalité, s'enferma dans un refus têtu, sans remords. Ce devait être la dernière fois où ils se voyaient ; quand Pietro-Giuseppe descendit peu après de la voiture, tante Marianne le regarda partir en espérant qu'il se retournerait une dernière fois. Son neveu s'était engagé dans une rue qui descendait au milieu des touffes de verdure débordant des jardins, il tenait sa cape sous son bras et il était sans cha-

(*) En français dans le texte.

peau. Au fond, il y avait la mer et des gamins faisaient leurs premiers plongeons dans l'eau hybride du port, il marcha vite sans se retourner une seule fois, pas même lorsqu'il entendit le bruit de la voiture qui tournait.

Il ne revint pas non plus dans la belle maison de la place Ferraris chercher ses vêtements, qui lui furent envoyés en même temps que ses livres via Pietro Micca, où il avait trouvé une chambre chez une raccommodeuse de tapis. Le paiement de sa nourriture et de son logement, c'était Gavriel qui s'en occupait.

Antonia lui envoya plusieurs lettres auxquelles il ne répondit pas et elle cessa de lui écrire dans cette langue étrange qui avait été la leur, à mi-chemin entre le dialecte et le français. Quand Noël arriva, Piulott reçut les coquillages qu'il avait ramassés pendant ses longues promenades sur le bord de la mer, quand il escaladait les rochers pour aller parfois s'asseoir dans de petites anses de sable qui s'ouvraient en éventail. Il lui en envoya d'autres pour Pâques.

L'été 1866, quand le Re d'Italia coula à pic, on chercha la famille d'un volontaire embarqué à Gênes et qui avait été blessé à la tête le matin du 26 juillet dans les eaux de Lissa.

Les recherches prirent plusieurs semaines et lorsqu'on fut enfin remonté jusqu'à Luis, Pietro-Giuseppe entamait sa convalescence et avait été rapatrié d'Ancône par mer jusqu'à Gênes. C'est là que Luis et Antonia le trouvèrent, déjà debout et la tête rasée, les pieds nus dans des sabots. C'était une journée chaude et ils s'assirent tous les trois sur un banc à l'ombre d'un acacia. Ils parlèrent de la terre, de Duardin qui voulait faire une carrière militaire, de Sofia qui mettait des robes longues. D'autres blessés se promenaient dans la cour, qui avec des béquilles, qui encore avec des bandages. L'un avait eu une partie du visage emportée et à d'autres il manquait une main, un bras, ou bien un bandeau noir recouvrait un œil qui n'y était plus. Interrogé par son père, Pietro-Giuseppe raconta les différents moments de la bataille et la stratégie de l'amiral Tegetthof depuis le début, quand il était apparu avec sa flotte à l'horizon d'Ancône pour disparaître ensuite avant que quiconque pensât à le suivre. Il utilisait des termes techniques et Antonia ne comprenait pas, elle dessinait dans la poussière de la cour avec la pointe de son ombrelle. Elle avait pris froid pendant le voyage et elle se déplaça vers le soleil.

Pietro-Giuseppe décrivit la mer sous la tempête et la difficulté d'armer les voiles dans la pluie et dans le vent. Il décrivit aussi l'incendie qui avait éclaté à la suite d'un obus ; mais de lui-même, comme toujours, il ne dit rien ; et quand Antonia le questionna sur sa blessure il porta les mains à sa tête comme s'il l'avait oubliée. Il ne se rappelait pas, dit-il, ce qui l'avait frappé.

Avant de repartir, Luis lui demanda quand il reviendrait à la maison. C'était le pardon. Pietro-Giuseppe, avec son visage encore pâle et sa tête ronde sans cheveux, sourit : son père jugeait qu'il avait suffisamment expié. Je ne sais pas quand ils me libéreront, répondit-il, pour le moment je suis encore militaire. Ils s'étreignirent et la tête de Pietro-Giuseppe, comme son corps et ses vêtements, sentait mauvais. Antonia sortit de l'hôpital convaincue que d'ici quelques jours son beau-fils les rejoindrait. On était en août et la guerre était finie ; elle demanda à Luis de l'emmener voir le port. Elle se serra dans son châle en descendant dans l'ombre des ruelles, elle avait les mains glacées et le visage gris, presque bleuté aux ailes du nez.

Cette visite l'avait réconfortée, Pietro-Giuseppe leur avait paru à tous deux plus loquace et plus disponible qu'autrefois et pour être encore convalescent, en bonne santé. La blessure n'avait peut-être pas été aussi grave qu'ils l'avaient craint dans un premier temps. Quant aux raisons pour lesquelles il était parti volontaire, lui, un internationaliste qui voulait les valets et les maîtres égaux sur la terre, Luis se disait certain qu'il fallait les chercher dans son repentir. Il avait compris l'erreur commise et il avait voulu se réhabiliter. Antonia pensait plutôt à une femme mais elle ne le dit pas. Ils arrivèrent au port et dans l'éblouissement d'une lumière qui était presque trop intense ils furent aspirés par les hurlements, le va-et-vient le long des passerelles et sur la jetée. Antonia dut s'asseoir sur un paquet de cordages. Elle se sentait mal. Luis, excité par l'air salé qui lui emplissait les poumons, n'aurait plus quitté le quai. Tous deux avaient oublié Pietro-Giuseppe ; même Antonia n'avait pas compris que pour le fils de Luis la bataille de Lissa avait représenté l'enfer.

Pietro-Giuseppe était revenu parmi ses compagnons, il avait des miettes de pain dans ses poches et il commença à les distribuer aux moineaux qui sautillaient sous l'acacia. Comme son grand-père, ce Sacarlott qui jusqu'à sa mort n'avait jamais parlé des Cosaques rencontrés dans les plaines de Russie, il n'avait rien dit. Il n'avait pas parlé du moment où le *Re d'Italia* avait levé l'ancre la première fois et quitté Ancône sous un ciel empli d'étoiles, et lui, il avait cru qu'on faisait route vers Venise, il ne s'était même pas aperçu qu'on avait changé de cap et il avait admiré en silence la nuit de juillet, sans peur. Elle était venue après, la peur, elle avait grandi au fil des journées comme une graine qui aurait jeté ses racines dans sa poitrine. Et au matin, quand l'île de Lissa était apparue à l'horizon avec les gueules des canons pointées vers la mer, le vent avait soulevé les vagues et des nuages rapides volaient. Le temps avait continué à se gâter et à l'aube du jour suivant les navires autrichiens avaient surgi de la pluie, cependant que la tempête tordait les mâts du navire et déversait sur le pont des torrents d'eau venus de la mer et du ciel.

Ils étaient quatre cuirassés, qui s'étaient resserrés comme un étau autour du *Re d'Italia*, et l'un d'eux, le *Erzherzog Ferdinand Max*, s'était précipité tout à coup contre le flanc du navire, la frégate à vapeur s'était ouverte alors comme une coquille, faisant voler les morceaux de bois et les lambeaux de voiles. Le souvenir de ce coup sourd, un fracas capable de briser le monde en deux, le poursuivrait à travers les années. Ni les vagues martelées par la pluie ni le feu ni les corps ballottés de ses camarades et leurs hurlements. Mais ce coup : au cœur, au cerveau, à la vie.

Pietro-Giuseppe ne revint pas. Ceux qui avaient pensé à une femme au moment de son départ comme volontaire ne s'étaient pas trompés. Il n'avait rien trouvé de mieux pour s'arracher à une situation qui lui devenait intolérable. Gavriel ne put jamais savoir le nom de cette femme et il imagina que c'était demoiselle Ginette avec ses joues pâles et ses cheveux crépus hauts sur le front. Mais c'était peut-être la raccommodeuse de tapis de la via Pietro Micca ; son neveu lui envoyait sa nouvelle adresse. Une belle chambre, écrivait-il, avec une fenêtre qui donnait sur le port.

Pietro-Giuseppe termina en peu de temps ses études et après avoir été reçu au concours d'entrée dans la magistrature, partit à Livourne occuper sa première charge. Il avait vingt-six ans et n'écrivait qu'à Gavriel. Pour Noël et pour Pâques, il avait recommencé à envoyer à Piulott des coquillages qu'il ramassait durant ses longues promenades dominicales sur la plage, poussant parfois jusqu'à Viareggio ou au Cinquale. Le cousin Tomà venait avec lui, il avait ouvert un comptoir à Livourne et importait d'Orient des dattes et des raisins de Corinthe.

Pietro-Giuseppe avait été le premier. Ce fut ensuite le tour de Duardin qui obtint d'entrer au collège militaire. Il n'avait plus rien voulu d'autre depuis le temps où ils allaient en longue procession jusqu'à Occimiano voir passer les Lieutenants et les Généraux dans le vacarme des sabres et des coups d'éperons. Evasio, bien qu'on ne comprît pas encore ce qu'il y avait dans cette tête longue et fine, montrait un grand intérêt pour les animaux et restait assis pendant des heures sur une chaise à observer les oies et les poules, les dindons qui faisaient la roue, avec leurs yeux ronds et jaunes. Il était malingre, et lui aussi fut envoyé au collège.

Puis ce fut le tour de Sofia, qui épousa à dix-huit ans le propriétaire d'une filature des environs de Biella venu pour acheter la soie des vers. Ce fut un amour dès le premier regard et le portrait que son mari fit faire d'elle pendant leur voyage de noces par Bossi, photographe à Milan, montre une jeune fille à la chevelure longue et abondante et à l'ovale arrondi, plus fort à la mâchoire. Elle est assise dans un fauteuil au dossier capitonné et une mantille recouvre ses épaules jusqu'au coude. Elle est belle et ses grands yeux sombres fixent le vide, un peu étonnés.

Son mari ne voulut pas se faire photographier, il lui manquait l'œil gauche et il gardait toujours un bandeau dessus. Il avait eu une vie pleine d'aventures bien qu'il s'appelât Tranquillo, de son prénom : à seize ans il s'était sauvé de chez lui pour rejoindre Garibaldi et s'était perdu dans les marécages de Comacchio. Sofia était sa seconde femme.

Il n'y avait plus à la maison que Piulott et sa compagne inséparable, la Suave. La Limasa avait cessé de penser aux hommes et bien qu'elle ne fût plus aussi gaie qu'autrefois, elle chantait. Son répertoire était très vaste et il lui semblait que toutes ses chansons racontaient quelque chose de sa vie. L'amour, la trahison, la mort ou la guerre. Et même le crime, depuis que Zanzia avait été assassiné.

C'étaient pour la campagne les dernières bonnes années et Luis avait acheté une charrue Sack pour les nouvelles cultures de riz et de betteraves à sucre. Mais l'argent circulait peu, les impôts étaient lourds à cause des emprunts levés pour faire toutes ces guerres et les collèges coûtaient cher ; aussi Marlatteira fut-elle renvoyée dans sa maison, en bas au Petit Pont, où l'humidité gâtait les poumons et où les moustiques s'élevaient en nuages au-dessus de l'eau stagnante. Marlatteira était redevenue couturière dans le blanc mais le travail était rare et elle montait presque chaque jour l'allée des asters pour venir s'asseoir dans la cuisine avec la Limasa. Elle racontait ses rêves ; et Piulott et la Suave l'écoutaient, assises sur des tabourets, les mains sur les genoux retenant leur robe.

Antonia, après le voyage à Gênes, avait été longtemps malade des bronches et depuis lors, à chaque changement de saison, la toux revenait. La nuit, quand elle se faisait plus insistante, elle se levait pour ne pas réveiller Luis et restait de longs moments devant la lucarne au fond du côté de la cour, regardant le clocher et son cadran blanc dans la nuit. A travers la grille couverte d'un lacis de toiles d'araignées, elle le fixait comme si elle avait devant elle la tour de Braida.

Ses murailles étaient tellement différentes, épaisses et imposantes avec ce sentiment grandiose de ruine qui exalte l'esprit. Pas comme ces murs-ci qui absorbent l'humidité et s'effritent facilement, marqués de traces éphémères et inconnues. Il lui semble n'avoir été dans cette maison qu'une invitée et que seuls tous ces enfants l'ont empêchée de s'en apercevoir ; et la maison maintenant lentement la repousse, l'expulse comme un corps étranger, les pièces ne la reconnaissent plus comme une des leurs et elle sent qu'elle ne leur appartient pas. Même dans la misère la plus noire il y avait toujours eu beaucoup d'événements à Braida, des naissances, des morts, des mariages auxquels tous prenaient part à l'ombre de cette présence omnipotente et douloureuse qu'avait été sa mère étendue sur la *dormeuse*. Ici en revanche le silence l'entoure : celui de Luis, de Gavriel, de Fantina. Un silence qui grandit à chaque saison.

Quelquefois l'été elle va jusqu'à Braida et s'arrête sous la voûte de la cour. Le nouveau propriétaire a réparé la route et les charrettes qui entrent et sortent ne risquent plus de verser comme autrefois, les valets ne sont plus les mêmes et ils passent en ôtant leur chapeau, sans soupçonner en elle la dernière fille de cette Chevalière dont on raconte encore la richesse perdue et la passion ruineuse pour le soldat de Saint-Domingue.

Elle emmène avec elle Piulott et la Suave et de l'extérieur leur décrit le château avec toutes ses pièces et ses murailles où s'ouvrent les meurtrières pour les arquebuses. Mais entrer, non, jamais elle n'entrerait, l'orgueil l'en empêche. Sous un arbre, elle donne une grappe de raisin aux deux petites filles assoiffées et pendant qu'elles mangent, elle ferme les yeux, de honte d'avoir cédé à cette faiblesse. Sur le chemin du retour elle ne tourne pas la tête et quand apparaît dans une courbe le clocher trapu avec sa coupole de cuivre opaque dans le soleil, elle pousse un soupir de soulagement comme si elle était libérée d'un poids. Les petites filles courent devant, elle ralentit le pas, petite, droite sous son ombrelle de tissu. Epuisée par la chaleur et par toute cette marche.

L'hiver où Fantina mourut, elle fut présentée par le *Gazzettino* comme la plus grande brodeuse de tout le Montferrat. L'article, signé G. B., Saletta, mentionnait quelques-uns de ses plus beaux ouvrages comme la chasuble avec la tête de l'Enfant Jésus et le trousseau de la petite-fille de MmeBocca mariée à un lieutenant de Charles-Félix. Le journal publiait également le portrait à la plume que le Giaï avait fait d'elle à l'époque où il jouait encore du violon sous le noyer. Elle y apparaît près de son métier, jeune et mince. Mais quand elle était morte, elle pesait près de cent kilos et le lit avait cédé. Elle ne se levait plus depuis des mois et c'est Antonia qui s'occupait d'elle et peignait ses cheveux rares, demeurés d'une couleur semblable à celle de la bourre qu'on ramasse dans les coins. Une couleur dont Fantina était très fière ; et pendant qu'Antonia lui passait le peigne sur la tête, elle se regardait dans le miroir afin que de ses cheveux pas un seul ne fût perdu.

De sa vie elle ne se rappelait plus rien, ni le Giaï ni même Bastianina devenue ensuite sœur Geltrude Rosalia, elle parlait toujours en revanche de Moncalvo et elle appelait Antonia *Maman*, ainsi que petite fille elle avait appelé Luison. Chaque nuit, quand le clocher sonnait les premières heures, elle se mettait à parler : « Maman, disait-elle, où tu as envoyé ma sœur ? Où tu l'as envoyée ? » C'était chaque nuit la même question répétée des dizaines et des dizaines de fois toujours sur la même note, jusqu'au moment où la Limasa se levait et venait lui remonter les couvertures.

Piulott l'entendait de son lit et cette voix, au lieu de l'effrayer, la réconfortait. C'était une rengaine qui redessinait les ombres et qui, dans les ténèbres encore, semblait précéder le chant du coq. Elle tendait une main pour toucher la Suave endormie près d'elle mais elle se sentait la seule à comprendre ce que Fantina voulait, comme l'appel d'un oiseau qui inviterait ses compagnons perdus à se rassembler. C'était un son qui apportait avec lui les vibrations de la toute première enfance, quand le vert des arbres et l'errance des nuages sont encore semblables à des liquides qui se déversent les uns dans les autres et que les mots et les choses, encore indifférenciés pour la perception des sens, revêtent des formes en constante métamorphose. Et de loin, du lieu d'où arrivait cette cantilène, elle faisait remonter avec elle, comme le joueur de flûte enchantée, les personnages informes des rêves. Si semblables, ou peut-être étaient-ce les mêmes, à ceux des premières années de la vie.

L'absence de Pietro-Giuseppe dura douze ans. Même Antonia avait cessé de l'attendre ; son beau-fils et Luis lui semblaient avoir, dans leur opposition, une ressemblance qui l'effrayait. Et de même que pour Luis cette première femme morte à dix-huit ans était devenue avec le temps le symbole de la jeunesse et du bonheur perdus, Pietro-Giuseppe, pour elle, avait fini par traîner derrière lui la même image douloureuse. Si elle avait tant désiré son retour les premiers mois, à mesure que les années avaient passé elle avait, sans même s'en rendre compte, effacé ses traces, jeté les livres oubliés, les cahiers du temps où il était enfant.

La lettre qui lui annonçait sa nomination comme conseiller à la cour d'appel de Turin la prit au dépourvu. Pietro-Giuseppe lui parlait dans cette lettre de son transfert dans ce nouveau siège et de son intention de venir passer une période de vacances avec eux. Ils pourraient ainsi rattraper le temps perdu, écrivait-il ; et tout à la fin, comme un paragraphe au bas de la page, il avait ajouté que le cousin Tomà, parti en novembre 1855 entre sa mère et Rosetta du Fracin, n'avait rien désiré d'autre pendant toutes ces années que de revenir un jour. S'ils n'avaient rien contre, il l'amènerait avec lui.

Ils arrivèrent un dimanche de juin et Pietro-Giuseppe laissa son cousin rassembler seul les bagages : l'impatience tout à coup avait été la plus forte. Un gamin monta en courant avertir son père. Luis descendit à sa rencontre dans l'allée avec sa femme et son frère cependant que Piulott et la Suave, saisies d'une honte soudaine, montaient dans le grenier où étaient alignés parmi les fruits disposés sur des nattes les coquillages que Pietro-Giuseppe avait envoyés durant toutes ces années. Et quand, par les fenêtres surbaissées au ras du plancher, elles le virent arriver, elles se reculèrent, effrayées de ce qui allait se passer.

Mais il ne se passa rien, Pietro-Giuseppe nettoya ses chaussures poussiéreuses sur le paillasson et elles entendirent sa voix dans la cage de l'escalier, celles de Luis, de Gavriel, d'Antonia. On était à la fin du mois de juin et Pietro-Giuseppe avait chaud, le voyage avait été long et il demanda à la Limasa s'il était possible d'avoir un bain.

Piulott sortit sur le palier et instinctivement tira le cordon de la cloche qui avait relié autrefois la chambre du Giaï au reste de la maison. Pietro-Giuseppe leva la tête et l'entrevit au moment où elle se tirait en arrière. « Piulott ! appela-t-il, descends, je t'ai reconnue. » Elle se laissa glisser sur les marches en prenant appui sur la rampe et quand elle se trouva face à son frère, elle resta muette : ce qu'elle avait devant elle, c'était un monsieur avec un début de ventre et de grosses moustaches châtain. Les yeux qui la regardaient, d'un gris uniforme, semblaient lire la déception sur son visage. Elle lui prit la main et la baisa. « Je ne suis quand même pas un évêque. » Pietro-Giuseppe avait retiré sa main et son regard avait croisé à ce moment-là celui de la Suave qui était encore dans l'escalier, grande, superbe. Pendant un instant il resta à la regarder, puis il se pencha et prenant dans ses mains le visage de Piulott, l'embrassa sur le front. Il sentit sur elle l'odeur du grenier, une odeur de fruit et de poussière. Piulott rit, un rire de gorge, qui s'arrêta aussitôt. Elle avait dix-sept ans et Pietro-Giuseppe trente-quatre.

On l'emmena tout de suite voir les coquillages. Dans le grenier la lumière rasante frappait les ourlets des robes, laissant les visages dans l'ombre, et une guêpe attirée par les fruits posés sur les nattes traversait ces bandes chaudes de soleil d'après-midi. Piulott prenait les coquillages l'un après l'autre et lisait à voix haute les noms qu'elle avait écrits avec l'aide du bénéficier. La nomenclature était absurde et Pietro-Giuseppe riait, sous ses moustaches apparaissaient ses dents rares, gâtées par le tabac. Ils se parlaient comme un frère et une sœur qui se connaissent depuis toujours mais quand leurs regards se croisaient, c'était comme s'ils se voyaient pour la première fois. La Suave, silencieuse, allait et venait pour remettre en place les coquillages, sa tresse sombre qui battait entre ses omoplates.

Pietro-Giuseppe était fatigué et il s'était assis dans un vieux fauteuil abandonné au milieu des nattes, la Suave à côté de lui comptait les coquillages, son cou frêle et blanc incliné.

Mais Piulott s'était mise devant elle et il lui prit les mains, peut-être pour la faire changer de place et ne pas perdre de vue la Suave. L'émotion du retour l'étourdissait, les mains de Piulott dans les siennes étaient rêches, fortes. D'un geste brusque elle les lui retira pour s'asseoir sur ses genoux comme quand elle était petite. Un geste impulsif, d'instinct.

« Tu es grande maintenant, ce n'est pas possible. » Pietro-Giuseppe l'avait repoussée, elle s'était éloignée en haussant les épaules, quelle bêtise, avait-elle dit, ça n'est donc pas pareil ? Elle avait pris un coquillage dans sa main et le faisait briller avec sa salive, la Suave s'était retournée et regardait, stupéfaite. Mais la Limasa appelait d'en bas pour dire que le bain était prêt et Pietro-Giuseppe s'était levé ; quand il avait penché la tête pour passer la porte, elles avaient vu la cicatrice là où les cheveux devenaient plus rares.

Plus tard, vers le soir, quand Pietro-Giuseppe se mit à l'épinette pour voir s'il se rappelait les airs d'autrefois, Piulott ne s'approcha pas et resta debout près de la porte. La Suave rassembla son courage et en posant sa main sur le bois de l'épinette lui demanda s'il connaissait la chanson *Dame de Lombardie**. C'était une soirée humide, presque brumeuse à cause de la grande chaleur de la journée et la première euphorie passée, on sentait dans la maison un malaise comme après une occasion longtemps attendue mais dont on n'a pas mesuré les conséquences. Antonia, dans la cuisine, faisait avec de la crème des dessins sur le gâteau et se demandait comment elle devait appeler son beau-fils quand elle parlait avec la Limasa. La Limasa éprouvait le même embarras si bien qu'elles ne le nommaient pas. La seule à être heureuse c'était la Suave qui, le menton appuyé sur la paume de sa main, écoutait Pietro-Giuseppe chanter :

Aussi je vous dis Dame de Lombardie, / Epousez-moi, épousez-moi...

Sa voix avait conservé le timbre limpide qui était autrefois celui de sa mère et cette voix, inexplicablement, fit frissonner Antonia, la crème s'étala sur le gâteau.

Ce soir-là ils firent grande fête, le bruit du retour de Pietro-Giuseppe s'était répandu et peu à peu les amis d'autrefois étaient arrivés, des garçons qui avaient jadis couru avec lui dans les champs en déchirant leurs culottes dans les vignes et qui, adultes à présent, engoncés dans leurs habits du dimanche, intimidés et intrigués, le regardaient. Pietro-Giuseppe buvait et faisait boire et en peu de temps la timidité avait été vaincue, le langage s'était fait plus libre, Pietro-Giuseppe riait et dans l'allégresse ses

---

(*) *Donna Lumbarde* : vieille chanson piémontaise (N.d.T.).

yeux semblaient changer de couleur. Plus tard, le fils de Bigiot arriva avec un petit accordéon et ils allèrent chercher les épouses et les sœurs assises dans les cours à prendre le frais, et tout le monde se mit à danser.

Le plus doué était le cousin Tomà et ses cheveux dans la danse se soulevaient avec légèreté, il n'était jamais fatigué et il faisait danser toutes les femmes, jeunes et moins jeunes, il aurait même fait danser Antonia si seulement elle l'avait voulu. La Suave, il la tint bien haut au-dessus du sol et tout le monde se demandait où il en trouvait la force, décharné comme il était. Quand il la posa à terre, la Suave avait la tête qui tournait et elle ressentait une douleur à l'endroit où les mains du cousin Tomà l'avaient serrée.

Piulott dansa avec Pietro-Giuseppe et il avait du mal à la tenir éloignée : elle aimait son odeur de vin, ses moustaches, la sueur qui lui coulait dans le cou. Elle aimait même ses dents gâtées par le tabac, serrées dans la fougue de la danse.

Ça suffit, avait dit Antonia aux deux filles, allez au lit. Et alors que la Suave avait été prompte à obéir, Piulott était allée plaider leur cause auprès de son père resté dans la grande salle avec le maire et Bigiot. Une soirée comme celle-là, ça ne pouvait pas finir ainsi, avait-elle dit, jamais plus il n'y en aurait de pareille, et elle se tordait les mains d'excitation, le visage resplendissant dans le cône de lumière de la lampe.

Piulott avait une bouche qui, même dans les moments les plus heureux, conservait toujours une ombre de tristesse, indéchiffrable, injustifiée. Même quand elle riait et que l'allégresse transformait pour un instant son visage, cette bouche gardait, de cette tristesse, une trace. Grande, douce, elle se dessinait sur ce visage comme découpée par les profondeurs de son âme. Luis avait pour elle une affection particulière mêlée à une sensation de peine, comme si la tension intérieure qui transparaissait de ce visage sombre, étroit, presque sauvage dans sa pureté, pouvait désarticuler ce corps frêle. A présent ses yeux brun-vert, aux coins légèrement descendants, humides comme jadis peut-être ceux du soldat de Saint-Domingue, le fixaient avec anxiété. D'accord, avait-il dit, mais ne restez pas trop tard. Le sourire de Piulott avait resplendi un instant avant de disparaître à nouveau du cône de lumière de la lampe. Et pour finir elles s'étaient endormies sur des chaises, elle et la Suave, et la Limasa avait dû les emmener au lit presque comme des paquets cependant qu'au petit accordéon du fils de Bigiot était venu se joindre, tel le trille d'un oiseau, la flûte du cousin Tomà.

Cette nuit-là la Suave pleura. Ses larmes avaient trempé l'oreiller et ses cheveux épars autour de son visage. Piulott s'était levée : un début de jour filtrait derrière les volets et elle avait ouvert la fenêtre en grand sur le pré traversé par cette lueur grise qui précède l'aube. C'était si beau qu'elle avait appuyé ses coudes sur le rebord. Piulott... au milieu des cheveux sombres le visage de la Suave apparaissait encore plus blanc, dévasté par les larmes, viens, lui disait-elle, viens dans mon lit, juste un moment. Piulott avait quitté à regret la fenêtre et quand elle s'était glissée sous le drap elle avait senti le corps de la Suave trembler, ses mains s'étaient plantées en elle comme des clous. Au milieu des larmes la Suave continuait de parler, ne me quitte jamais, disait-elle, jamais, jure-moi que jamais. Alors elle l'avait caressée en essuyant ses larmes avec ses cheveux, que tu es bête, disait-elle, qu'est-ce qui te passe par la tête... Mais pour la première fois elle éprouvait de l'agacement à sentir les jambes de la Suave s'enlacer aux siennes et elle restait raide, les pieds tendus contre le matelas.

Au début de juillet arriva également Evasio ; et

une semaine plus tard, ce fut la charrette portant les bagages de Sofia, venue en visite avec ses deux enfants, qui remonta l'allée.

Comme cadeau, Sofia avait apporté de Biella des pièces d'étoffe pour tout le monde et Piulott se fit coudre par Marlatteira sa première robe de cotonnade. Le cousin Tomà organisait chaque jour quelque chose, une excursion ou bien un goûter à la ferme de la Grue où ils s'asseyaient sous le cerisier. Ou alors ils s'en allaient vers la fin de l'après-midi sur la route de la Madone-des-Neiges et les paysans qui rentraient des champs les voyaient, tout un groupe, rire et plaisanter, les enfants de Sofia qui couraient de long en large. Les paysans ôtaient leur chapeau avec respect et s'étonnaient que Monsieur le conseiller se promène avec tant de désinvolture aux côtés de ce maigre, interminable cousin, toujours prêt à gesticuler et à faire rire.

Aux heures les plus chaudes, derrière les volets à demi-fermés de la grande salle, ils jouaient aux cartes et la voix de Sofia résonnait. Son mari était un homme très austère, il aimait à la voir toujours avec un ouvrage à la main, couture ou broderie, et elle ne se rappelait pas s'être jamais autant amusée qu'à ces parties avec le cousin Tomà. A voir la passion, vraie ou feinte, qu'il mettait à s'emparer des cartes avec ses mains démesurées. Des parties qui n'avaient jamais de fin et se poursuivaient souvent encore le soir, quand le dîner avait été desservi et que par les fenêtres ouvertes entraient le chant des grillons et le coassement de quelque grenouille toute proche. Et quand ce n'était pas à cause des cartes, ils restaient debout pour jouer à colin-maillard et nul ne parlait plus d'envoyer les enfants au lit. De sa chambre Antonia les entendait encore rire et faire du vacarme, la voix de Tomà dominant toutes les autres. De Tomà, que Sofia avait attrapé par sa veste à carreaux ; et l'on ne savait pas si c'était elle qui regardait par-dessous le mouchoir ou lui qui se faisait prendre et laissait les doigts de Sofia se glisser dans ses cheveux blonds. Les enfants excités criaient et en faisaient dans leur culotte pour que leur mère les attrape eux aussi.

La flûte, le cousin Tomà n'en avait plus joué en public. Peut-être n'était-ce arrivé le soir de la fête que parce qu'il avait bu. Il en jouait tout seul, enfermé dans sa chambre, et par la fenêtre ouverte les notes arrivaient dans le jardin où Sofia, assise sous le noyer, faisait faire leurs devoirs aux enfants. Elle levait les yeux vers les rideaux qui se gonflaient dans le soleil ; c'était une musique lente, avec de longs passages mélodiques, et Sofia se laissait distraire, elle donnait aux enfants des réponses fausses ou bien mettait le doigt sur sa bouche pour qu'ils fassent silence au lieu de la tourmenter avec toutes ces questions, cependant que son regard suivait les volutes des abeilles ; un mouvement bref puis le corps qui vibrait à peine sur la fleur, le long vol enfin qui les emmenait au loin.

La Suave s'arrêtait au pied des escaliers pour écouter elle aussi le son de la flûte, et la musique du cousin Tomà, si différente de celle à laquelle elle était habituée, la troublait. Evasio apparaissait dans l'entrée et elle le voyait reflété dans le miroir du portemanteau, ses yeux qui cherchaient les siens comme si le regard indirect pouvait exprimer ce qui, directement, lui était interdit. La Suave le fixait un instant, puis elle tournait la tête et montait rapidement les escaliers, le son de cette flûte qui la suivait dans le corridor.

Parce que la grande passion de la Suave est la musique et à chaque fois que Pietro-Giuseppe s'assied devant l'épinette elle s'approche de lui, grande et droite, ses yeux bruns étirés dans son visage aux pommettes fortes, les lèvres prêtes à suivre les notes. Pietro-Giuseppe joue pour elle *Dame de Lombardie* et quelquefois aussi la chanson dont la Suave porte le nom : *La pauvr Olanda / C'est la femm' d'un tambour...*

Parfois, si on le lui demande, le cousin Tomà parle dans cet idiome étrange qu'il utilisait avec sa mère, et Piulott et Sofia rient jusqu'aux larmes ; mais Antonia doit tourner son visage de l'autre côté tellement ces sons, avec le souvenir d'un été maintenant lointain, lui font mal... Et quand ils sont assis à table et que Piulott et Evasio se lèvent, jouent avec leurs fourchettes, que les enfants se balancent sur leurs chaises, toute cette grande confusion, elle l'attribue à la présence de Tomà, à sa facon de tout prendre comme un jeu pendant qu'assise en face de lui Sofia, pour le regarder, en oublie de manger.

Car Sofia ne le quitte pas des yeux, tant de choses lui plaisent chez son cousin, elle ne saurait pas les démêler. Son extravagance l'amuse mais c'est peut-être sa soudaine gravité qu'elle préfère, ou ses gestes d'une extrême douceur. Comme lorsqu'il noue un ruban à la petite fille ou lui enlève à elle, Sofia, un insecte dans le décolleté de sa robe. Et quand le soir, la table débarrassée, ils s'assoient pour finir la partie de cartes, elle suit attentivement les explications sur le *piquet* ou le *reversis*. Car le cousin Tomà semble mettre beaucoup d'acharnement dans le jeu mais ne jamais prendre par contre au sérieux ce qui est grave et important pour les autres, et même quand il s'assied avec Luis pour parler du Traité de Commerce avec la France, il doit faire un effort pour garder un visage posé, sa peau claire qui se colore aux joues. Timidité ou invincible ennui ? C'est difficile à dire ; et si Gavriel aborde la question de la lutte pour les frontières de la Turquie, question qui devrait intéresser Tomà pour ses importations de dattes et de rai sins de Corinthe, il voit sa bouche qui semble se retenir douloureusement de bâiller.

La vérité est que le cousin Tomà déteste parler de guerre et de fusils, et si le Traité de Commerce avec la France le trouve indifférent, le problème des Dardanelles le trouve de glace. A Sofia, un soir, en se promenant dans l'allée des asters, il a parlé de son père mort au loin d'un coup tiré par une goélette turque. Elle a écouté, le regard compatissant, tandis qu'arrivaient de la maison le bruit des volets qu'on fermait, les voix des enfants qui se poursuivaient une dernière fois. Il parlait de ce coin perdu de Crimée où les puces se glissaient sous les pansements et la soif et la fièvre rongeaient son père. De cette lettre dictée à son camarade de tente quand déjà il délirait, et qui disait son déchirement d'être séparé de sa femme. Son visage encadré par ses cheveux retombant de chaque côté apparaissait blanc, semblable à de la cire, et ses longues mains maigres avaient pris celles que Sofia lui offrait en réconfort tandis que ses yeux plongeaient dans les siens. Des yeux d'eau, d'herbe, qui avaient fait trembler les doigts de Sofia dans ses doigts.

Un été sans aucun doute différent des autres. Le mari de Sofia veut savoir quand elle reviendra à la maison avec les enfants, elle lui fait dire qu'elle ne le peut pas pour le moment, la petite a de la fièvre et la grande chaleur de ces derniers jours rend le voyage inopportun. La chaleur est si forte que personne ne propose plus aucune excursion et même monter goûter à la ferme de la Grue est devenu une fatigue. Les mûres se sont desséchées avant de mûrir et le soleil tape contre les volets, fait évaporer chaque goutte d'eau. S'il ne pleut pas le trèfle sera brûlé et la luzerne aussi, le maïs donnera moitié moins de grains et pour le riz ce sera pire, étouffé dans un terrain tout crevassé. Le cousin Tomà tient compagnie à Sofia dans la chambre de la petite fille malade, il prend les deux cosaques de bois un peu ternis dans leur uniforme du tsar Alexandre et il les fait galoper sur les plis du couvre-lit ; ça, dit-il, c'est la neige de Russie, tandis que sa grande main effrayée est Sacarlott, du temps où il s'appelait encore Pidrèn et croyait qu'il allait mourir. La petite fille rit, les lèvres fendillées par la fièvre, Sofia raconte la fois où le petit Tomà, grimpé dans le noyer, tomba parce qu'une branche s'était cassée et dit *Pardon*.

Mais dès que le crépuscule arrive et que l'ombre glisse le long du mur jaune pâle de la maison, ils vont se promener en groupe sur la route de Lu. La Suave aussi obtient la permission et leurs pieds s'enfoncent dans la poussière épaisse, fine comme de la poudre. Une poussière qui est sur les haies, sur l'herbe rabougrie du bord de la route, dans les ourlets des jupes. Piulott marche à côté de Pietro-Giuseppe pour ne pas perdre un mot de ce qu'il dit et elle s'irrite de la voix du cousin Tomà qui ne cesse de s'interposer. Mais elle n'ose rien dire, et ses yeux brun-vert se referment entre ses paupières tandis qu'un crépuscule qui semble de poussière lui aussi, poussière et or, monte de la terre vers le ciel.

Le soir, quand la nuit tombe et que la Suave allume les bougies de chaque côté de l'épinette, Piulott reste immobile et dans l'ombre de ses cils son regard suit les mouvements de la Suave, le balancement sombre de sa tresse entre ses épaules ; et son ignorance lui pèse, elle voudrait maintenant savoir des choses sur les femmes que son frère a rencontrées. Sur demoiselle Ginette avec ses cheveux crépus hauts sur le front et ses joues pâles.

Pietro-Giuseppe la voit et sourit ; il aime, lui, la curiosité de Piulott, ses inerties soudaines quand elle s'assied les yeux mi-clos sous le noyer, abandonnée comme si elle dormait. Il s'amuse de son anarchie physiologique, désarmée mais invincible, et quand ils vont dans les champs il la regarde qui marche sans se préoccuper du soleil qui lui brunit la peau, sans se soucier qu'une ronce déchire ses vêtements déjà si pauvres. Mais ce que Piulott veut, c'est peut-être quelque chose de plus et Pietro-Giuseppe lève son regard du clavier et observe à la lumière des bougies son long visage brun au menton un peu mou, qui s'abandonne pour écouter. Il cesse de jouer et aussitôt les paupières de Piulott se soulèvent, ses yeux le fixent avec inquiétude. Il a envie de rire : *Dame de Lombardie, / Epousez-moi, épousez-moi...*

Le mari de Sofia est venu chercher sa femme. Il est grand, solide, et une barbe fournie fait le tour de son visage, brillante, brune, parcourue de fils d'argent. Quelques-uns de ses « mérinos » sont allés à l'Exposition universelle de Paris et il suce sa pipe avec satisfaction, il aspire, il souffle la fumée vers le haut en petits anneaux concentriques qui amusent les enfants. Au dîner il raconte sa fugue à seize ans, quand il avait rejoint Garibaldi en Toscane et l'avait suivi ensuite jusqu'à Rome. Il raconte l'arrivée à Saint-Marin et le voyage sur une tartane jusqu'à la côte de Magnavacca avec les navires autrichiens qui les poursuivaient. Son œil unique traversé de filaments sanguins brille dans la lumière de la lampe, il a gardé encore, dit-il, son uniforme avec la veste rouge et le képi, la chemise tachée de sang de cette fois où, à Magnavacca, il s'était perdu dans les marais et une branche lui avait crevé l'œil. Piulott l'écoute bouche bée, l'histoire elle la connaît déjà, mais bien des détails sont pour elle inédits et elle mâche lentement tandis que Sofia qui connaît et l'histoire et les détails montre une attention polie. Seul le cousin Tomà continue avec irrévérence à pétrir de la mie de pain pour en faire des boulettes et il en menace les enfants, qui rient. De temps en temps il bat des paupières comme si la lumière le gênait, ou peut-être est-ce la vision de ce bandeau noir semblable à un trou dans le beau visage du mari de Sofia.

Cette nuit-là, lorsque Antonia, à cause de la grande chaleur, alla ouvrir la fenêtre, il lui sembla voir le cousin Tomà qui rôdait, long et mince, dans le jardin. Mais il y en eut aussi qui le virent grimper tel un chat dans le noyer, son corps qui rampait contre le tronc et ses cheveux blonds qui apparaissaient ici et là entre les feuilles. Un des vachers se réveilla au claquement de la porte de la petite étable où l'on gardait les chapons à engraisser et il pensa que c'était un voleur, il sortit avec sa fourche mais ne vit personne. Puis il entendit le son du violon du Giaï, clair, limpide, un son qui par moments venait du puits et à d'autres se traînait sous la treille ; et il posa sa fourche et retourna dormir dans la paille.

Seul le mari de Sofia, peu porté au surnaturel, se mit à la fenêtre, qui va là ? cria-t-il. Une fois, deux fois. Sofia, restée dans le lit, ne lui parla pas du violon que Fantina avait gardé dans sa boîte pendant tant d'années et qui était devenu avec l'humidité et les vers à bois aussi mou que du papier ; un son qui revenait à certains moments particuliers, bien que plus personne ne sût où ce violon pouvait être. « Laisse ouvert », dit-elle à son mari. Ce son lui donnait une grande langueur, une légèreté où venaient affleurer les désirs oubliés. Et tandis que son mari refermait la fenêtre parce que l'air de la nuit est traître, elle continuait d'entendre ces notes à travers les vitres et les rideaux, les plumes de l'oreiller.

Mais c'était peut-être la flûte du cousin Tomà perché dans les branches du noyer, bien que le son de la flûte soit très différent de celui du violon, et Antonia revenue dans son lit se réjouit de ce que le mari fût venu chercher Sofia, même si toute séparation était pour elle une souffrance. Qui sait sinon pendant combien de temps encore Sofia aurait continué à s'intéresser à la guerre de Crimée, à se la faire raconter le soir dans l'allée des asters, un châle si léger sur les épaules qu'elle ne s'apercevait pas de l'avoir perdu. Qui sait combien de temps encore ces interminables parties de cartes, avec la Limasa qui s'endormait à la cuisine sur une chaise en attendant d'éteindre les lumières. Les doigts qui se touchaient sur le tissu tendu sur la table, les cartes qui passaient d'une main à l'autre : merveilleux, tu as gagné encore une fois. Ça ne vaut pas, ça ne vaut pas, protestait Piulott, Tomà triche, il passe les bonnes cartes à Sofia pour qu'elle gagne !

Maintenant Sofia est partie, son mari portait dans ses bras la petite fille encore convalescente qui s'accrochait à son cou. Parti aussi le cousin Tomà, rentré compter ses dattes et ses stocks de raisin de Corinthe. Il a promis de revenir l'an prochain et dans la malle-poste, il a voulu grimper sur le siège du cocher, tout le monde sur la place le regardait, avec son casque de cheveux tombants qui brillaient dans le soleil, son chapeau qu'il agitait en signe de salut, ses jambes qui pendaient, longues et désarticulées. Au retour, en remontant par la route où les ornières des charrettes disparaissent dans la poussière, Piulott et Pietro-Giuseppe sont restés silencieux, par moments, les sourcils froncés, elle le regardait. Le visage de Pietro-Giuseppe est tanné, sec, son début de ventre a disparu et il répond à ce regard de sous les bords de son chapeau, comme pensif. Tu es triste, lui dit-elle. Non, pourquoi le serais-je ? Ses yeux semblables à la poussière la contemplent, impénétrables.

Ils ne sont plus que tous les quatre à présent, elle, la Suave, Pietro-Giuseppe et Evasio, et la vie a repris dans le silence de tous les jours. Evasio doit étudier et souvent il rêvasse en regardant à travers les grilles du cabinet de travail les deux jeunes filles qui ramassent des fruits : des figues, des poires tombées à terre et pas encore mûres qu'elles posent sur le rebord de la fenêtre. L'après-midi, dans les premières ombres que septembre allonge sur le pré, le jardin est vide, les deux filles sont parties à la chasse où elles suivent Pietro-Giuseppe, et rien ne les arrête. Elles traversent les fossés, s'égratignent aux buissons, sautent quand il faut sauter, et ceux qui les rencontrent dans les champs, le chien devant et Pietro-Giuseppe entre elles deux, l'une mince et brune et l'autre grande avec sa belle tête bien droite, se posent bien des questions sur le jeune conseiller à la cour d'appel et la fille bâtarde de la Limasa. A chaque coup qui fait mouche le chien rapporte une caille ou un faisan, quelquefois un lièvre, et la Suave tourne la tête de l'autre côté à la vue de l'animal qui se débat dans un dernier spasme tandis que Piulott le prend dans la gueule du chien et l'achève en le jetant contre une pierre. Le sang tache ses mains, sa robe.

La Suave revient de ces promenades le visage coloré, un élan insolite en elle, la Limasa bougonne parce qu'elle s'en va perdre son temps au lieu d'apprendre le *point de Venise* et l'*ardanger*, le bouillonné pour la lingerie fine, mais elle ne parvient pas à cacher un plaisir instinctif. La beauté de la Suave est trop puissante pour que la Limasa puisse s'arrêter sur les dangers de tout ce vagabondage heureux, et quand elle les voit tous les trois se mettre en route ou que la Suave passe en courant, essoufflée, inattentive à tout sauf à rejoindre Pietro-Giuseppe qui l'attend immobile sur le sentier, elle est saisie d'une sorte d'étourdissement.

Ils étaient toujours ensemble. Pietro-Giuseppe les emmena pour une visite à Pomaro où vivait la Sirène, qui avait été dans sa jeunesse une grande amie des six sœurs Maturlin et qui maintenant, avant de mourir, voulait connaître le fils de Teresina devenu conseiller à la cour d'appel de Turin.

La Sirène s'appelait en réalité Maria-Carlotta et elle avait épousé un des seigneurs de Pomaro mais pour atteindre son but elle avait dû user de tels pouvoirs de séduction que la rumeur publique lui avait donné le surnom de *Sirène*. A présent elle était vieille et grasse et ce surnom lui faisait plaisir, plus que le titre auquel elle aurait eu droit. Elle se promenait dans les allées avec une mantille à franges jaunes et appelait les paons qui, au son de sa voix, faisaient la roue dans un grand tremblement de leurs crêtes semblables à des pistils. Les deux jeunes filles la suivaient, admiratives, en marchant sur les aiguilles noires tombées des cèdres du Liban, si hauts qu'ils obscurcissaient le ciel. La Sirène s'arrêtait à chaque pas et louait à voix haute la beauté de la Suave, de ses cheveux, de son teint, de ses yeux. Plus tard, assise à l'écart avec Pietro-Giuseppe, elle demanda qui elle était et quand elle sut qu'elle apprenait à coudre pour les mariées, elle s'offrit de la garder quelque temps au château pour renouveler sa lingerie de nuit.

C'était une vieille femme un peu sourde et elle avait parlé fort ; à quelques pas de là, la Suave s'était retournée et rouge d'embarras, elle avait regardé Pietro-Giuseppe pour voir ce qu'il allait répondre, tordant ses petites mains abîmées par l'aiguille. Mais ce fut Piulott qui répondit : c'était une excellente idée, dit-elle, bien sûr personne ne s'y opposerait. Puis elle s'interrompit parce que le courage lui manqua.

Personne ne lui avait rien demandé, à elle, et la Sirène la fixait avec étonnement cependant que les yeux de la Suave étaient devenus vitreux, les larmes prêtes à déborder. Pietro-Giuseppe n'avait rien dit et ce silence avait donné à Piulott un courage nouveau. Oui, avait-elle repris, la Suave brode très bien, et puis elle serait certainement heureuse de vivre dans un endroit où il y avait même une balançoire ! Elle avait dit « balançoire » pour ce que la Sirène avait pompeusement baptisé l'*escarpolette** et elle tournait à présent son regard autour d'elle pour trouver d'autres agréments, le visage pâli par l'émotion. Appuyé contre le dossier en fer, les jambes croisées à

(*) En français dans le texte.

hauteur des mollets comme tante Marianne le lui avait appris, le cigare entre le pouce et l'index, Pietro-Giuseppe la regardait sans intervenir.

La visite se termina en silence, la Sirène, se souvenant tout à coup qu'elle était marquise, caressa avec bienveillance la tête de la Suave et offrit à Piulott sa main à baiser. Piulott fit semblant de ne pas la voir et après avoir esquissé avec tout son corps ce qu'elle supposait être une révérence, partit devant. Et à peine dehors elle fut saisie d'une grande allégresse.

C'était le soir, la fin de la visite, mais c'était surtout ce qu'elle avait perçu dans le regard de Pietro-Giuseppe. Un pardon aveugle, une indulgence qui allait au-delà de toute espérance. Elle étreignit la Suave, la rassura en lui disant que personne ne voulait la renvoyer et la prit par la main pour qu'elle descende avec elle en courant à travers les champs, où les pieds s'enfonçaient dans une brume légère. La Suave se laissa tirer, des nuages s'enflammaient çà et là dans le ciel et les couleurs profondes de l'air semblaient pénétrer dans les poumons. Piulott défit les épingles qui maintenaient ses cheveux et elle aurait voulu arracher sa ceinture, les lacets de sa jupe, si grand était son désir de liberté. La Suave, déconcertée, la regardait et dès qu'elle le put elle retira sa main.

« Et les paons, ils n'étaient pas jolis ? » Piulott s'est arrêtée, le buste droit de la Suave émerge au-dessus de ce brouillard stagnant, ses yeux semblables à des étoiles soutiennent le défi : « Tu as vu les plants de pommiers ? »

« Sorcière ! lui crie la Suave, sorcière, sorcière... » Elle s'est enfuie en courant comme si elle naviguait sur cette ouate de brouillard, une voile légère dans le crépitement de ses pas.

Piulott a rejoint Pietro-Giuseppe sur la route, ils se sont pris par la main, ses doigts étaient brûlants. Les couleurs dans le ciel s'étaient éteintes, ils ont marché lentement et ils n'ont pas rattrapé la Suave. Quand ils ont tourné dans l'allée des asters, leurs mains se sont disjointes, de la maison arrivaient des notes égrenées une à une sur l'épinette par une main mal assurée : *Dame de Lombardie, / Epousez-moi, épousez-moi...* Luis était assis sous le noyer et il les a appelés. Il a offert à son fils de prendre un verre de vin avant le repas. Pietro-Giuseppe a raconté leur visite à Pomaro. Elle avait le vice de priser le tabac quand elle était jeune, dit Luis à propos de la Sirène, et son nez était toujours rouge... mais tout en parlant il perçoit dans l'attention de son fils quelque chose de forcé, comme s'il voulait se montrer semblable aux autres, être simple quand tant de choses en lui démontrent le contraire ; et il se tait et lui reverse du vin.

Mais même Luis ne se demande pas pour quelle raison Pietro-Giuseppe préfère la compagnie de deux filles ignorantes à celle d'hommes adultes, de personnes plus semblables à lui. Et si cette pensée l'effleure, c'est toujours à la Suave qu'il pense, à la Suave qui est allée maintenant cueillir du raisin pour le dîner et qui apparaît sous la treille, semblable à une tache claire dans l'ombre épaisse de ses cheveux.

Evasio est apparu sur le seuil : « Maman a besoin de toi à la maison », a-t-il dit à Piulott. C'était peut-être lui qui jouait *Dame de Lombardie* et Pietro-Giuseppe tout en se versant à boire regarde les mains d'Evasio : des mains qui tremblent légèrement, toujours un peu moites. Ses yeux clairs hérités de la famille de Braida sont d'un bleu pâle qui pourrait être superbe s'ils n'étaient perpétuellement rougis. Allez, répète-t-il à Piulott, maman t'attend, et son regard cherche la Suave, elle est restée immobile sous la treille, même ses ciseaux ne font plus de bruit.

Piulott s'est levée de mauvaise grâce et avant de s'éloigner, passant derrière la chaise sur laquelle il est assis, elle entoure de ses bras le cou de Pietro-Giuseppe et se penche rapidement avant de lui donner un baiser. C'est un baiser de remerciement mais les lèvres sur la joue s'abandonnent et glissent lentement pour se détacher, Pietro-Giuseppe retient la main posée sur son épaule, elle a un rire doux. Et tout est si naturel, nul ne s'étonne, pas même Evasio. Pendant un instant tout semble parfait : le soir, la petite table ronde en fer, le noyer, les pas de la Suave sur le sentier.

La Suave tomba malade. Elle qui était la plus ignorante, elle avait compris que quelque chose d'intolérable était en train d'arriver. On la transporta dans la petite chambre de la Limasa et sa mère s'installa une couche au pied de son lit. C'était une fièvre d'été, ennuyeuse, et la Suave, la tête sur l'oreiller, fixait la petite fenêtre fermée par des barreaux, et chaque ouvrage que la Limasa lui mettait entre les mains, même un simple mouchoir à ourler, elle le laissait retomber tellement elle était épuisée. Quand elle entendait quelqu'un passer dans le couloir elle tournait la tête dans l'espoir que ce fût Piulott.

Mais Piulott entrait rarement et ses doigts qui jouaient avec l'ouvrage abandonné sur la couverture avaient dans leur impatience quelque chose de cruel, ils donnaient à la Suave le désir de mourir. Elles échangeaient quelques phrases et les réponses de Piulott ne disaient rien : le prévôt, à la grand-messe, avait fait un prêche sur le diable. A Pomaro non, ils n'y étaient plus allés... Son regard tournait tout autour sans se poser et peu de temps après être entrée, elle était déjà à la porte, son long visage brun s'appuyant contre le chambranle dans un ultime revirement.

Cet été aurait pu finir ainsi, avec la Suave qui guérissait lentement et Piulott à la chasse avec Pietro-Giuseppe et le fils de Bigiot. Une caille qui prend son envol, le coup de fusil, le chien qui court et Piulott qui va à sa rencontre pour lui arracher l'animal de la gueule. Le brouillard léger du crépuscule. Les premières pluies, les soirées qui deviennent plus froides. Pietro-Giuseppe qui joue *Dame de Lombardie* et la Suave dans sa chambre qui écoute.

Le carton d'invitation, ce fut l'huissier de la mairie qui l'apporta et il attendit sous le noyer que quelqu'un vînt lui offrir à boire. Mais ce billet avait suscité un tel émoi que lui, tout le monde l'avait oublié : strictement personnel, il invitait l'Illustre Concitoyen, glorieusement blessé à la bataille de Lissa, à l'inauguration du monument aux morts pour l'Indépendance qui devait avoir lieu à Alessandria. Afin de pallier aux désagréments du voyage, la municipalité mettait à sa disposition une voiture avec cocher.

Pietro-Giuseppe était sorti et quand il fut de retour il accompagna l'huissier jusqu'en bas de l'allée. Quant à accepter ou non l'invitation, lui dit-il, il le lui ferait savoir au plus vite. Ses vacances allaient prendre fin et il lui déplaisait d'en perdre fût-ce même deux jours. L'huissier hochait la tête comme s'il lui devait une approbation inconditionnelle mais quand il arriva à la grille, il s'arrêta : il n'avait peut-être pas bien compris, est-ce qu'il refusait ? Ses yeux le regardaient avec incrédulité et il parlait à nouveau de la voiture. Une voiture avec des sièges rembourrés, elle était déjà préparée dans la remise de la mairie.

A table, même Luis s'était étonné de l'indécision de son fils et il avait essayé de le convaincre, presque intimidé par une telle indifférence. Dis oui, dis que tu y vas, la voix de Piulott avait éclaté, s'il te plaît, comme ça tu m'emmènes aussi... Elle était en train de lui changer son assiette et sa main posée sur la nappe trahissait encore, dans sa mollesse, l'adolescence. Je t'en prie. L'impétuosité et la plainte.

Luis, surpris, l'avait regardée, Gavriel avait cessé de manger. Elle avait soudain rougi, elle était peut-être allée trop loin et sa mère à présent la reprenait, ce ne sont pas des choses à demander, lui avait-elle dit, personne ne l'avait invitée, elle. Je sais, je sais, avait-elle répondu à toute vitesse, mais ça fait que je reste toujours à la maison, je ne vais jamais nulle part. Sur la nappe, la main implorait.

Pietro-Giuseppe n'avait encore rien dit et regardait tranquillement son père. « Si Piulott y tient tant que ça... » avait-il fini par dire, ses yeux de poussière qui semblaient abandonner à Luis toute décision.

« Oui, moi oui ! » presque ridicule, cette joie.

Personne n'avait protesté, Antonia elle-même s'était tue, frappée par le regard que Piulott avait lancé autour d'elle : dans ces yeux brun-vert il y avait le bonheur qu'ils ne connaissaient plus, eux, depuis bien longtemps. La main s'était retirée de la nappe, Piulott était encore immobile, tenant l'assiette, Pietro-Giuseppe la sentait derrière lui. Perdue, affolée par ce qu'elle avait obtenu.

La voiture était une berline avec des rideaux gris élimés, Barbissa qui conduisait les chevaux pesait au moins quatre-vingts kilos et en montant sur le siège il fit grincer tous les bois. Les gens sortirent sur la route pour voir passer la voiture qui était venue chercher le fils de Luis invité par le préfet d'Alessandria, et Piulott, tirée en arrière contre les coussins, riait d'émerveillement, sa grande bouche mélancolique tremblant un peu. Elle avait mis sa plus belle robe, une cotonnade à carreaux, et dans son excitation elle serrait ses mains l'une contre l'autre. Quand la berline tourna sur la grand-route, ils étaient déjà dans les bras l'un de l'autre.

Ils s'embrassèrent longtemps, pendant des heures, en silence. Ils s'embrassèrent le visage, les cheveux, les lèvres de Pietro-Giuseppe se refermèrent sur le creux doux de sa gorge. Mais elles n'allèrent pas plus loin. Et si Piulott n'avait plus de doute sur la nature de ses désirs, une sorte de cécité l'empêchait de les faire parvenir à sa conscience. Ce bonheur était trop grand, il fallait le vivre entièrement, tout de suite.

A travers les rideaux, ils virent le soleil baisser puis mourir et quand Barbissa arrêta la berline et, intrigué par tout ce silence, ouvrit la portière, ils furent incapables de maîtriser leur émotion. Tout, à l'intérieur de la voiture, disait ce qui était arrivé. Barbissa referma d'un seul coup : pendant un instant sa grosse face large avait reflété, dans son ahurissement, l'énormité de ce qu'il avait vu. Mais pour eux ce n'était pas encore assez et dès que les chevaux furent repartis, Pietro-Giuseppe la serra contre son corps comme quand elle était petite, aussi fort que s'il avait voulu la faire entrer en lui.

Le soir, à l'auberge, ils dînèrent dans une grande gaieté. Tout était nouveau pour Piulott et devant toute cette nourriture elle ne savait que commander, la table se couvrit de plats. Les quelques hommes qui dînaient là, la serviette glissée dans leur gilet, les regardaient avec curiosité. C'était en vérité un couple insolite, lui laissait deviner sous ses vêtements de bonne coupe une ossature massive, paysanne ; elle en revanche, très jeune, portait une robe où les ciseaux n'avaient pas vraiment travaillé en finesse tandis que ses traits étirés et fins appartenaient à une autre race, à ces seigneurs de Braida qui comptaient des ancêtres jusqu'aux Croisades. Et puis une intimité excessive, avec cette fourchette qui allait de l'assiette de l'un à celle de l'autre. Un conseiller à la cour d'appel et sa jeune sœur, chuchotait le garçon.

La nuit, dans sa petite chambre sur la cour, Piulott resta éveillée à compter les heures qui sonnaient au clocher. Elle passait ses mains sur son visage et sur son cou, sur ses cheveux, pour sentir ce qu'avait senti Pietro-Giuseppe sous ses lèvres. Pas un instant elle n'eut de remords, les seules pensées qui, telles des éclairs, traversaient son esprit étaient tournées vers le lundi, quand ils feraient à rebours le trajet d'aujourd'hui. Vers l'aube elle se mit à la fenêtre, l'air était froid et une servante boiteuse tirait sans bruit de l'eau au puits, la chaîne avait été graissée pour ne pas déranger les clients et elle la manœuvrait doucement, attentive à ce que le seau ne heurte pas les bords. Puis, tout à coup, par une des arcades de la cour, elle vit déboucher Barbissa encore ahuri de sommeil, ses cheveux gris en désordre sur sa tête ; et elle se tira en arrière, effrayée.

Ce fut lui certainement qui parla. Que dit-il, et à qui, Piulott ne le sut jamais : ce retour en voiture resta pour toujours enfermé dans un recoin oublié de son âme. Pendant que Pietro-Giuseppe était au repas de la préfecture, Rosetta du Fracin se présenta à l'auberge pour l'emmener chez elle. Elle avait la permission de son frère, dit-elle, pour la garder quelques jours afin de lui faire connaître la ville. Elle monta dans le *landau** capitonné de velours écarlate sans comprendre que cela signifiait une séparation définitive ; et elle rit quand sur le seuil de la maison Camurà vint à sa rencontre et s'inclina pour un baise-main, honoré, dit-il, d'accueillir chez lui une petite-fille de la Chevalière.

Elle attendit pendant tout l'après-midi que Pietro-Giuseppe la rejoigne. Elle était sûre qu'il viendrait et à chaque bruit de voiture elle allait à la fenêtre sur la place où les platanes laissaient tomber leurs premières feuilles jaunes. Rosetta du Fracin lui avait donné une vaste chambre garnie de peu de meubles et quand le soir tomba, la lampe à pétrole éclaira le char de l'aurore peint sur le plafond. Elle attendit encore le jour suivant, passant d'une pièce à l'autre, et au repas elle écouta Camurà raconter sa vie de garçon pauvre du temps où il allait à Braida acheter des vieilleries et qu'au milieu des chiffons il trouvait parfois une manche ou un *revers** qui avaient appartenu à un vêtement de la Chevalière ; des étoffes si

(*) En français dans le texte.

fines que les filles s'en faisaient des rubans pour nouer leurs cheveux. Quand le soir fut venu et qu'elle comprit que Pietro-Giuseppe ne viendrait pas, elle se jeta sur le lit et de désespoir dormit comme une masse. Sans rêves, sans larmes.

Rosetta du Fracin l'emmena voir chaque rue, chaque église de la ville, où les lumignons brûlaient à côté du grand autel. Elle l'emmena voir la gare et le Tanaro. Le *landau* descendit le long de la grève du fleuve et les chevaux s'arrêtèrent au ras de l'eau. Rosetta du Fracin loua l'habileté du cocher, la beauté des peupliers qui tremblaient de toutes leurs petites feuilles argentées mais toute cette brillance semblait s'éteindre dans le regard atone de Piulott. Un soir, avec Camurà, elles allèrent au Théâtre royal où elle se réfugia tout au fond de la loge : elle avait honte de sa robe et elle garda tout le temps les yeux baissés, sourde à tout ce qui se passait autour d'elle.

Le lendemain, Rosetta du Fracin fit arrêter la voiture dans la banlieue où sur la campagne plate, sillonnée de cours d'eau, surgissaient les premières fabriques. Rosetta du Fracin aimait ce paysage, il avait plu et l'air était humide, une bande de soleil édairait l'horizon. Elle avait enlevé son chapeau et offrait son visage au vent léger qui se levait de la terre ; elle était encore belle et sa cape de tissu clair comme le plumage d'une tourterelle adoucissait sa carnation demeurée à l'abri des souffrances. De la pointe de son parapluie, elle indiquait à Piulott une construction de briques rouges : la future fabrique de Camurà. Cela faisait deux jours que Piulott n'avait presque rien mangé et sa robe, toujours la même, froissée, tachée, avait l'ourlet maculé de boue. Le sentiment qu'elle éprouvait pour cette femme belle et élégante, si empressée à lui désigner du bout de son parapluie les choses qu'elle possédait, ressemblait à de la haine. Des nuages bas, frangés d'ébarbures de soleil, surplombaient ces flaques d'eau. Elle s'était enfuie en courant et s'était réfugiée dans la voiture, enfonçant son visage dans les coussins de la banquette. Quand Rosetta du Fracin la rejoignit, elle la trouva qui sanglotait. Je veux rentrer à la maison, disait-elle entre deux hoquets. Je veux retourner chez maman.

Gavriel vint la chercher et dans le train qui les ramenait à Giarole il lui dit que Pietro-Giuseppe était reparti à Turin. Elle eut l'air de ne pas entendre et continua de regarder au-dehors les peupliers le long des fossés, les fermes, les vignes avec leurs feuilles qui commençaient à rougeoyer. Quand ils arrivèrent près de Villabella, elle demanda si l'on voyait du train la ferme des Maturlin et Gavriel la lui montra, sur une hauteur, avec le grand orme tordu devant. Une dame qui avait connu les sœurs Maturlin dans leur jeunesse se mit à parler de leur grande beauté : dans les bals, disait-elle, tous les jeunes gens étaient pour elles et il n'en restait plus un seul pour les autres. Elle raconta aussi que la dernière avait été la plus malchanceuse, elle s'était mariée à dix-sept ans et elle était morte à la naissance de son premier enfant. Ni Gavriel ni Piulott ne parlèrent des liens qui les unissaient aux sœurs Maturlin et un monsieur qui était assis en face ajouta que la beauté n'apporte pas toujours la chance. Cette Maturlin-là, ça lui avait surtout causé des malheurs.

Piulott ne voulut plus dormir avec la Suave, il lui était venu pour sa compagne de toujours une sorte d'aversion. Un jour, alors que la Suave était assise à coudre, elle lui coupa la tresse. Une autre fois elle mit le feu à la robe qu'on venait de lui apporter de Pomaro en cadeau. Ce jour-là, la Suave pleura beaucoup et Antonia obligea sa fille à lui demander pardon à genoux. Piulott obéit ; pâle, les dents serrées, les genoux sur la brique, elle scanda toutes les syllabes sans lever une seule fois la tête.

Quelques jours plus tard Gavriel la prit à part et lui parla longuement. C'était l'hiver et les moineaux becquetaient ce qu'ils pouvaient trouver sous les arbres, la terre était dure, brune, gelée. Il lui dit qu'un neveu de Camurà l'avait vue au théâtre et qu'il avait été frappé par sa grâce, il avait des intentions sérieuses, c'était quelqu'un de bien, il aidait son oncle dans ses affaires et un jour il serait très riche car il était le seul héritier de Camurà. Piulott l'écoutait en silence et regardait dehors la Limasa qui balayait le sentier de briques. Gavriel lui disait d'y réfléchir parce que c'était une opportunité intéressante, Camurà avait acheté pour son neveu une maison juste à la sortie d'Alessandria, là où sa nouvelle fabrique était en train de se construire et il serait très heureux de s'apparenter avec une petite-fille de la Chevalière.

Piulott s'était retournée et avait fixé son oncle avec des yeux qui semblaient dormir sous les paupières. « Il est vieux ? » avait-elle demandé.

Gavriel était resté un moment interdit : « Non, avait-il répondu, je crois qu'il n'a même pas trente ans. »

« Il est laid ? » On aurait dit une petite fille zélée qui s'informait du devoir à faire et il émanait de son visage tourné vers Gavriel, avec son menton un peu tombant, une tristesse presque palpable.

« Non, au contraire... » mais tout à coup Gavriel avait compris, elle ne se sentait pas si irrésistible que ça, et il eut envie de rire : « Ne t'inquiète pas, avait-il ajouté, il n'y a aucun piège. » Il s'était approché d'elle et lui avait fait une caresse sur la tête, elle s'était tournée à nouveau pour regarder dehors : la Limasa n'était plus là et le soir commençait à tomber. « Ne ris pas », avait-elle dit.

L'amour d'Evasio pour la Suave dura encore tout l'automne et une partie de l'hiver. De Turin où il était reparti avec ses livres d'anatomie, Evasio écrivait à la maison chaque semaine dans l'espoir qu'au moins, en apportant la lettre à sa mère, la Suave serait obligée de se souvenir de lui.

Il ne savait pas que ces lettres, la Suave ne les voyait même pas, elle n'attendait de courrier de personne et se levait tôt le matin pour descendre dans la via Barbecana où les sœurs avaient ouvert un nouvel oratoire pour les jeunes filles. Ses cheveux qui repoussaient formaient une forêt autour de l'ovale blanc de son visage et ses compagnes les touchaient avec admiration. Elle apprenait un nouveau point qui s'appelait le *point de Perse* et la sœur qui le lui enseignait assise à côté d'elle sur le petit banc, lui parlait de la paix du couvent et des délices que la Madone réserve à celles qui lui font don de leur virginité. La Suave écoutait avec attention, ses petits doigts précis qui faisaient glisser l'aiguille dans l'étoffe ; mais ce qu'elle pouvait bien avoir dans la tête, même la sœur brodeuse n'arrivait pas à le comprendre.

Quand Noël arriva, Evasio revint. Personne ne l'attendait et il tourna dans l'allée alors qu'il faisait déjà nuit, avec la lune haute dans le ciel. Il venait à pied de Giarole et frappa aux vitres de la grande salle où ils étaient tous en train de dîner. Sa mère et Piulott l'embrassèrent, mais lui, il chercha tout de suite les yeux de la Suave.

Un instant ; et son regard à elle, calme, sombre, glissa ailleurs. Evasio n'avait pas encore fini de dire bonjour que les jupes de la Suave avaient déjà disparu par la porte de la cuisine.

C'était un amour à fonds perdu, et Evasio le savait. Ce qu'il espérait de la fille que la Limasa avait eue avec un zouave, Antonia craignait de le savoir. Mais peut-être Evasio n'espérait-il rien, c'était comme ça et c'est tout ; et ce soir-là il prit place à table, il but beaucoup de vin pour se réchauffer et il raconta que sur la grand-route de Giarole il avait été suivi par des pas qui s'arrêtaient dès qu'il s'arrêtait. Et chaque fois qu'il s'était retourné il n'avait vu personne, derrière lui la route lui avait paru vide, blanche sous la lune. Piulott eut un frisson et replia ses jambes sous sa chaise car elle avait toujours peur que quelqu'un d'invisible ne la tire par les pieds. La Limasa pensa par contre à Zanzia, ça devait être lui, dit-elle, il prenait toujours cette route-là quand il transportait du sel la nuit en cachette des gendarmes. Mais Zanzia se déplaçait en charrette et les pas qu'Evasio avait entendus étaient au contraire des pas d'homme à pied. A ce moment-là, saisie d'une grande frayeur, Piulott éclata en larmes.

Ces larmes ont été bien vite oubliées. Evasio a sorti les cadeaux qu'il a amenés de Turin ; ça c'est pour toi Piulott, pour sécher tes larmes. Un cadeau pour sa mère, noué d'un ruban bleu. Un pour la Limasa. Un dé d'argent pour la Suave. Un cadeau aussi pour l'oncle Gavriel et un pour son père. Mais Luis souffre de ce gâchis d'argent et de l'inutilité de ces petits objets, dehors le froid coupe la respiration dans la bouche et les enfants des valets n'ont pas de bas pour aller à l'école le matin, leurs pieds livides n'arrivent pas à marcher, ils ont des crampes, ils se crispent dans les sabots. L'infection de la nielle s'est attaquée au riz et les prix sont tombés, tombés aussi ceux du maïs, du millet, du blé, et même les nouvelles vaches de race frisonne n'ont pas pu redresser la situation pour le bétail. Les bouviers émigrent vers la ville parce que plus personne n'a d'argent pour réparer leurs logements et la pluie s'écoule sur les lits, les murs sont verts d'humidité. A Turin, son fils achète des dés d'argent, des mitaines de soie, et pour lui une blague à tabac brodée.

Evasio sent le poids de ce regard et tourne vers son père ses yeux bleu clair, des yeux de plume, d'aile de papillon, Luis ne dit rien mais son fils comprend, il a un geste d'impatience et se tourne pour sortir de la pièce. Piulott le suit, lui prend la main, merci, dit-elle, ce sont des cadeaux splendides.

La première nuit de l'année, il tomba beaucoup de neige et au matin, quand ils se réveillèrent, les arbustes ployaient sous son poids, on ne voyait plus le sentier de briques et le son des cloches arrivait ouaté, inutile, car la messe, personne ne pouvait y aller. La neige alourdissait les toits et dès les premières heures tous les hommes valides étaient dehors à la faire tomber pour que ça ne se termine pas comme cette fois-là où elle avait fait s'écrouler l'étable. Evasio sortit lui aussi et de ses mains de rien, parcourues de veines bleutées, il empoigna une pelle et ce fut pour lui une journée de bonheur mémorable. Il se sentait fort et plein d'énergie, la neige tombait sur son bonnet, se glissait dans sa veste, son visage se colorait et il continuait de manier cette pelle sans s'arrêter. La Suave, qui était grande et solide, donnait un coup de main elle aussi et elle emportait des brouettées de neige, un châle de couleur sur la tête. Mais ensuite elle avait eu chaud et elle avait enlevé son châle, la neige tombait dans ses cheveux et fondait en coulant le long de son visage réchauffé, elle la léchait sur ses lèvres. C'était comme si elle était redevenue enfant, et Piulott et elle avaient oublié tout ressentiment, elles allaient, joyeuses, renverser ensemble la brouette au fond du jardin.

Plus tard, quand la neige avait été entièrement déblayée, plutôt que de rentrer à la maison ils avaient sorti le traîneau et avaient commencé à se tirer à tour de rôle. Ils tombaient, se relevaient, s'enfonçaient dans la neige, se poursuivaient, avec le chien qui sautait autour d'eux en aboyant. La Suave oublia l'oratoire et la sœur brodeuse qui devait lui enseigner le *point de Perse* et elle tira le traîneau au-delà de la grille. Il ne neigeait plus mais le ciel était bas et gris et il allait sans doute encore neiger, les corbeaux se perchaient sur les branches en faisant tomber la neige, leurs petites pattes laissaient des marques en triangle sur cette blancheur intacte et gonflée. Ils riaient et s'appelaient, ils glissaient dans la descente de Lu en se tenant bien serrés les uns contre les autres ; et pour remonter la Suave tirait fort, sans jamais se fatiguer. Il y eut un moment ou le traîneau se renversa et Evasio se retrouva enlacé à la Suave, sa bouche si proche de la sienne qu'il aurait pu l'embrasser : ses yeux riaient, et le courage manqua à Evasio. Elle lui échappa et elle riait encore, elle courait dans la neige en tenant ses jupes relevées.

La Limasa alla les chercher parce que le soir tombait, elle se serrait dans son châle et elle les aperçut enfin, comme de petites taches dans cette vaste étendue blanche, le chien qui sautait ici et là et qui disparaissait en s'enfonçant à chaque fois plus profondément ; et elle se mit à crier. Qu'ils viennent, parce qu'il était tard, et puis ils étaient fous de rester là avec ce froid.

Quand ils entrèrent dans la maison, ils étaient si trempés qu'on enveloppa les filles dans une couverture et qu'on étendit leurs vêtements à sécher dans la cuisine, et ils s'assirent devant le feu pour boire du vin chaud. Evasio avait les yeux qui se fermaient de fatigue et ses mains pendaient, gonflées et violettes, mais il faisait un effort pour ne pas s'endormir et continuait à regarder la Suave, ses pieds qui dépassaient de la couverture avec ses bas rapiécés. Jamais la Suave n'avait été aussi belle et elle riait encore doucement, ce vin doux et fort qui montait à la tête.

Le lendemain Evasio partit pour Turin avec un panier dans lequel la Limasa avait mis son repas. Sa mère lui avait donné de l'argent pour la malle-poste et il partait content, il voulait étudier et devenir un chirurgien célèbre mais dans l'immédiat son désir était de construire, pour l'été à venir, une grande volière où mettre des pinsons, des rossignols, des bergeronnettes. Mais aussi des oiseaux plus rares comme le colibri et l'oiseau de paradis.

Piulott alla trouver l'oncle Gavriel pour lui dire que le neveu de Camurà, elle ne voulait même pas le voir : pour le moment elle ne se mariait pas. Peut-être, avec le temps, changerait-elle d'avis. Et elle descendit avec la Suave dans la via Barbecana pour faire connaissance de la sœur brodeuse qui savait plus de cent points.

Avant que le mois de février ne finisse, le chef de gare de Giarole envoya chercher Luis. Couché sur un banc de la salle d'attente, se trouvait son fils, Evasio, arrivé de Turin avec une fièvre si forte qu'il était incapable de se tenir debout. Le soir tombait et Luis fit demander au chef de gare s'il pouvait garder le garçon jusqu'au lendemain. Ils portèrent Evasio à deux dans la petite maison rouge qui ouvrait sur les quais mais quand ils furent à l'intérieur, ils ne savaient pas où l'installer et ils l'étendirent sur un petit divan dans un coin. La femme du chef de gare se lamentait parce que la maison était petite et ce garçon, Dieu sait quelle maladie il avait ; mais Evasio pelotonné sous sa cape n'entendait plus rien, les voix lui arrivaient toutes ensemble et confuses. La fille aînée du chef de gare, qui avait pitié de lui, lui mouillait les tempes avec du vinaigre.

Luis arriva le lendemain matin avec une charrette recouverte d'une toile cirée. Sur le moment on n'avait rien trouvé d'autre. C'était une belle journée et entre les derniers lambeaux de brouillard le ciel devenait de plus en plus bleu, une lumière rosée filtrait derrière les peupliers dénudés, il y avait çà et là sur la terre sombre de grandes taches de neige. La tête renversée d'Evasio, avec ses yeux à demi fermés, ballottait à chaque cahot de la charrette et quand Luis tenta de lui faire boire de l'eau, cette eau se perdit le long de son menton dans une barbe de plusieurs jours, une barbe incroyablement fournie pour ce visage qui devenait de plus en plus petit, long et resserré aux tempes. Luis lui prit la main, des veines livides se dessinaient sur le dos à la peau blanche et fine, froide, et les doigts s'agrippèrent aux siens, Evasio ne donna pas d'autre signe.

L'air était doux comme il ne l'avait pas été depuis longtemps et les corbeaux brillaient dans la vapeur lumineuse, les faîtes des maisons avaient des fumées blanches. Le petit-fils de Gerumin qui conduisait la jument chantait, un chant d'église qui lui semblait seul convenir pour un malade. Ils arrivèrent ainsi à la maison ; ils avaient mis presque deux heures et quand Antonia courut à leur rencontre et se pencha par-dessus la ridelle de la charrette, elle comprit que son fils était perdu.

Evasio dura encore trois jours. Trois jours pendant lesquels Luis ne bougea pas de la chambre et garda sa main serrée dans la sienne. Le mal était descendu dans les poumons et la respiration se faisait de plus en plus haletante, Luis regardait par la fenêtre le jour pâlir et la nuit tomber, puis de nouveau les premières lueurs d'une aube parcimonieuse se glisser dans la chambre ; et chaque fois qu'il tentait de dégager sa main, les doigts d'Evasio serraient plus fort. Dans le silence, chaque bruit prenait des proportions gigantesques : les pas d'Antonia qui allait et venait, le son de la cuillère dans la tasse, les dents contre le verre. Et puis, bloquée sur une seule note, tantôt plus haute, tantôt plus basse, cette respiration effrayante.

Trois jours qui créèrent entre Evasio et lui une intimité que n'aurait pu créer même toute une vie passée dans une affection étroite. Ils se comprenaient avec une pression des doigts, un battement de paupière, un mouvement de la tête. Le troisième jour, se rappelant combien il avait toujours été avare avec son fils, Luis glissa sous son oreiller un portefeuille gonflé de billets. C'était pour lui, pour Evasio, pour tout ce qu'il avait toujours désiré. Mais c'était trop tard maintenant ; et Antonia, qui était à côté, le fit rouler à terre en déplaçant l'oreiller. Evasio avait les yeux fermés, il n'avait rien vu quand son père avait mis le portefeuille sous l'oreiller et quand sa mère le fit tomber, il ne s'en aperçut pas. Mais ses doigts oui, ses doigts, eux, se serraient fort autour des doigts de son père il n'avait plus besoin de rien d'autre. Plus de Suave, d'arbres, de neige, d'oiseaux. Plus d'angoisses, de désirs. Plus rien, juste ces doigts jusqu'à la fin.

Après, quand la grille du cimetière se fut refermée en grinçant sur ses gonds, ces trois jours devinrent pour Luis très importants ; et tandis que dans la maison ce n'étaient que larmes et souvenirs, et que l'odeur de la teinture qui bouillait pour noircir les vêtements faisait presque venir dans la bouche la sensation de la mort, enfermé dans le cabinet de travail, il ressentait un grand calme. Sa douleur était un bloc aux contours précis, elle n'engendrait pas de monstres, pas d'horreur ni même de désespoir. Terrible à dire, Luis se sentait au-dessus des autres. La douleur, il pouvait la regarder en face. La reconnaître, se mesurer avec elle. Personne n'osait ouvrir la porte, personne ne frappait, et tandis que de l'autre côté de cette mince paroi la tempête semblait éclater de tous ses tonnerres, là, à l'intérieur, régnait un calme immobile que traversait à peine cette lumière d'hiver limpide et froide. Ses yeux, depuis les profondeurs osseuses de leurs orbites, se posaient sur les chaises, la table recouverte d'un tissu, les livres enfermés derrière la vitre, les portraits : tout aurait pu continuer ainsi pour toujours. Eternité, un mot qui à Luis faisait horreur.

Piulott se maria le premier dimanche de septembre. Il venait à peine de pleuvoir et elle s'avança à pied au bras de son père, tout le village était à sa porte pour la voir et les pigeons volaient d'un côté à l'autre de la rue pour aller se poser sur les toits. Il y avait dans l'air un grand parfum de gâteaux et la boulangère, qui avait passé la nuit à les pétrir, était elle aussi à sa porte, les bras blancs de farine, tandis que les enfants couraient pieds nus derrière le cortège parce que le bruit s'était répandu que Camurà distribuerait des *pralines*, à la manière française.

Aux anneaux du mur de la mairie étaient attachés les chevaux des amis du marié venus d'Alessandria pour faire la fête. Le prévôt, avec la chasuble des grandes occasions brodée par Fantina, attendait sur le parvis et les guêpes se posaient sur la tête brillante de l'Enfant Jésus comme si ç'avait été du miel. Quand Piulott entra dans l'église, l'orgue commença à jouer et des bancs réservés aux jeunes filles de l'oratoire s'élevèrent les sons aigus d'un chant. L'autel était blanc de fleurs et parmi les jeunes filles qui chantaient il y avait aussi la Suave, avec un voile blanc sur les cheveux.

Mais elle avait des éblouissements et avant que le marié ne glisse l'alliance au doigt de Piulott elle se sentit défaillir. A cause de la foule, de la chaleur, de l'odeur des bougies. Ses compagnes l'emmenèrent dehors et l'étendirent sur les marches à l'ombre des platanes. La musique arrivait jusque-là, elle l'entendait et sur ses paupières closes les feuilles des platanes faisaient bouger des ombres qui allaient et venaient.

Au repas, elle s'était déjà reprise et elle aidait à servir au milieu du va-et-vient des femmes descendues de la ferme de la Grue, des poulets, des viandes en sauce, des salamis. De temps en temps elle regardait vers l'allée comme si elle espérait y voir quelqu'un et elle alla une fois jusqu'à la grille où les enfants, pieds nus dans la poussière, attendaient une part de gâteau. Mais elle ne vit personne et elle revint dans le pré servir les mariés assis au milieu de leurs amis autour d'une longue table parée de blanc. Une autre table avait été dressée dans la grande salle et là étaient assis Luis et Antonia, avec la famille de Camurà et les autres *propriétaires* arrivés pour l'occasion jusque de San Salvatore et de Moncalvo. C'était sa dernière fille et Luis avait fait les choses en grand, les services n'en finissaient pas et les verres n'étaient jamais vides. Du Barbera presque noir et du *grignolino** âpre, d'un rouge de rubis. Et pour finir du muscat qui montait à la tête, doux, couleur de tabac. Le sang battait aux tempes, palpitait dans le cou, c'était comme si Antonia avait eu là un autre cœur plus petit.

Duardin était venu avec sa fiancée, une grande fille avec un large chapeau de paille pour se protéger du soleil de la campagne. Elle apportait en dot un appartement à Novare et une villa avec balcon sur le lac Majeur et elle était assise, maigre et jalouse, à côté de Duardin en grand uniforme. Sabre, boutons et épaulettes envoyaient des éclairs dans le soleil et il transpirait parce que son uniforme de drap se fermait haut dans le cou. Amoureux de la Suave, Duardin l'avait été lui aussi, pendant un été, mais à présent il pouvait la regarder tranquillement sans plus rien éprouver ; et s'il n'y avait eu cette fiancée assise auprès de lui, il aurait volontiers répondu aux regards qui lui arrivaient de tous côtés. Et pourtant chaque fois que la Suave s'approchait avec un plat, cette fiancée de Novare se redressait en bombant le torse et ses joues devenaient plus rouges lorsque le grand chapeau de paille étalait son ombre au milieu des taches de soleil, car une telle beauté la troublait.

Mais la vraie reine de la fête, c'était elle, Rosetta du Fracin, avec un rang d'améthystes autour du cou et les larges ondulations de ses cheveux rassemblés sous un haut chapeau couvert de rubans. Elle bavardait sans se lasser et quand on porta un toast elle fit le tour de la table pour embrasser ses nouveaux

(*) Vin rouge de la région d'Asti (N.d.T.).

parents. Elle offrit sa joue à Gavriel aussi, elle l'approcha de son visage dans un tremblement de rubans. Des miettes de gâteau étaient prises dans les améthystes et elle avait la même odeur, pensa Gavriel, que si elle venait de faire l'amour l'instant d'avant, proche encore de la jouissance. Gavriel s'écarta et ce baiser n'eut pas lieu.

Piulott espéra jusqu'au dernier moment que Pietro-Giuseppe viendrait. Elle aurait voulu lui dire tant de choses, combien la mort d'Evasio l'avait changée, lui avait fait comprendre la peine et le bonheur, les vides et les pleins sur lesquels elle avait marché comme une aveugle. Encore assise à table, entre un service et un autre, elle regardait elle aussi vers l'allée où s'élevaient en longs jets les tiges des asters.

Mais Pietro-Giuseppe ne vint pas ; il lui avait envoyé en cadeau un coquillage à charnière d'or. C'était un pendentif, avait-il écrit, on pouvait le suspendre à une chaîne ou bien le fixer à une broche qu'il lui enverrait dès qu'elle serait prête. Le billet ne disait rien d'autre, même pas ses vœux ; et avant le soir les mariés partirent dans le *landau* capitonné de velours écarlate, que Camurà avait mis à leur disposition.

Personne ne sait ce qui traversa l'esprit de la jeune mariée quand la portière fut fermée et que la voiture tourna sur la grand-route. La lune se levait dans le ciel qui s'obscurcissait et la première étoile, l'étoile des bergers, était immobile là-haut comme un clou de lumière.

EPILOGUE

On raconte que Luis et Gavriel, demeurés seuls, ne parlaient jamais. Ils s'asseyaient devant le feu, vieux et desséchés, enfermés dans un cercle de silence infranchissable. Le remue-ménage des rats de plus en plus nombreux, le bruit de la pluie et des coups de tonnerre ou le battement d'un papillon de nuit contre les vitres se noyaient bien en deçà de ce silence sans jamais en dépasser la frontière. Même le violon du Giaï, s'il avait joué encore, ne l'aurait pu. A la fin seulement, quand la flamme avait brûlé le dernier morceau de bois (des pommiers qui ne donnaient plus de fruits, des branches sèches du noyer et puis aussi, plus tard, le poirier en face de la grande salle), Gavriel, l'aîné, se levait : « Allons dormir », disait-il. « Allons-y », répondait Luis en redressant sa jambe qui n'était plus que cartilage. Et ces paroles, les seules possibles, explosaient dans la maison et la parcouraient ainsi qu'un vent dans l'obscurité des pièces. Elles soulevaient la poussière des meubles et la maison tout entière grinçait comme un vaisseau en rade.

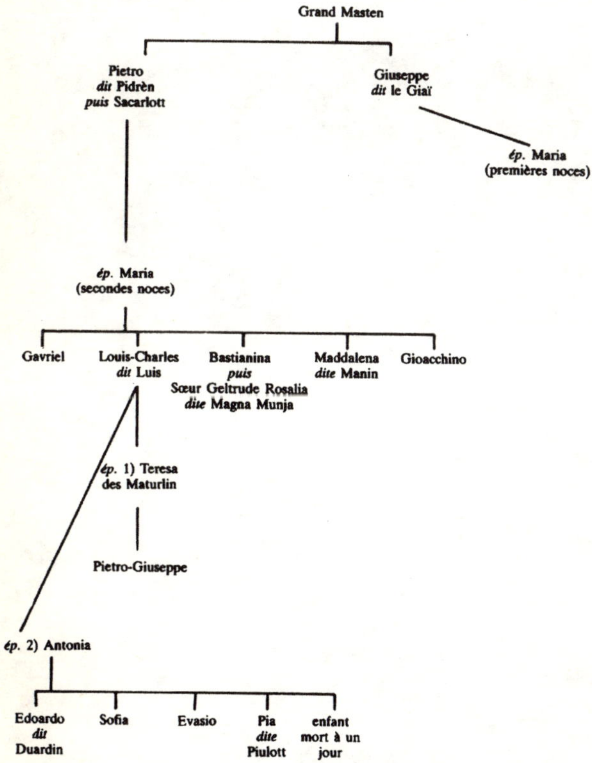
Grand Masten
Pietro
dit Pidrèn
puis Sacarlott
Giuseppe
dit le Giaï
ép. Maria
(premières noces)
ép. Maria
(secondes noces)
Gavriel
Louis-Charles
dit Luis
Bastianina
puis
Sœur Geltrude Rosalia
dite Magna Munja
Maddalena
dite Manin
Gioacchino
ép. 1) Teresa
des Maturlin
Pietro-Giuseppe
ép. 2) Antonia
Edoardo
dit
Duardin
Sofia
Evasio
Pia
dite
Piulott
enfant
mort à un
jour

TABLE DES MATIERES

Rivages poche

Harold Acton
Pivoines et Poneys (n° 73)
Sholem Aleikhem
Menahem-Mendl le rêveur (n° 84)
Reinaldo Arenas
Le Portier (n° 26)
Quentin Bell
Le Dossier Brandon (n° 102)
Ambrose Bierce
Le Dictionnaire du Diable (n° 11)
Contes noirs (n° 59)
En plein cœur de la vie (n° 79)
En plein cœur de la vie, vol. II (n° 100)
De telles choses sont-elles possibles ? (n° 130)
Paul Bowles
Le Scorpion (n° 3)
L'Écho (n° 23)
Un thé sur la montagne (n° 30)
Emily Brontë
Les Hauts de Hurle-Vent (n° 95)
Ethan Canin
L'Empereur de l'air (n° 109)
Blue River (n° 157)
Truman Capote
Un été indien (n° 9)
Willa Cather
Mon ennemi mortel (n° 74)
Une dame perdue (n° 101)
Destins obscurs (n° 117)
La Mort et l'Archevêque (n° 144)
Mon Ántonia (n° 159)
Fausta Cialente
Les Quatre Filles Wieselberger (n° 10)
Barbara Comyns
Les Infortunes d'Alice (n° 94)
Joseph Conrad
Le Duel (n° 106)
Lettice Cooper
Une journée avec Rhoda (n° 137)

Silvio D'Arzo
Maison des autres (n° 78)
Angela Davis-Gardner
Un refuge en ce monde (n° 118)
Walter de la Mare
L'Amandier (n° 108)
Du fond de l'abîme (n° 141)
Erri De Luca
Une fois, un jour (n° 119)
Alfred Döblin
L'Assassinat d'une renoncule (n° 25)
Heimito von Doderer
Un meurtre que tout le monde commet (n° 14)
Michael Dorris
Un radeau jaune sur l'eau bleue (n° 121)
John Meade Falkner
Le Stradivarius perdu (n° 153)
Eva Figes
Lumière (n° 5)
Mavis Gallant
Les Quatre Saisons (n° 82)
William Gass
Au cœur du cœur de ce pays (n° 146)
Kaye Gibbons
Ellen Foster (n° 4)
Une femme vertueuse (n° 31)
Barry Gifford
Les Vies parallèles de Jack Kerouac (n° 81)
Paysage avec voyageur (n° 133)
Lars Gustafsson
Musique funèbre (n° 135)
MacDonald Harris
La Valise de Hemingway (n° 149)
Christopher Isherwood
Le Condor (n° 28)
Henry James
Mémoires d'un jeune garçon (n° 27)
Owen Wingrave (n° 36)
Le Dernier des Valerii (n° 62)
Un épisode international (n° 97)
Elizabeth Jolley
L'Héritage de Miss Peabody (n° 87)
Tombé du ciel (n° 131)
Foxybaby (n° 161)

Rudyard Kipling
Le Miracle de saint Jubanus (n° 85)
Mirko Kovač
La Vie de Malvina Trifković (n° 111)
Gavin Lambert
Le Crime de Hannah Kingdom (n° 104)
Ella Leffland
Rose Munck (n° 134)
David Lodge
Jeu de société (n° 44)
Changement de décor (n° 54)
Un tout petit monde (n° 69)
La Chute du British Museum (n° 93)
Nouvelles du Paradis (n° 124)
Jeux de maux (n° 154)
Rosetta Loy
Les Routes de poussière (n° 164)
Alison Lurie
Les Amours d'Emily Turner (n° 7)
La Ville de nulle part (n° 21)
La Vérité sur Lorin Jones (n° 32)
Des gens comme les autres (n° 38)
Conflits de famille (n° 46)
Des amis imaginaires (n° 71)
Comme des enfants (n° 107)
Norman Maclean
Montana, 1919 (n° 140)
Javier Marías
L'Homme sentimental (n° 24)
Le Roman d'Oxford (n° 114)
Olga Masters
Le Cœur labyrinthe (n° 115)
Steven Millhauser
La Galerie des jeux (n° 37)
Lorrie Moore
Des histoires pour rien (n° 8)
Vies cruelles (n° 61)
Anagrammes (n° 91)
Frank Moorhouse
Quarante/Dix-sept (n° 112)
Alice Munro
Les Lunes de Jupiter (n° 147)
Roger Nimier
Les Indes Galandes (n° 64)

Cynthia Ozick
Le Rabbi païen (nº 29)
Grace Paley
Les Petits Riens de la vie (nº 1)
Plus tard le même jour (nº 13)
Énorme changement de dernière minute (nº 163)
Victor Paskov
Ballade pour Georg Henig (nº 33)
Walker Percy
Le Cinéphile (nº 18)
L'Amour parmi les ruines (nº 88)
Barbara Pym
Adam et Cassandra (nº 15)
Secret, très secret (nº 35)
Lorsqu'un matin d'orage (nº 47)
Umberto Saba
Couleur du temps (nº 6)
Comme un vieillard qui rêve (nº 17)
Lisa Saint-Aubin de Terán
Les Jours de l'Orénoque (nº 90)
John Saul
Baraka (nº 142)
Budd Schulberg
Un homme dans la foule (nº 76)
Le Désenchanté (nº 77)
Le Visage de Hollywood (nº 156)
Carl Seelig
Promenades avec Robert Walser (nº 65)
Carol Shields
Swann (nº 126)
La République de l'amour (nº 160)
Jane Smiley
Portraits d'après nature (nº 148)
Natsumé Sôseki
Oreiller d'herbes (nº 2)
Clair-obscur (nº 22)
Le Voyageur (nº 122)
Tilman Spengler
Le Cerveau de Lénine (nº 151)
Robert Louis Stevenson
Fables (nº 20)
La Magicienne (nº 34)
Olalla (nº 56)

Italo Svevo
Le Destin des souvenirs (n° 12)
Elizabeth Taylor
Angel (n° 41)
Mrs. Palfrey, Hôtel Claremont (n° 67)
Cher Edmund (n° 98)
Noces de faïence (n° 125)
Une saison d'été (n° 155)
Alberto Vigevani
Le Tablier rouge (n° 136)
Evelyn Waugh
Trois Nouvelles (n° 138)
Fay Weldon
Copies conformes (n° 128)
Paul West
Le Médecin de Lord Byron (n° 50)
Joy Williams
Dérapages (n° 120)
Evguéni Zamiatine
Seul (n° 16)
Le Pêcheur d'hommes (n° 19)

Rivages poche/Petite bibliothèque
Collection dirigée par Lidia Breda

Anonyme chinois
Les Trente-Six Stratagèmes (n° 152)
Apulée
Le Démon de Socrate (n° 110)
Aristote
L'Homme de génie et la Mélancolie (n° 39)
Rhétorique des passions (n° 40)
Ethique à Eudème (n° 129)
La Vérité des songes (n° 162)
Boèce
Consolation de la Philosophie (n° 58)
Chesterfield
Lettres à son fils (n° 99)
Madame du Deffand
Lettres à Voltaire (n° 139)
Maître Eckhart
Du Détachement (n° 143)

Epictète
Manuel (nº 132)
Sigmund Freud-Stefan Zweig
Correspondance (nº 166)
Baltasar Gracián
L'Art de la prudence (nº 116)
Hésiode
Théogonie (nº 83)
Hippocrate
Sur le rire et la folie (nº 49)
Jean
Apocalypse (nº 165)
Hans Jonas
Le Concept de Dieu après Auschwitz (nº 123)
Karl Kraus
La Littérature démolie (nº 92)
Longin
Du sublime (nº 105)
Lucien
Philosophes à vendre (nº 72)
Montaigne
De la vanité (nº 63)
Montesquieu
Essai sur le goût (nº 96)
Friedrich Nietzsche
Dernières Lettres (nº 70)
Ortega y Gasset
Le Spectateur (nº 80)
Pascal
Pensées sur la politique (nº 75)
Fernando Pessoa
Fragments d'un voyage immobile (nº 42)
Lettres à la fiancée (nº 43)
Pétrarque
Mon secret (nº 52)
Plutarque
Comment tirer profit de ses ennemis (nº 103)
Comment écouter (nº 150)
Jean-Jacques Rousseau
Émile et Sophie (nº 127)
Arthur Schnitzler
Lettres aux amis (nº 45)
Relations et Solitudes (nº 51)
La Transparence impossible (nº 68)

Gershom Scholem
Benjamin et son ange (n° 158)

Schopenhauer
Douleurs du monde (n° 57)
Essai sur le libre arbitre (n° 66)
Contre la philosophie universitaire (n° 113)

Sénèque
De la tranquillité de l'âme (n° 48)
De la brièveté de la vie (n° 53)
Consolations (n° 60)

Georg Simmel
Philosophie de l'amour (n° 55)
La Tragédie de la culture (n° 86)

Marina Tsvétaïéva
Après la Russie (n° 89)

Xénophon
L'Économique (n° 145)

Achevé d'imprimer en août 1995
sur les presses de l'Imprimerie Hérissey
27000 Évreux
Dépôt légal : août 1995
N° d'imprimeur : 69961